许子东细读张爱玲

许子东 著

北京大学出版社
PEKING UNIVERSITY PRESS

图书在版编目（CIP）数据

许子东细读张爱玲 / 许子东著. —北京：北京大学出版社，2020.5
ISBN 978-7-301-17938-3

Ⅰ.①许… Ⅱ.①许… Ⅲ.①张爱玲（1920-1995）– 小说研究 Ⅳ.①I207.42

中国版本图书馆CIP数据核字(2020)第064112号

书　　　名	许子东细读张爱玲 XU ZIDONG XIDU ZHANG AILING
著作责任者	许子东　著
责任编辑	闵艳芸
标准书号	ISBN 978-7-301-17938-3
出版发行	北京大学出版社
地　　址	北京市海淀区成府路205号　100871
网　　址	http://www.pup.cn　　新浪微博：@北京大学出版社
电子信箱	minyanyun@163.com
电　　话	邮购部 010-62752015　发行部 010-62750672　编辑部 010-62750673
印　刷　者	涿州市星河印刷有限公司
经　销　者	新华书店
	787毫米×1092毫米　32开本　11印张　190千字 2020年5月第1版　2024年12月第5次印刷
定　　价	49.00元

未经许可，不得以任何方式复制或抄袭本书之部分或全部内容。
版权所有，侵权必究
举报电话：010-62752024　电子信箱：fd@pup.pku.edu.cn
图书如有印装质量问题，请与出版部联系，电话：010-62756370

目 录

前 言　*i*

第1章　东方主义与长三堂子　　*1*

第2章　以实写虚与物化苍凉　　*21*

第3章　张爱玲的父亲和母亲　　*37*

第4章　论七巧　　*66*

第5章　《倾城之恋》中的上海与香港　　*96*

第6章　《倾城之恋》与五四爱情小说模式　　*116*

第7章　读《封锁》　　*136*

第8章　"胡说"张爱玲　　*155*

第9章 《红玫瑰与白玫瑰》　　167

第10章 雌雄同体的《茉莉香片》　　196

第11章 "人艰不拆"的《留情》　　206

第12章 散文:"张看"与"私语"　　224

第13章 散文中的文学观与历史观　　241

第14章 从上海到香港　　257

第15章 张爱玲在美国　　272

第16章 《小团圆》与晚期风格　　294

前 言

有人说:"就是最豪华的人,在张爱玲面前也会感到威胁,看出自己的寒碜。"同样道理,在张爱玲的文字面前,再仔细的文本阅读,也会显得粗枝大叶。可我们还是要"细读张爱玲",为什么呢?

1990年秋天,我在UCLA(加州大学洛杉矶分校)参加一个Seminar,"女性主义与中国现代文学",其中有一半的时间在讨论张爱玲,李欧梵教授主持,周蕾的书做参考教材[1]。修课的同学中现在很多人已是著名教授。为了参加这个Seminar,我常常要在大学南面的Westwood和Rochester路口找免费停车位。当时我一面在街口转来转去找车位,一面脑子里想着英文论文的概念,张爱玲、小上海、小市民社会等,所以那个路口的超级

---

[1] Chow, Rey. *Woman and Chinese Modernity: The Politics of Reading Between West and East* (University of Minnesota Press,1991).

市场、邮局、书店……我都已经非常熟悉。万万没想到，原来张爱玲最后住的地方就在那个路口，她平时去的超级市场、邮局、影印店，就是我常去的那几家。

在 UCLA 我们当然也议论过张爱玲的近况，只听说她隐居在洛杉矶，我们想象她大概隐居在 Santa Monica Beach 或比弗利山庄。她那么出名，生活应该会舒适高雅，文化界谁也找不到她。谁也没想到她原来就住在我天天停车的路口。

实际上，我们后来看到资料[1]，张爱玲最后十几年住在洛杉矶时的生活状况有些凄惨。她有时候租房，两个月的首付租金都付不起，要问律师借。我们穷学生都能付。除了最后住的 Westwood，之前她住的北好莱坞等都不是好区。Motel 怎么能长住？而且她没有车。洛杉矶这个地方，不开车的话，走路、坐巴士都是很辛苦的。她去世以后好几天才被人们发现，房间里只有一堆纸箱，什么家具也没有，有一些漂亮衣服被带来带去。她后来老是搬家。大家知道她早期有一句话："……生命是一袭华美的袍，爬满了蚤子。"[2] 这是多么精彩的象征，没想到作家的晚年，竟把象征变成了写实。她十几年间到处搬家，她说自

---

[1] 如林式同《有缘得识张爱玲》、朱谜《张爱玲故居琐记》等，见《华丽与苍凉》，香港：皇冠出版社，1996。

[2]《我的天才梦》是张爱玲自己承认的"处女作"，在 1940 年上海《西风》杂志创刊三周年纪念征文"我的……"中获名誉奖第三名。1941 年收入《天才梦》，西风杂志社出版。1976 年 3 月收入张爱玲自编文集《张看》，香港文化·生活出版社初版。

己身上有虫，竟把头发都剪了。

戴文采，《美洲中报》的一名编辑，一度知道张爱玲住址，就在附近也租了一间，等了好些天都见不到人。最后没办法，她只好将纸条塞在张爱玲房门下面，纸条上的内容大概就是说我是台湾的记者，想见一面，问几个问题，您不反对的话，我明天什么时间来找您。到了第二天中午，她再去的时候房子空了，没人了，搬走了，像聊斋一样。也不清楚搬家与记者有没有关系。最后戴文采好像是根据几天来垃圾箱里收集的东西写了整版的报道，说她牙齿出血、吃什么冷冻食品、用牙线、涂什么药等。[1]

后来我遇到南加大教授张错——把张爱玲骨灰撒在海上的葬礼就是张错教授参与主持的。张错跟我说：许子东，就算你在路上碰到她也没用，你根本认不出她。为什么？因为她到晚年就变成美国人说的 Bag Lady，穷困潦倒的妇人。她最后好多年只穿超级市场最便宜的 2.99 美元的中国产的塑料拖鞋。她

---

[1] 2009 年，"豆瓣读书"上有署名"子夜闲读"的网文《与戴文采谈写张爱玲》，其中附戴文采本人的相关回忆："当年的我，根本不是《联合报》的记者，而是《美洲中报》的新闻编辑。《华丽缘——我的邻居张爱玲》，一开始就在《美洲中报》副刊连载，结束后，我也没有主动寄出已经在美国发表完毕的稿子给台湾的《中国时报》，是张错要求我给张大春看看，张大春自己拿去给季季的，也就是《中国时报》出动副刊主编和张错一起去坐在张爱玲门口敲她的门，堵她的道，也没写出一个字以后，想骗我的稿子看看我写了什么。早就在《美洲中报》发表了的文字，已经不是秘密，我何必矫情不给人看？……"我们并不清楚戴文采因为采访张爱玲后来经历了什么文坛人事恩怨，但有一点还是可以印证：尽管张爱玲隐居他乡，台湾文化界还是密切关注她的一举一动、一言一行。

要在超级市场门口跌倒，人们恐怕都不敢扶，因为怕到时候会被起诉，未经允许接触老人身体，赔都赔不清楚。就是这么一个凄凉的境遇。

这么惊艳一生的作家，"民国世界的临水照花人"[1]，最后生活怎么这么悲凉。她晚年不是没有钱，也不是没有名，她至少在台湾、香港已经非常红。是一种什么样的力量使一个迷恋华丽雕刻世俗的作家这样自绝于世界？林式同的回忆录说，有一次律师临时告诉她要去上海出差，在电话里听到上海两个字，张爱玲就停了下来，停了足足两分钟，律师也不敢说话。过了两分钟以后她又恢复常态，淡淡说一句："恍若隔世。"我在上海南京西路的重华新村住过十几年，很晚才知道1949年张爱玲也住过重华新村，在那里目睹解放军进城。同一条弄堂，和在洛杉矶一样，又一次跨越时空的擦肩而过。

我有心阅读张爱玲的学术理由，第一，张爱玲凸显了海外与中国内地现代文学界的重要分歧。我希望能讨论这些分歧的现状与原因。简单地说，张爱玲在台湾地区、香港地区以及海外华人文学中的影响，就像鲁迅在中国大陆文学界的影响一样大。第二，张爱玲研究是"重写文学史"的突破口，或者说张爱玲是中国现代文学史上一个很难安放的作家。"鲁郭茅巴老

---

[1] 胡兰成：《今生今世》，北京：中国社会科学出版社，2003，159页。

曹"排队排得好好的，现在突然挤进一个张爱玲，文学史的次序跟价值观会受到什么影响？第三，张爱玲好像既属于严肃文学，又属于流行文学，她有意无意地跨越又调和了雅俗的界限。所以，她现在一方面能在大学里成为仅次于鲁迅的博士、硕士论文题目，同时她又是一个街头巷尾、花边新闻、大众舆论、时尚杂志都可以拿来消费的文化符号。

读者即使不那么关心文学史的问题，但还是喜欢张爱玲。为什么？因为张爱玲小说的主题，一言以蔽之：爱情战争。在张爱玲笔下，爱情故事不只是鲜花、月光、沙滩、温情，或者来点悲剧，车祸、白血病等等。张爱玲的爱情故事里面，有的是策略，有的是计算，或者战斗，或者博弈。平凡的日常生活，怎么样才是爱情呢？什么样的男人女人不能爱？……我真是不懂，一个二十几岁的女子，什么经历都没有，怎么就能写出这样的句子："生在这世上，没有一样感情不是千疮百孔的……"[1]为什么她能写出这么多精致的利己主义的爱情故事，可是一旦自己谈恋爱，却一意孤行，飞蛾扑火，输得这么惨？或者倒过来说，一个全然不懂世故的女人，怎么能写出这么多天才的爱情棋谱和婚姻战役？

---

[1] 张爱玲：《留情》，原载上海《杂志》第14卷第5期，1945年2月；收入《传奇》（增订本），上海：山河图书公司，1946，21页。

本书会重点分析《第一炉香》里上海女生在香港沉沦的几个阶段,怎么样一步一步合理自然地步入荒诞;会仔细阅读《金锁记》当中残酷的浪漫文字与经典的颓废画面;通过《倾城之恋》,我们要沙盘推演爱情游戏的基本规则;通过《红玫瑰与白玫瑰》,要看作家如何解剖男人这种动物的人性;我还会讲一下《留情》中的上海腔调,《茉莉香片》中的雌雄同体,《心经》中的恋父情结,还有《桂花蒸·阿小悲秋》中的劳工形象。我们也会研究为什么张爱玲在美国的英文写作不成功,还有她跟赖雅第二次婚姻的详细情况。当然我们的一个重点,是细读张爱玲晚期风格的代表作《小团圆》,我们会比较张爱玲和胡兰成对同一个故事的不同讲法,看看"一个女人何以不惜一切地爱上显然不该爱的人"[1]。在这当中我们会讨论三个问题:什么样的人显然不该爱?为什么女人会不惜一切?什么才是爱的定义?还有,女人都是同行吗?《小团圆》里奇特的母女关系,也是我们要特别讨论的题目。

贯穿全书,我会试图讨论张爱玲在整个中国现代文学史上的地位,关注她跟胡适、傅雷、柯灵、丁玲、夏志清、宋淇等人的关系。张爱玲对后来很多作家都有影响,比如白先勇、朱天文、王安忆、贾平凹、黄碧云。但所有这些文学史层面的学

---

[1] 黄锦树:《家的崩解》,《读书人》,台北:《联合报》,2009年3月8日。

术讨论，都必须首先建立在作品分析、文本细读的基础上。从作品出发，而不是从理论出发，是这本书稿的写作原则。

第1章

东方主义与长三堂子

在张爱玲的第一篇小说《沉香屑·第一炉香》(刊于1943年上海《紫罗兰》杂志)的故事开端,"葛薇龙,一个极普通的上海女孩子,站在半山里一座大住宅的走廊上,向花园里远远望过去"。请注意,作家这里特别标明是极普通的上海女孩子,后来王安忆《长恨歌》也这样强调弄堂女儿王琦瑶的上海身份,不过两个作家目的是不一样的。

薇龙到香港来了两年了,但是对于香港山头华贵的住宅区还是相当的生疏。这是第一次,她到姑母家里来。……这里不单是色彩的强烈对比,给予观者一种眩晕的不真实的感觉,处处都是对照。各种不协调的地方背景,时代气氛,全是硬生生地给掺揉在一起,造成一种奇幻的境界。

山腰里这座白房子是流线型的,几何图案的构造,类似最摩登的电影院。然而屋顶上却盖了一层仿古的碧色琉璃瓦。玻璃窗也是绿的,配上鸡油黄嵌一道窄红的边框。窗上安着雕花铁栅栏,喷上鸡油黄的漆。屋子四周绕着宽绰的走廊,地上铺的红砖,支着巍峨的两三丈高白石圆柱,那却是美国南部早期建筑的遗风。从走廊上的玻璃门里进去的是客室,里面是立体化的西式布置,但是也有几件雅俗共赏的中国摆设。炉台上陈列着翡翠鼻烟壶象牙观音像,沙发前围着斑竹小屏风,可是这一点东方色彩的存在,显然是看在外国朋友们的面上。英国人老远地来看看中国,不能不给一点中国给他们瞧瞧。但是这里的中国,是西方人心目中的中国,荒诞、精巧、滑稽。

葛薇龙在玻璃门里瞥见她自己的影子……[1]

我之所以要整段抄录这么长的引文(以后也很少会有这么长的引文),一是因为这段貌似女主角看到的香港豪宅风光恰恰是小说的基调,满足并打破当时上海人心中的香港梦;二是因为这段文字既是女主角视觉的呈现,又是小说叙述者的描写,两者有点"混淆"。引文前面讲明薇龙在看,后面又回到她在

---

[1] 张爱玲:《沉香屑·第一炉香》,原载上海《紫罗兰》1943 年 5 月号,《传奇》(增订本),上海:山河图书公司,1946,213—214 页。

玻璃门前找自己的影子,中间这一大段今天可从萨义德(Edward Wadie Said,1935—2003)"东方主义"[1]角度解读的场景描写,到底是出自20来岁上海女学生的好奇眼光,还是小说叙述者(20多岁上海女作家)对殖民地风光的敏锐批判?或者两者都有而且混合——而这种主人公与叙述者的角度混合混淆,我们以后会详细讨论,它恰恰是张爱玲创作的一个重要特点。

主人公视角的叙事,最明显的例子是主人公的自画像。在《第一炉香》里,葛薇龙自己的外貌,也是由这个上海女学生的眼光而细细展现:

> 薇龙在玻璃门里瞥见她自己的影子——她自己自身也是殖民地所特有的东方色彩的一部分。她穿着南英中学的别致的制服,翠蓝竹布衫,长齐膝盖,下面是窄窄裤脚管,还是满清末年的款式;把女学生打扮得像赛金花模样,那也是香港当局取悦于欧美游客的种种设施之一……[2]

通过主人公在玻璃门前照镜子介绍了她自己的形象,"她的脸是平淡而美丽的小脸,现在这一类'粉扑子脸'是过了时了。

---

[1] 参见爱德华·萨义德:《东方学》,王宇根译,北京:生活·读书·新知三联书店,1999。
[2] 张爱玲:《沉香屑·第一炉香》,《传奇》(增订本),上海:山河图书公司,1946,214页。

她的眼睛长而媚,双眼皮的深痕,直扫入鬓角里去。纤瘦的鼻子,肥圆的小嘴……"[1]

这个上海女孩在香港读书,没钱了也不想回上海,就去找她的姑妈。她姑妈多年前嫁给一个广东富商做第四房姨太太,现在富商死了,姑妈很有钱,年纪虽然大还很风流。不过两家关系不好,所以当薇龙自己报上姓名:"姑妈,我是葛豫琨的女儿",梁太太劈头便问道:"葛豫琨死了么?"葛薇龙忍气吞声:"我爸爸托福还在。"姑妈却更加单刀直入:"你爸活着一天,别想我借一个钱!"说得薇龙"……原是浓浓的堆上一脸笑,这时候那笑便冻在嘴唇上"。用动词写笑,"堆"是常用的,"冻"却非常罕见。"……腮颊晒得火烫;滚下来的两行珠泪,更觉得冰凉……"梁太太这么无礼,一则是报复上海家族当年的道德谴责,二来也是当天正好不巧,她刚刚被乔家十三少假约会耍了一下,这个乔家公子就是后来小说的男主角。

说话这么不客气,薇龙进退两难十分尴尬。接着小说写姑妈索性假装睡着了,把一个芭蕉扇盖在脸上。薇龙没办法只好离开,却又听梁太太叫一声:你坐。接下来这两位主角有一段很长的对话。"薇龙只得低声下气说道:'姑妈是水晶心肝玻璃人儿,我在你跟前扯谎也是白扯。'""水晶心肝玻璃人",出处

---

[1] 张爱玲:《沉香屑·第一炉香》,《传奇》(增订本),上海:山河图书公司,1946,214页。

是《红楼梦》[1]，现在转成流行语"玻璃心"，意为自卑，听不得批评受不得挫折，"美女玻璃心""强国人玻璃心"，等等。姑妈则缓了口气说：我就是想帮你呀，怎么知道你爸会怎么说呢？两个人一问一答中间，却有一件道具，反复提起，"梁太太一双纤手，搓得那芭蕉柄的溜溜地转，有些太阳从芭蕉筋纹里漏进来，在她脸上跟着转"。"她那扇子偏了一偏，扇子里筛入几丝金黄色的阳光，拂过她的嘴边，就像一只老虎猫的须，振振欲飞。""梁太太只管把手去撕芭蕉扇上的筋纹，撕了又撕。薇龙猛然省悟到，她把那扇子挡着脸，原来是从扇子的漏缝里盯眼看着自己呢！"[2]这是小说的第一个小高潮，惊心动魄，两个女人目光对视，好像你透过百叶窗或钥匙孔去看别人，却正看见别人的眼睛——原来梁太太正不动声色地观察评估着侄女的颜值，有没有可持续发展的潜力。张爱玲小说中很多明确的主人公（大部分是女主人公）视角的叙事，是直接描写"看"与"被看"的具体动作。

那薇龙长什么样呢？最经典的是张爱玲的一个比方，"曾经有人下过这样的考语：如果湘粤一带深目削颊的美人是糖醋排

---

[1]《红楼梦》第四十五回："一席话说的众人都笑起来了。李纨笑道：'真真你是个水晶心肝玻璃人。'"
[2] 张爱玲：《沉香屑·第一炉香》，《传奇》增订本，上海：山河图书公司，1946，222页。

骨,上海女人就是粉蒸肉"[1]。什么叫糖醋排骨?香港、广东的女人皮肤比较黑,颧骨比较高,所以比较有棱角,就是糖醋排骨;上海女人白白胖胖,那就是粉蒸肉。当初这个话,张爱玲其实有点偏帮上海女人,她的小说是写给上海人看的,所以她觉得白白胖胖不错,一白遮百丑,粉蒸肉。当然按今天的审美标准,大家可能宁愿做排骨,谁喜欢粉蒸肉肥嘟嘟的。但是在中国大陆大概还是称女人白富美更得人心。这位白富美——当然她那个时候还不富——葛薇龙长得跟当地人不一样,物以稀为贵,姑妈透过扇子的缝儿看了,大概觉得她在社交圈是可造之才,所以就问了一些诸如会不会打网球、弹钢琴、衣服尺寸等等问题,最后就说你留下吧。

我们的女主角在登门豪宅受尽冷遇的过程当中,已经看清了几点:第一,姑妈家的整个生活方式不健康,五十岁的少奶奶跟各种不同的男人周旋;第二,这也不是一个女学生合适的生活环境;第三,这一家的佣人又是调情又是势利又是八卦,总而言之环境很乱。所以当薇龙离开豪宅走下山的时候,她回头觉得这个房子像一座皇陵,像一个坟墓。她自己觉得像《聊斋》里的书生,她觉得自己走进去,将来要完蛋。

但她还是去了,因为她要学费,而且她觉得自己站得正,

---

[1] 张爱玲:《沉香屑·第一炉香》,《传奇》(增订本),上海:山河图书公司,1946,214页。

只要自己坚持，就没问题。整个《第一炉香》就是写一个上海女生在异国情调的香港怎么样一步步地沉沦堕落，这个过程一共可以分为四个阶段。女主人公有四次选择，这是第一次。

过了几天，她去了，提了一个箱子，她父母回上海了，家里还有一个女佣陈妈提着箱子跟她一起去。敲门之前，陈妈不知道穿了什么衣服，身体在衣服里打转，发出嚓嚓的声响。薇龙忽然觉得，这个天天在自己家里帮工的女佣怎么这么不上台面？她就把那个佣人先打发走了。这个小细节很重要，说明女主角虽然只去了她姑妈的豪宅一次，可是她对周围生活的评判眼光已经在改变，她开始嫌弃自家的佣人。薇龙去的那天，姑妈正好在打麻将，一个宴会，请了各种各样的男人。姑妈是很精细的，她觉得男女搭配打牌不累，假使让这女孩子一加入，如果她傻乎乎的就破坏气氛，要是太出挑又会让那些男人分散注意力，所以姑妈传话说今天累了，这个场合你也别来应酬了，直接休息吧。工人就把她带到客房。

客房不大，有单独的洗手间，外面一个阳台，阳台外面"浩浩荡荡都是雾"。我在香港教这个课文，香港学生大部分没感觉，很隔膜。为什么？因为他们说没有什么人可以住到半山的。可是张爱玲的小说背景居然放在山上的豪宅，说明一开始就是白日梦，以香港为背景，为上海小市民打造的白日梦（"小市民"在张爱玲的词典里可不是一个贬义词,这点以后会详细探讨)。第二次选择的关键点就是葛薇龙到了她的房间,没事做,楼下打牌,她就打开衣柜。这一段是原文:

> ……开了壁橱一看,里面却挂满了衣服,金翠辉煌;不觉咦了一声道:"这是谁的?想必是姑妈忘了把这橱腾空出来。"她到底不脱孩子气,忍不住锁上了房门,偷偷地一件一件试穿着,却都合身,她突然省悟,原来这都是姑妈特地为她置备的。家常的织锦袍子,纱的绸的、软缎的、短外套、长外套、海滩上用的披风、睡衣、浴衣、夜礼服、喝鸡尾酒的下午服、在家见客穿的半正式的晚餐服,色色俱全。一个女学生哪里用得了这么多?薇龙连忙把身上的一件晚餐服剥了下来,向床上一抛,人也就膝盖一软,在床上坐下了,脸上一阵一阵地发热,低声道:"这跟长三堂子里买进一个人,有什么分别?"[1]

这一段里有两个关键词必须说明,一个是"衣服",另外一个是"长三堂子"。

中国有句老话:兄弟如手足,女人如衣服。张爱玲倒过来

---

[1] 张爱玲:《沉香屑·第一炉香》,《传奇》增订本,上海:山河图书公司,1946,227页。

说：男人把女人当作衣服，女人把男人看得还不如她的衣服。各位读者，你们有没有陪过自己的女朋友去买衣服？你看她照着镜子，试穿新衣服，那个笑容……你们回想一下，她什么时候对你这样笑过？你就掏腰包吧，她可能从来都不会对你笑得这么灿烂。摆正位置。可是我们的女主角非常厉害，衣服试完了，身体一软，说是长三堂子买进个人。什么是"长三堂子"？上海的南京东路，以前叫大马路（南京西路叫静安寺路）。跟大马路平行的一条路叫福州路，以前叫四马路。四马路很出名，很多书店和妓院，以前鲁迅常去，主要去北新书局，郁达夫也常去，可能不光去书店。《日记九种》[1]里有记载。曹禺的《日出》据说最初的灵感就来自四马路。四马路的妓院一般是中下等的；在四马路跟大马路之间，现在的九江路和汉口路，就是二马路、三马路，那里有一些较高级的风月场所，其中有一种就叫长三堂子。

如果想了解长三堂子，可以看电影《海上花》。侯孝贤导演，阿城当顾问，朱天文编剧，梁朝伟演男主角，李嘉欣、刘嘉玲等等一大批名演员参演。文艺片，看着看着保证你睡着了，很闷很闷，不过醒过来再看还是好看（我这段评语据说流传甚广，可以用来形容很多艺术片）。这部电影是根据韩邦庆小

---

[1] 郁达夫：《日记九种》，上海：北新书局，1927。

说《海上花列传》改编的,你要了解长三堂子,就要了解那种文化[1]。原来当年那些公子哥儿要去长三堂子玩,非常辛苦,开始几个月近不了小姐的身,花很多钱,要请她跟自己诵诗、唱歌、弹琴、吃饭。那个小姐就是长三堂子的主角,叫先生,女的,李嘉欣演的那个就叫先生。张爱玲晚年花了二十年翻译《海上花列传》,翻成英文,特别强调这个书名要用英文写,"The Sing-song Girls of Shanghai"——上海的先生女孩,结果谁也看不懂。电影里梁朝伟追"先生"追得非常辛苦,而且男客一旦跟"先生"好了以后,还不能跟别的女人来往,正经的、花街柳巷的都不行。一旦有别的女人,"先生"就要对你发火、就要吃醋,还可以不理你,真是比今天的某些婚姻还要严肃。总之长三堂子性质大概有点像现在的一些高级私人会所,我听一位老作家说,他和另外几位有名的作家学者当年也去过,具体名字我不讲了,反正是我们很尊敬的作家学者。他们当时觉得这

---

[1] 电影《海上花》(Flowers of Shanghai)根据韩邦庆(韩子云)小说《海上花列传》以及张爱玲译注的《国语海上花列传》改编而成,1998年上映。导演:侯孝贤,编剧:朱天文,主演:梁朝伟(饰王莲生)、羽田美智子(饰沈小红)、李嘉欣(饰黄翠凤)、刘嘉玲(饰周双珠)。韩邦庆的《海上花列传》成书于1894年,张爱玲1967年着手翻译英文版本,但直到张爱玲1995年过世,都未完成定稿。1982年张译本《海上花列传》的前两章刊登在香港中文大学《译丛》(*Renditions*)期刊。2005年,哥伦比亚大学出版社出版孔慧怡(Eva Huang)修编的英译本《海上花列传》(*The Sing-song Girls of Shanghai*, New York: Columbia University Press, 2005)。1982年4月至1983年10月,张爱玲译注国语版本在《皇冠》杂志连载,1983年11月出版专书:《海上花开:国语海上花列传一》《海上花落:国语海上花列传二》(台北:皇冠出版社)。参见单德兴:《含英吐华:析论张爱玲的美国文学中译》,《翻译与脉络》,台北:书林出版有限公司,2009。

就是社会的一个角落，应该也可以了解一下。

葛薇龙脱了衣服，浑身一软，躺在床上，她想：这可不是自己要的生活。怎么办？走不走呢？我在香港大学里讲课的时候，好奇地问同学们一个问题：各位，假如你现在出国留学，去旧金山或者纽约，你的奖学金读了一年就没了。这时候你老爸跟你说，你有个亲戚，可能愿意资助你，可是你到了那亲戚家一看——哇！夜夜 party，来来往往的人身上文身，嘴角打钉……我打个比方，并不歧视人家文身等等……或者说是男女关系比较"开放"，总之整个生活方式你看了有点害怕。但是这亲戚倒愿意帮你付学费，你可以住在他家里，在这样的情况下，有多少同学会买机票回来呢？这个问题我在香港问过，在北京人民大学也问过，实际情况是，无论香港还是北京，数百学生中只有几个人举手表示马上回国，说明大部分学生都跟葛薇龙一样选择住下来。女主角这天晚上睡觉做梦了，当时因为楼下有音乐，这音乐就钻到了她的梦里。在梦里，她一直在跳舞，而且梦到了衣服的质感，说绸缎布料就像（蓝色的多瑙河）河水一样，绕着她转。梦里边的享受，也可以说理性上觉得长三堂子进个人是不对的，可是超我跟本我却有冲突，这段使我想起了张恨水一部有名的小说《啼笑因缘》。

《啼笑因缘》的女主角叫沈凤喜,原本在北京天桥卖唱,16岁时碰到一个富家书生叫樊家树。樊家树喜欢她,给她钱,帮她租房,还给她买钢笔,让她读书。接下来就有军阀找凤喜去陪他打牌,打牌的时候军阀送她金银财宝。这女孩子16岁,非常穷,突然有人送真金白银,她收的时候非常高兴,可是晚上半睡半醒,好像见到樊家树,吓出了一身冷汗,觉得自己做了亏心事。张恨水是张爱玲很喜欢的作家,两个人都写一个女性在金钱跟道德之间发生冲突,可是张爱玲的主角,醒的时候觉得是犯罪,睡梦里面非常享受。张恨水的女主角,白天很喜欢,睡觉时就有犯罪感。我的问题是,哪一个比较严重?哪一个没得救了?一个是一件事情明知不对,梦中怀念;另外一个是白天没觉不妥,梦里吓醒。如果葛薇龙的多瑙河梦境可用弗洛伊德的概念来解读,理性是超我,梦中是本能,那凤喜的情况,更近于天理管理人欲。现代心理学研究说,人的理性只是冰山一角,我们本质上是被巨大的、海底的、自己都不知道的无意识推动。从这个角度看,梦中享受的葛薇龙好像比白天贪财的凤喜更加没得救?

于是就会出现第三次选择。人,适应有钱的环境是很快的!小说里非常详细地讲她那天试衣服的过程,然后只用一句话交代,"她在衣橱里一混就混了两三个月……",全概括了。她参加了各种各样的社交活动，年轻貌美，看上去有钱，有她的存在，姑妈的party也很成功；很多男人来，喜欢她，一定的时候，姑妈跑出来，把葛薇龙藏起来，那个男的又被姑妈抢去了。葛薇龙也不在乎，因为那些有钱的男人通常也很讨厌，或者经不起考验。

但是有一天，风雨交加之夜，她和姑妈，还有姑妈一个二十年的老相好，潮州商人司徒协，一起坐车回家。姑妈给她看一个金刚石手镯，说是他送的。话音未落，司徒协就在葛薇龙的手上唰的也套了一个。小说这样描写："……那过程的迅疾便和侦探出其不意地给犯人套上手铐一般。"[1]薇龙着急不知道怎么解开，姑妈在旁边说：人家好意送你的，你不能不给面子。回到家里，薇龙把手镯放在桌上，手镯还在闪光。她有一段独白："一晃就是三个月，穿也穿了，吃也吃了，玩也玩了，交际场中，也小小的有了点名了……天下有这么便宜的事么？"[2]是啊，培训期结束，下面要工作了。她现在回想，司徒协这个男人早注意她了，之所以今天把手镯当着姑妈的面给她套上，显然他们之间已经有协议了。姑妈是同意的，将来还会有很多这样的事情。这么贵重的东西收下以后，麻烦了！"长三堂子"

---

[1] 张爱玲：《沉香屑·第一炉香》，《传奇》增订本，上海：山河图书公司，1946，242页。
[2] 同上书，244页。

的工作，好像刚刚开始。

收不收礼的问题，关系到整个人生计划。女主角葛薇龙当时有三个选择：一、回上海；二、继续想办法读书，然后找工作；三、找个人嫁。其实，即使做出了第一个选择回上海，最后还是要面对两个选择——工作还是嫁人。有意思的是，在面临这么一个人生关键选择的时候，葛薇龙没办法跟父母商量，也没办法跟姑妈商量，她只能跟谁谈呢？跟一个服务她的丫头叫睨儿，来讨论"工作或者结婚"这样的大事。小说里写梁太太家里有两个有名有姓的丫头，一个叫睇睇，"睇"字原意是斜眼看人，可是广东话睇睇，没有贬义。薇龙一进姑妈家，睇睇对她的态度很不好。又因为这丫头跟乔家公子有一腿，姑妈自己得不到乔琪乔，所以一气之下，就把睇睇赶走了。睇睇临走那一幕边流泪边吃花生米的文字是非常精彩的[1]。另一个丫头就是睨儿，她倒和薇龙合得来。薇龙在 party 或者合唱团认识什么

---

[1]"她的眼睛哭得又红又肿，脸上薄薄地抹上一层粉，变为淡赭色。薇龙只看见她的侧脸，眼睛直瞪瞪的一点脸部表情也没有，像泥制的面具。看久了方才看见那寂静的脸庞上有一条筋在那里缓缓地波动，从腮部牵到太阳心——原来她在那里吃花生米呢，红而脆的花生米衣子，时时在嘴角掀腾着。"写到这里，作家换了一行，然后说："薇龙突然不愿意看下去了，掉转身子，……"（张爱玲：《沉香屑·第一炉香》，《传奇》[增订本]，上海：山河图书公司，1946，230 页）最后这句隔段衔接的"突然不愿意看下去了"，给整个丫头边哭边吃花生米的场面加了一个批判或无法批判的画框。这是一个很典型的例子，显示张爱玲小说中主人公视角与故事情节如何互相渗透。一个被炒女佣哭着离开时嘴角粘着花生衣，这不是今天"吃瓜（子）群众"又可悲又可笑的群体形象的最早代表吗？鲁迅写华老栓时哀其不幸怒其不争，但也不会狠心让华老栓离开茶馆时嘴里还啃鸡骨头吧。

男人,睨儿都跟她介绍这些男人的社会背景。比方有个叫卢兆麟的,他原来在合唱团里跟薇龙有些意思,后来姑妈喝咖啡的时候用眼睛"衔"住卢兆麟,像鸟叼食物一样,很精彩的一个字——一个靓仔,被姑妈抢走了。

还有一个就是乔琪乔,混血儿,对葛薇龙上来就是攻势凌厉,一见面就说:"……怎么我竟不知道香港有你这么个人?"然后说着说着,又自言自语地说葡萄牙语,完了以后就说:我"要把它译成英文说给你听,只怕我没有这个胆量"。两个人第一次见面,"薇龙那天穿着一件磁青薄绸旗袍,给他那双绿眼睛一看,她觉得她的手臂像热腾腾的牛奶似的,从青色的壶里倒了出来,管也管不住,整个的自己全泼出来了……"[1]这是一段极其经典的文字,曲折写出薇龙对乔琪乔缺乏抵抗力。薇龙特别喜欢乔琪乔把脸埋在臂弯里的样子,以至于薇龙在这时候就想去吻他的袖子手肘处弄皱了的地方。可在这种时候,睨儿这个丫头反而在旁边提醒,说乔琪乔虽然出身名门,却是个浪荡子,爱花钱,也没有多少财产。其实这之前丫头跟主人也议论到女性的社会前途和婚姻,薇龙说 party 都是应酬,我自己还是要好好读书。丫头跟她说,还不如找个合适的人,就算大学毕业找工作,也赚不了多少钱,进不了社会上

---

[1] 张爱玲:《沉香屑·第一炉香》,《传奇》增订本,上海:山河图书公司,1946,235页。

层——连丫鬟都看清女性因为没有社会上升阶梯，婚恋才变成了职业。

在司徒协手镯的威胁之下，薇龙开始认真考虑和乔琪乔的关系。乔琪乔虽是花花公子，却也"光明正大"，不骗薇龙，在谈及爱情婚姻时说："……我打算来看你，如果今天晚上有月亮的话。"但是，"薇龙，我不能答应你结婚，我也不能答应你爱，我只能答应你快乐。"薇龙颤抖着，"……抬着头，哀恳似的注视着他的脸。她竭力地在他的黑眼镜里寻找他的眼睛……"因为那个时候乔琪乔戴着墨镜，"……可是她只看见眼镜里反映的她自己的影子，缩小的，而且惨白的"[1]。这又是一个典型的张爱玲式文学意象，又是象征，又是写实。写实是，在墨镜里的确看不到对方的眼睛，只能看到自己的倒影。象征是你摸不透这个男人的心。不是说眼睛是心灵的窗户吗？在这场爱情游戏当中，这个倒影，就是女主角真实的可怜的处境。当天晚上果然有月亮，乔琪乔果然翻墙进了花园，入了大宅，路上还遇见了睨儿，动手动脚，这丫头也没告发他。

接下来有一段乔琪乔和薇龙在床上的描写："她睡在那里，一动也不动，可是身子仿佛坐在高速度的汽车上，夏天的风鼓

---

[1] 张爱玲：《沉香屑·第一炉香》，《传奇》增订本，上海：山河图书公司，1946，246 页。

蓬蓬的在脸颊上拍动。可是那不是风,那是乔琪的吻。"[1]我们以后会比较现代文学中各种各样的性爱描写,这是其中非常著名的一段既含蓄又放浪的床戏文字。许鞍华筹拍《第一炉香》电影,就为这段文字,和未来女主角的演出合同就可能调整价格。事后,薇龙一个人静静地在阳台上看月亮,被月光淹得遍体通明。她在分析自己,为什么这么自卑、固执而又疯狂地爱着乔琪乔。"她伏在阑干上,学着乔琪,把头枕在胳膊弯里,那感觉又来了,无数小小的冷冷的快乐,像金铃一般在她的身体的每一部分摇颤。"可惜,实在太可惜了,明知这是短暂的快乐,可也消失得太快了。就在薇龙被月光淹没,感觉无数金铃在她身体中摇颤的时候,她看到花园里刚刚离开的乔琪乔,竟然和她信任的丫头睨儿抱在一起。张爱玲的文字真是美,张爱玲的笔真是残酷。

第二天,薇龙在浴室里找到了睨儿,她用湿毛巾痛打睨儿,睨儿不作声,也不反抗。打久了,其他丫鬟发现,报告梁太太。睨儿说这只是一场误会,姑妈找到了薇龙,开诚布公说,在下人面前出丑了,怎么办?薇龙说我回上海。姑妈说:你人回去,丑闻也跟着你回去,一个女人顶要紧的是名誉。姑妈对名誉的定义与众不同,她说,女人,"唯有一桩事是最该忌讳的,那就

---

[1] 张爱玲:《沉香屑·第一炉香》,《传奇》增订本,上海:山河图书公司,1946,248—249页。

是：你爱人家而人家不爱你,或是爱了你而把你扔了"。这话正中薇龙的伤口。姑妈的建议:"你真要挣回这口气来,你得收服乔琪乔。等他死心塌地了,那时候,你丢了他也好,留着他解闷儿也好——那才是本领呢!"[1]这就是上海女生在香港豪宅里所受到的再教育。

薇龙还是坚持要回上海,不料气急之下,感冒转成了肺炎,病倒了。在病中,她想起上海的家,想起上海家里父亲的书桌,尤其想起父亲书桌上有一只玻璃球,镇纸的玻璃球。她当时觉得这个玻璃球对她来说,就是一种安稳的、道德的、家的感觉。在中国现代文学当中,写上海的作家很多,无论是新感觉派的穆时英、刘呐鸥,"左联"的茅盾,还是受左翼影响的曹禺等等……不管左派、右派,上海写出来,都是一个非常繁华但是又让人堕落的地方。所以在《第一炉香》里,当薇龙生病、思乡的时候,上海难得有一次成了道德的象征。当然,也只是象征而已。

在病中,薇龙突然起了疑窦——她觉得自己生这场病,也许一半是自愿的;也许是自己下意识地不肯回去……这个时候乔琪乔在梁太太的劝告安排下,也开始每天给薇龙送花、写信、打电话。为什么呢?因为姑妈找到乔琪乔跟他说,你也闯祸了,

---

[1] 张爱玲:《沉香屑·第一炉香》,《传奇》增订本,上海:山河图书公司,1946,252—253页。

社交场中传出去也不好听。乔琪乔其实不缺女人，而是缺钱，姑妈说，你要是跟薇龙在一起，你还是有自由，同时你还会有钱。所以乔琪乔从那个时候就开始正式追薇龙。小说里这样描写，就在薇龙去买船票回家的路上，乔琪乔开着车，在路边缓行，薇龙停下脚步，她猜乔琪乔一定趁着这机会，有一番表白，不料他竟一句话也没有，薇龙不由得去看了那男人一眼，男人又把一只手臂横搁在轮盘上，就是方向盘上，人就伏在轮盘上，一动也不动。这个女生最受不了的就是看到这个男人把头弯下来伏在他的臂弯上，不知道这个花花公子是不是知道自己这一招管用；还是说，他是成了习惯；还是说，无意当中，他们就有一个相通触电的地方。薇龙看到这个男人在车上，身体趴在方向盘上，她心里就一牵一牵地痛着。

之后薇龙继续走，那辆车也没有跟上来，回头看，车就一直停在那里。"天完全黑了，整个的世界像一张灰色的耶诞卡片，一切都是影影绰绰的，真正存在的只有一朵一朵顶大的象牙红，简单的、原始的、碗口大、桶口大。"[1]我们以后要专门花时间分析，为什么张爱玲小说中最关键的时刻，总会马上出来一段风景，而这段风景意象，又是一个非常特别的心情表达。比方说在这里，整个世界像一张卡片，而这个卡片又是简单的、

---

[1] 张爱玲：《沉香屑·第一炉香》，《传奇》增订本，上海：山河图书公司，1946，256页。

原始的、碗口大、桶口大。这种写法有什么技术？有什么意义？就在这车停在路边、葛薇龙打算回家、回头看的时候，我们知道，她实际上面临着在梁家大宅的第四次也是最后一次人生选择。她应该怎么办呢？

第 2 章

以实写虚与物化苍凉

《第一炉香》是张爱玲第一个短篇,在一般人心目中,它并不是张爱玲最著名的作品。说起张爱玲的代表作,人们首先会想到《金锁记》《倾城之恋》《小团圆》等等。但《第一炉香》我个人认为十分重要,可以说是张爱玲早期风格的代表。有两种作家,一种作家一发声即代表作,比方鲁迅的《狂人日记》、郁达夫的《沉沦》、曹禺的《雷雨》等等;另一种作家是慢慢摸索,艰苦寻找,终于不知道什么时候,有了代表作,比方说老舍的《骆驼祥子》、沈从文的《边城》等。显然张爱玲属于第一个类型。说到张爱玲早期的风格,大家都知道她学生时期的征文《我的天才梦》里边的那句名言:"生命是一袭华美的袍,爬满了蚤子。"这句话有三个关键词,一个是"袍",就是衣服,代表她的创作题材,就是"日常生活";第二是"华美",代表她的文风;第三就是"蚤子",也有人说是"虱子",总之代表作品当中的悲凉,人性的缺陷。这三个关键词,尤其是三者之间的互相渗透,充分体现在作家的小说处女作《第一炉香》里面。

在作品里,女主人公的初恋,那么短暂,那么浪漫,那么惨烈,那么心酸。薇龙刚刚"坐在高速汽车上,乔琪的吻,像夏天的风,鼓蓬蓬的在脸颊上拍动",然后,一个人在阳台上,被月光淹得遍体通明的时候,便看到了自己的情人,和自己信任的丫鬟,在花园里抱在一起。这样的耻辱,怎么才能兜兜转转到最后同意跟乔琪乔结婚呢?原来这一切后面,都有梁太太幕后操作。梁太太一面劝薇龙说宁可负天下男人,也不可让男人负你;另一面又劝乔琪乔跟薇龙结婚,薇龙可以为他赚钱。天晓得薇龙怎么赚钱?还不是要跟姑妈学习,从有钱的老男人们身上赚钱?梁太太对乔琪乔说,过几年,她青春不再,你也可以再跟她离婚,抓她出轨的把柄还不容易吗?小说中有一句非常有名十分荒诞的话,说薇龙"……整天忙着,不是替乔琪乔弄钱,就是替梁太太弄人"[1]。非常荒唐、残酷、颓废的婚姻生活状态,竟以如此平淡的语气一句带过,不加褒贬。当然,不管别人怎么安排,这一步步合情合理走入荒诞,飞蛾扑火似的爱,还有对上层生活方式的迷恋,都是主观的原因。"人的灵

---

[1] 张爱玲:《沉香屑·第一炉香》,《传奇》增订本,上海:山河图书公司,1946,258页。

魂通常都是给虚荣心和欲望支撑着的，把支撑拿走以后，人变成了什么样子——这是张爱玲的题材。"[1]

小说结尾处有两段文字，一段是象征，一段是写实。象征文字写的是薇龙婚后到香港湾仔市场，"她在人堆里挤着，有一种奇异的感觉。头上是紫黝黝的蓝天，天尽头是紫黝黝的冬天的海，但是海湾里有这么一个地方，有的是密密层层的人，密密层层的灯，密密层层的耀眼的货品——蓝磁双耳小花瓶、一卷一卷葱绿堆金丝绒、玻璃纸袋装着'吧岛虾片'、琥珀色的热带产的榴梿糕、拖着大红穗子的佛珠、鹅黄的香袋、乌银小十字架、宝塔顶的凉帽；然而在这灯与人与货之外，还有那凄清的天与海——无边的荒凉，无边的恐怖。她的未来，也是如此——不能想，想起来只有无边的恐怖。她没有天长地久的计划。只有在这眼前的琐碎的小东西里，她的畏缩不安的心，能够得到暂时的休息"[2]。这段文字，给张爱玲所谓"华丽与苍凉"做了最好的批注。一般人只看到眼前的华丽，这么多蓝磁、葱绿、玻璃纸、琥珀、大红、鹅黄……看不见后面的悲凉，但是葛薇龙，或者说张爱玲，却看到这么多世俗颜色后面的人与天与凄清的海，无边的苍凉。看到这一层，已经是作家高一层的

[1] 夏志清:《中国现代小说史》，刘绍铭等编译，台北：传记文学出版社，1979，405页。
[2] 张爱玲:《沉香屑·第一炉香》，《传奇》增订本，上海：山河图书公司，1946，259页。

眼光。但张爱玲还不止于此,她说就因为这远方是荒凉,所以只有在这眼前的琐碎的小东西里,她的畏缩不安的心,能够得到暂时的休息。正因为世界的荒诞悲凉是莫测的,所以日常生活的世俗华丽,依然值得留恋。这几乎是华丽与苍凉的辩证法。

第二段文字是写薇龙在湾仔街头,被一帮喝醉的水兵误以为是风尘女子。逃上车以后,乔琪乔笑道:"那些醉泥鳅,把你当做什么人了?"薇龙道:"本来嘛,我跟她们有什么分别?……她们是不得已的,我是自愿的!"说完,车里一片沉默,"汽车驶入一带黑沉沉的街衢。乔琪没有朝她看,就看也看不见,可是他知道她一定是哭了。他把自由的那只手摸出香烟夹子和打火机来,烟卷儿衔在嘴里,点上火。火光一亮,在那凛冽的寒夜里,他的嘴上仿佛开了一朵橙红色的花。花立时谢了。又是寒冷与黑暗……"[1]大家看到,乔琪乔,他的人性是有的,但也就是那么一瞬间。

《第一炉香》代表张爱玲早期风格,不只是因为内容上的华丽苍凉辩证法,还在于张爱玲小说的两个最重要的艺术技巧,都已经在这篇作品里有成熟表现。这两个艺术技巧,一是"有意混淆叙述角度",二是"逆向营造文学意象"。第一个特点,用最简单的话说,就是小说中有些关键段落,特别是一些景物

---

[1] 张爱玲:《沉香屑·第一炉香》,《传奇》增订本,上海:山河图书公司,1946,260页。

描写，不知道是从主人公眼睛看的，还是出自小说叙事者的视角。这种"混淆"利用了中文有时可以省略主语的特点，其效果是写出人物自己都不知道的感觉，写出人物的潜意识。这个艺术技巧比较复杂，我们先提一提，以后阅读《红玫瑰与白玫瑰》的时候详细讨论。

第二个特点，"反方向的象征"，学术上的讲法就叫"逆向营造意象"，物化苍凉。"梁家那白房子黏黏地融化在白雾里，只看见绿玻璃窗里晃动着灯光，绿幽幽地，一方一方，像薄荷酒里的冰块。"[1]这是葛薇龙去姑妈家离开时回头看的感觉。其实，想表达的是梁家大宅充满了鬼气妖气。按照一般的比喻规则，我们通常会用较远的东西，来象征较近的东西；用较大的事物，来比喻较小的事物；用较虚的自然物，来形容较实的人体。最简单的比方，我的心像大海，或者谁的胸怀像大海，意思是宽广。这里我和谁的心胸，是比较近的、比较小的、比较实的"本体"；大海是比较远的、比较大的、比较虚的"喻体"。常见的比方是：女人美得像花朵，这个人工作起来像头牛，上海或者香港像东方明珠等等。这些比喻的句式，都是这种"以虚写实"的常见句法。

张爱玲小说读来会有很多令人眼前一亮且完全想象不到的

---

[1] 张爱玲：《沉香屑·第一炉香》，《传奇》增订本，上海：山河图书公司，1946，225页。

句子，关键原因之一就在于她喜欢"以实写虚"，这是王安忆在私下谈话中对张爱玲意象文字的一个概括。《第一炉香》不用什么鬼气妖气来形容梁宅，反而用一个眼前具体的薄荷酒里的冰块，一个更近更实的对象，来形容一幢房子，因此达到了陌生化的效果。形容太阳天气或者半山风景，说大红大紫，金丝交错，热闹非凡，"……倒像雪茄烟盒盖上的商标画"。又是以物写景。"整个的世界像一个蛀空了的牙齿，麻木木的，倒也不觉得什么，只是风来的时候，隐隐的有一点酸痛。"刘绍铭教授非常喜欢引用这一段，是《第二炉香》里面的句子。所有这些意象，本体是太阳、风景、世界，喻体却是烟盒、商标、牙痛，以实写虚。

不妨做个简单的比较，很有意思。现代文学当中另外一位意象文字的高手钱锺书，在《围城》里描述沈太太"……嘴唇涂的浓胭脂给唾沫带进了嘴，把黰黄崎岖的牙齿染道红痕，血淋淋的像侦探小说里谋杀案的线索……"[1]张爱玲《色，戒》里也有一段令人尴尬的女性经验："她又看了看表。一种失败的预感，像丝袜上一道裂痕，阴凉的在腿肚子上悄悄往上爬。"[2]丝袜裂缝，胭脂染牙，同样令女人狼狈不堪的日常生活经验，可

---

[1] 钱锺书：《围城》，上海：晨光文学书业，1947，78页。
[2] 张爱玲：《色，戒》，《惘然记》，香港：皇冠出版社，1991，181页。

是两段文字的象征方向全反。钱锺书是用侦探小说（虚）来形容这个女人的样子难堪（实）；张爱玲却是用女人的丝袜经验（实）来形容女主角当时客串做间谍的紧张心情（虚）。都是女性经验与侦探情节并置，却是两种不同方向的象征方法，都是高手。

钱锺书的比喻象征真是可圈可点的。随便引几句，有个女的在船上衣服穿得很少，泳装，就说是"局部的真理"。因为据说"真理是赤裸裸的"，鲍小姐并未一丝不挂，所以他们叫她局部的真理[1]。怎么形容女人的大眼睛？女人的大眼睛像政治家讲的大话——大而无当[2]；形容吃的东西，鱼像海军陆战队，已经登陆好几天了；肉像潜水艇士兵，会长时间伏在水里[3]。在钱锺书这些后人反复引用称赞的名句里边，女人的身体、眼睛、餐桌上的鱼、肉，这些都是实体。形容它们的，都是虚的东西，真理、政治家大话、海军陆战队，都是抽象的东西。钱锺书这种比喻方法，其实方向是比较常规的，都是以抽象形容具体。但他的特点是，把本体和喻体的距离拉得比较长，可以称之为"长途运输"。长途运输，你就会想不到这两者之间的关系。而且这种长途运输，常常是把性跟学术这两个本来应该距离很远

[1] 钱锺书：《围城》，上海：晨光文学书业，1947，6页。
[2] 同上书，65页。
[3] 同上书，23页。

的东西，混在一起。比方说："我发现拍马屁跟谈恋爱一样，不容许有第三者冷眼旁观。"[1]还有，"……已打开的药瓶，好比嫁过的女人，减了市价"[2]。政治不正确，我们一面讲一面批判。还有一段更妙，"看文学书而不懂鉴赏，恰等于帝皇时代，看守后宫，成日价在女人堆里厮混的偏偏是个太监……"看文学书不懂欣赏怎么就是个太监呢？他下面有一句解释，"……虽有机会，却无能力"[3]。

所以简单地说，同样是追求"陌生化"，钱锺书是路程远，张爱玲是方向反。张爱玲反过来写的这种风景，这种象征，它不单是渲染气氛，它都出现在小说的关键时刻。比方说梁家像薄荷酒里的冰块，是第一次的犹豫与选择；说月亮像阴火，是与乔琪乔的初夜；世界像圣诞卡，就是乔琪乔的车在旁边等着那个关键性的选择；湾仔的风景，则是华丽苍凉关系的点题。

张爱玲这么喜欢以实写虚，以对象写风景、写心情，原因之一是她出身豪门，家里本来东西就多。其他的现代作家，没有人像她这么喜欢写衣服、衣柜、镜台、茶具、花瓶、首饰、挂件……《第一炉香》里面梁太太出场的这一段："……一个娇小个子的西装少妇跨出车来，一身黑，黑草帽沿上垂下绿色的

---

[1] 钱锺书：《围城》，上海：晨光文学书业，1947，256页。
[2] 同上书，251页。
[3] 钱锺书：《释文盲》，《写在人生边上》，香港：天地图书公司，1997，47页。

面网,面网上扣着一个指甲大小的绿宝石蜘蛛,在日光中闪闪烁烁,正爬在她腮帮子上,一亮一暗,亮的时候像一颗欲坠未坠的泪珠,暗的时候便像一粒青痣。"[1]服装,是一场袖珍戏剧,张爱玲的道具还真是层出不穷。

《第一炉香》,写一个普通的上海女子,在声色犬马的香港社会里一步一步合情合理地走到了一个荒唐的结局。但在现代文学中,类似的普通纯真的女孩子在大都市走向堕落的故事,其实很多。中国现代文学的底色、基调是乡土。写到大城市,作家大都持有意批判态度。易卜生话剧《玩偶之家》曾经风行,鲁迅却说出走以后,"娜拉或者也实在只有两条路,不是堕落,就是回来"[2]。他自己的《伤逝》就是写"回来"的,子君出走,与书生涓生同居,后来回家,也是悲剧。写"堕落"最出名的,是曹禺的《日出》,还有张恨水的《啼笑因缘》。《日出》代表了受左翼思潮影响的主流文学,《啼笑因缘》当然就是大众欢迎的鸳鸯蝴蝶派市民小说。把这两部作品与《沉香屑·第一炉香》放在一起读,可以看出张爱玲小说在文学史上的独特意义。

三部作品都有一个女人贪图金钱虚荣,然后堕落沉沦的情节。女主人公陈白露、沈凤喜、葛薇龙都是年轻貌美,都有学

---

[1] 张爱玲:《沉香屑·第一炉香》,《传奇》增订本,上海:山河图书公司,1946,217页。
[2] 鲁迅:《娜拉走后怎样》,最初发表于1924年北京女子高等师范学校《文艺会刊》第6期。收入杂文集《坟》,《鲁迅全集》第一卷,北京:人民文学出版社,2005,166页。

生背景，她们都放弃和背叛了自己的感情原则，或者成为交际花，或者嫁给年老的军阀，但三个作品写法不同。如果把女学生的堕落看做一个过程，那么其中都有一个转折点，就是她第一次为了金钱而屈从一个她所不喜欢的男人。从这个转折点来考察，我们就会发现同一个故事有三种不同的讲法。《日出》是"略前详后"，就是堕落的前面过程写得很简单，但结局写得很详细。《啼笑因缘》是"详前详后"，意思是从头到尾比例均衡，前前后后都讲清楚。而张爱玲的《第一炉香》可以说是"详前略后"，堕落的开始过程写得非常详细，可是结局、远景非常简略，留下空白。

《日出》中陈白露一出场，已经是成熟"成功"的交际花，穿着晚礼服、挂着嘲讽的笑，住在一个大酒店的房间里。她的过去是怎么样的呢？有交代，但非常简单，说她原名叫竹均，出身书香门第，爱华女中的高才生，父亲死了，家里更穷，做过电影明星，当过红舞女，一个人闯出来，离开了家庭，没有亲戚朋友的帮忙。而且在话剧的第四幕，她还告诉方达生说她以前有过一次平淡失败的婚姻，丈夫是一个诗人，后来追求革命去了。至于她当初怎么离开家乡，怎么闯出来，怎么变成明星舞女，最后变成交际花，写得非常简略。这样"略前详后"的效果就是，第一，读者、观众不知道女主人公当初堕落失足有没有什么选择的余地；第二，观众跟读者都只看到女主人公今天的苦处。虽然堕落但依然纯真，天良未泯，喜欢窗上的冰花，要救小东西；第三，既然她只是受害者，那么可怜、无辜，那么谁应该对这个美女的自杀、对这个悲剧负责呢？显然，那就是损不足以奉有余的社会。所以，这就是当时的主流意识形态。曹禺本身不能算典型的左翼作家，但他是受了"左联"的意识形态影响的。

《啼笑因缘》平铺直叙，详前详后。第十三回，凤喜接受刘将军的存折，是整部小说也是这个女人命运的一个转折点，前后篇幅是均等的。凤喜是一个贫家女子，16岁，在北平的天桥卖唱，有一个杭州来的书生喜欢她了，就让她读书、帮她租房子。凤喜因为偶然的机会认识了军阀刘将军。刘将军打牌故意输钱，然后送很多礼物……这个小说当时是在中国大报之一的上海《新闻报》连载，张恨水要延长小市民对富贵梦的期待，所以整个过程写得很详细。中间关键的一场，就是刘将军居然跪下来，把存折举在那里，要凤喜嫁给他。小说专门写，当时，樊家树另外一个很讲义气会武功的女性朋友关秀姑，带了一帮好汉，在窗外随时准备救凤喜，而凤喜却因为那将军跪在面前手举存折，挣扎了一会儿就屈从了。为什么外面有人救呢？作家这个安排就是想说明，女主人公在这个关键时刻也不是别无选择的,她不是完全被迫的,她自己有责任。所以为了这个原因,她跟那个军阀在一起以后就发疯了。张恨水后来说过,有很多人说应该把她写死了干净,但是他说:"……然而她不过是一个绝顶聪明而又意志薄弱的女子。何必置之死地而后快!但是要把她写得能和樊家树坠欢重拾,我作书的又未免教人以偷了,总之她有了这样的打击,疯魔是免不了。"[1]鸳鸯蝴蝶派通俗作家其实非常讲究社会效果。白日梦是要给大家做的,但是适当的时候,要点醒市民们,不可以这样堕落。

张爱玲说过她喜欢张恨水[2],但她很认真地追究她的女主角该对自己后来的命运负多少责任。《第一炉香》的结尾,在我看来,正好是《日出》的开始。可以想象,将来的葛薇龙,会不会是另外一个陈白露?她第一次去姑妈家求助的时候,已经害怕了。她看到那一衣柜的衣服,已经预感到自己将来的角色了……张爱玲笔下有很多这样的女人,把嫁人作为职业跟事业。作家呢,倒不仅是加以讽刺,也试图给予理解。"一个有钱的同

---

[1] 张恨水:《作完〈啼笑因缘〉后的说话》,写于1930年。《啼笑因缘》,太原:北岳文艺出版社,1994,12页。
[2] 张爱玲在《必也正名乎》《童言无忌》《存稿》《小团圆》等作品中不断提到张恨水及其作品,直言"我喜欢张恨水"(《流言》,台北:皇冠出版社,1982,116页)。1944年3月16日上海女作家聚谈会上她明确表示爱读"S. Maugham、A. Huxley的小说,近代的西洋戏剧,唐诗,小报,张恨水"(《女作家聚谈会》,上海:《杂志》第13卷第1期,1944年4月)。1952年夏以后,到了香港的张爱玲对邝文美说:"喜欢看张恨水的书,因为不高不低。"(张爱玲、宋淇、宋邝文美著,宋以朗编:《张爱玲私语录》,北京:十月文艺出版社,2011,60页)

时又合意的丈夫，几乎是不可能的事。单找一个有钱的罢，梁太太就是个榜样。"[1]不能说薇龙没有做过挣扎，她至少拒绝了梁太太也就是凤喜这样的命运。她宁可在"爱"字上冒险，这个爱最后导致了不是替乔琪弄钱，就是替梁太太找人。小说最后，乔琪嘴上点上的烟，亮了一瞬间，马上又是黑暗的，象征着乔琪的人性，象征着薇龙将来的生活。

对比之下，陈白露堕落前因不明，凤喜只是贪钱，张爱玲却为葛薇龙的沉沦设计了那么充足那么清醒的人性和现实的理由。每一次选择，至少前三次都有合理的地方。上课的时候问同学，同学们都理解，可是突然间！有了第四步的荒唐。（最近有电影公司筹拍《第一炉香》，制作方和导演让我"顾问"，问到"帮乔琪弄钱，帮姑妈找人"具体该怎么拍？我也不知如何回答，真是毁三观。）比较之下，《日出》突出了女人的纯洁、无辜和厄运，所以符合而且代表了要求社会变革的1930年代革命文学的主流意识形态。《啼笑因缘》突出了下层女子的道德缺陷，既满足也劝诫了小市民的虚荣梦。作品里的绝大多数人物，绝大多数的读者，都有资格来关心、帮助、拯救、评判凤喜。可是《第一炉香》呢？它解析的是女人，或者是人性中更普遍的弱点。在抽象的层面，显示了人受虚荣感情支配，无法解脱；

---

[1] 张爱玲：《沉香屑·第一炉香》，《传奇》增订本，上海：山河图书公司，1946，244页。

在历史的层面，表达了对都市小市民，尤其是女性的生态心态的理解和同情。现在回想起来，为什么作家在一开始要强调，她是一个极普通的上海女孩子？意味深长。

张爱玲自己说："我为上海人写的一本香港传奇。写它的时候呢，无时无刻不想到上海人。因为我是试着用上海人的观点来察看香港。只有上海人能够懂得我文不达意的地方。"[1]这话一部分是推广策略，但张爱玲的作品，和上海确实关系密切。在为上海人写的香港传奇中，异国情调和都市意象是两个重点。其实1930年代上海比香港更发达，所以读者要找的异国情调，不是摩天楼、不是现代化，而是东方主义、东方情调。萨义德提出东方主义的观点，认为西方人对东方人有一个固定的看法，这个看法可能是错的，但是东方人也把这个看法接过来自己批评或表现自己：东方人总爱武术鸦片麻将，苏丝黄酒吧里女人穿红肚兜，等等……对这种"东方主义"文化，张爱玲倒是非常的敏锐。《第一炉香》第二段，整个梁家豪宅就是东方主义的样板。就是为了给英国人看的这一点中国色彩。"……炉台上陈列着翡翠鼻烟壶与象牙观音像、沙发前围着斑竹小屏风"，女主人公的衣服是那种清朝末年的款式。张爱玲说香港把女学生打扮得像赛金花模样，是香港当局取悦欧洲游客的种种设施之

---

[1] 张爱玲：《到底是上海人》，上海：《杂志》第11卷第5期，1943年8月。

一。梁家的晚会，放着《夏日最后的玫瑰》，整个场景却像好莱坞拍清宫秘史。所以这种异国情调是双重的，就是西方人在香港找到了一个伪东方、上海人在香港看到了一个伪西方。这句话应重复一遍，今天依然如此——西方人在香港看到一个伪东方，中国人在香港看到一个伪西方。

张爱玲喜欢"以实写虚"更深层的原因，还有她对都市文化的独特理解。都市文化可以是一种人工跟自然界线的混淆。张爱玲说："像我们这样生长在都市文化里的人，总是先看见海的图画，后看见海。先读到爱情小说，后知道爱。我们对于生活的体验往往是第二轮的，借助于人为的戏剧，因此在生活与生活的戏剧化之间很难划界。"[1]这段话非常重要。用人工对象来形容自然风景，并且在象征与哲学意味上混淆两条界线，于是她小说里常出现一句话：归根究底，什么是真？什么是假？到底，我们看到的是真实的现实世界？还是因为我们先认识了人为人工的世界？

反过来也可以说，所有这些张爱玲式的意象，大概真的是要在灯红酒绿物欲横流的背景下才能创造，要在嘈杂市声喧哗都会的氛围里才能欣赏。这也是为什么张爱玲一离开1940年代的上海，其作品就失却了令人压抑的魅力。或者我们也可以解

---

[1] 张爱玲：《童言无忌》，上海：《天地》第7—8期，1944年5月。

释，为什么她的作品，在比较物化的中国城市，比如上海、香港、台北特别流行。而且不知道是幸抑或不幸，随着中国现在越来越都市化，生活环境越来越物化，张爱玲的小说也许会有越来越多的读者。

第3章

张爱玲的父亲和母亲

  1944年,上海《万象》杂志发表了一篇文章,叫《论张爱玲的小说》,这差不多是最早对张爱玲的评论,作者叫迅雨。当时张爱玲不知道迅雨是谁,直到差不多十年以后,才从好友宋淇那里得知,原来迅雨就是大名鼎鼎的翻译家傅雷,他专门翻译巴尔扎克。迅雨的文章这样开头:"在一个低气压的时代,这样一个水土特别不相宜的地方,谁也不存什么幻想,期待文艺园地里有奇花异卉探出头来。然而天下比较重要一些的事故,往往在你冷不防的时候出现。"什么是冷不防出现的比较重要的一些事故呢?傅雷讲的就是张爱玲的《金锁记》,说"这是张女士截至目前最完美之作,颇有《狂人日记》中某些故事的风味,至少也该列为我们文坛最美的收获之一"[1]。

---

[1] 迅雨:《论张爱玲的小说》,写于1944年4月7日,原载上海《万象》第3卷第11期,1944年。收入子通、亦清主编:《张爱玲评说六十年》,北京:中国华侨出版社,2001,55—70页。

从那以后,《金锁记》一直被人们视为张爱玲的代表作。对其评价最高的是夏志清,他在《中国现代小说史》里写道:"《金锁记》长达五十页,据我看来,这是中国从古以来最伟大的中篇小说。"[1] 我第一次看到这段文字有点疑惑:会不会评价太高了?从古以来?但仔细一想,他讲的是中篇小说,中国古代小说多是长篇章回体,或者《世说新语》类短篇,中篇小说本来就不多,所以夏志清说得也有道理。张爱玲自己后来多次重写《金锁记》,在台湾出过长篇《怨女》,在美国又用英文写成《北地胭脂》,一个故事反复改写,可以说是"The story of her life",她一生都在写作的故事。

据张爱玲的弟弟张子静说,小说中的姜公馆,就是李公馆,写的是李鸿章次子李经述一家。这家里面的大爷叫李国杰,主持过招商局。曹七巧和她丈夫二爷的原型,就是李国杰患软骨症的三弟和合肥乡下娶的妻子。如果《金锁记》是以李鸿章的后代作为原型,这个李公馆就在上海茂名路、威海路路口,现在拆了,离我原来住的(张爱玲也住过的)重华新村很近,散步常走过。拆楼时的照片,也看到过,挺让人感慨的。张爱玲华丽没落的家族血统非常令人感兴趣。在某种意义上可以这样说,没有这个贵族的背景、华丽的背景,也许就没有后来"中国从

---

[1] 夏志清:《中国现代小说史》,刘绍铭等编译,台北:传记文学出版社,1979,406 页。

古以来最伟大的中篇小说"。

张爱玲 1920 年 9 月 30 号出生在上海的一个大别墅里，这别墅现在还在康定路上，但已面目全非。别墅是李鸿章送给他女儿的。在张爱玲出生前五年，父亲张志沂跟母亲黄素琼，金童玉女，华丽完婚。我们后来在张爱玲晚年的一本照相本《对照记》里面可以看到，她妈妈很漂亮。她妈妈的漂亮以不同的方式刺激、影响、制约了张爱玲一生的创作。这一点最早是王安忆对我说的。有一次陈思和请吃饭，席间谈起张爱玲，王安忆说，张爱玲的母亲长得比她漂亮，所以张爱玲一直很嫉妒。这一点我们以后还要讨论。

张爱玲的父亲，单看仅存的一张照片，有点像早年胡适、徐志摩那种民国范儿，戴圆圆的眼镜，长衫西装裤。张爱玲的祖父张佩纶，是晚清有名的清流派。查辞典史书，张佩纶的知名度不在张爱玲之下。所有中国现代作家里，张爱玲的家世大概是最显赫的，不是拼爹，而是拼爷爷，拼爷爷的丈人。

李昂说过一句话，张爱玲"这个女人好像替我及我们许多女人都活过一遍似的"[1]。我把这句话改一改：她的祖父张佩纶，也替我们今天很多自以为忧国忧民的知识分子活过了一遍。

为什么这么说？原来张佩纶一生做了四件事情：第一件就

---

[1]《张爱玲全集·半生缘》简体版推荐词，北京：北京十月文艺出版社，2012。

是"书生意气"。官员也好,读书人也好,一辈子总有一个时期是书生意气的。这个书生意气的阶段有多长、出现在什么时候、和其他因素关系怎么样,会决定他一生的品德和成就。张佩纶22岁中举,次年考中进士,27岁任翰林院编修国史馆协修,34岁任都察院侍讲署左副都御史,官不大,但可能有机会给皇帝上课。中国历代皇权最高,理论上不能挑战,但也是在理论上,皇帝也要受训练,要读四书五经、学儒家道德。黄仁宇的《万历十五年》描述过皇帝听书生讲课的情景[1]。张爱玲的祖父书生意气,未见得直接给皇帝讲过课,却依据经典写些揭发的奏章去检举贪官,用他信服的儒家学说来批判官场贪腐。后来小说《孽海花》主人公庄仑樵就是影射张佩纶。曾朴对他的评论是:"才大心细,有胆有勇,可以担当大事,可惜躁进些。"[2]

光绪年间,张佩纶与何金寿、宝廷、黄体芳合称"翰林四谏",就是读书人为官可以向皇帝提出劝告。时人称作:"今日一章,明日一疏,专事弹劾,遇事风生。贪庸大吏,颇为侧目。朝廷欲播纳谏图治之名,亦优容之。于是遂有清流之号。"[3]说得好像当时的政治很民主一样,其实是当时慈禧刚垂帘听政不

---

[1] 黄仁宇:《万历十五年》,北京:中华书局,1982,10—11页。
[2] 曾朴:《孽海花》,上海:上海古籍出版社,1979,31页。
[3] 姜鸣:《清流·淮戚——关于张爱玲祖父张佩纶二三事》,上海:《文汇报》,2004年4月2日。

久，要广开言路，做出很开放的姿态。在这个背景下，"清流"得以产生。说到底，书生意气，能否有所作为，要看时间、要看形势。当然碰到一个假装开明的皇上，也总比碰到连假装都不愿的皇上要好些。张佩纶1875年到1884年上奏折127件，其中三分之一就是弹劾和直谏，反对要割让伊犁的《里瓦几亚条约》，弹劾当时一些官员……其中特别有一个案子：户部尚书王文韶，因云南报销案受贿六百两，别人扳不动，但张佩纶的奏折就把他告倒了。所以当时四方传诵，说张佩纶弹章文笔出名，连穿衣服都受人瞩目，"丰润（代指祖籍丰润的张佩纶）喜着竹布衫，士大夫争效之"。他当上高官回到家里，人家来祝贺啊，可是他那时很穷，米都没有。所以清和廉总是联系在一起的。当时有个美国人叫杨约翰，说："在华所见大臣，忠清无气习者唯佩纶一人也。"[1]总之，书生意气，忠诚反贪，按今天的说法，"不粘锅"。这是书生意气。

可是，一个书生把很多官员告倒，接下来发生的事却是"文人误国"。中国有句老话说：木秀于林，风必摧之；堆出于岸，流必湍之。清流老是这么出风头，人家就要来整你。当年，法国军队到达福建，军机大臣就建议，说清流言词好听，都是人才，应该派他们去做大事情，而且清流派通常是理想主义者，

---

[1] 张子静:《我的姐姐张爱玲》，台北：时报文化出版公司，1996，18页。

一讲要战要和，他们一定是主战的。李鸿章说忍吧，他们说"是可忍孰不可忍！"于是就委以他们重任。张佩纶受命以三品卿衔会办福建海疆事宜，兼署船政大臣，到马尾督军。瞧瞧你们几个最厉害的大臣，你们讲孔孟，反腐有功。现在，派你们去第一线。

今天我们看得很清楚，让这些写文章的人去管军队，是典型的人力资源错配。张佩纶到了福建管军队，只听北京指示，不明当地情况，结果历史上有名的"中法马尾之战"，清兵大败，海上失了基隆，陆地陷了谅山。败将颜面尽失，而且当时还风传他怎么狼狈逃跑。最后朝廷罚他遣戍张家口。后来有些史书记载，说其实法军肯定赢的，因为当时清军炮弹里面都是砂子。也有些外国的书说张佩纶是替丈人买军火贪污，所以打了败仗。这可真是想当然——马尾战败在前，做李鸿章女婿在后。西方人的有些史书也很不靠谱[1]。

张佩纶的日记年年写，1884年是空白，当年的心情可以想见。所以，文人误国。或者说是文人"被误国"。

接下来就是"落难反省"。张佩纶充军张家口，原配妻子早已经去世了，他的继室也在遣戍途中去世。很多流亡知识分

---

[1] Li, Chien-nung, *The Political History of China*, 1840—1928, translated and edited by Ssu-yu Teng and Jeremy Ingalls, Stanford : Stanford University Press, 1956, p.140. Wakeman Jr., Frederic, *The Fall of Imperial China*, New York : The Free Press, 1975, p. 193. 转引自高全之：《张爱玲与爷爷》，《张爱玲学续篇》，台北：麦田出版社，2014，229页。

子都不闲着，张佩纶也一样，落难期间写了 24 卷《管子学》。后来张爱玲的父亲虽然败家，还出资替他印了全集，叫《涧于集》。

张爱玲很少谈及她祖父的书。后来有研究者感慨，说张爱玲对祖父既无兴趣，又不在乎。受过"五四"影响的作家，对于之前的传统不大重视有点可惜[1]。其实在我看来张爱玲是重视的，只是她的重视不是看文章，而是通过别的形式，通过服装、发型、首饰、仪态……

李鸿章一直非常欣赏张佩纶，他和张佩纶的父亲印塘以前在曾国藩手下合作过。所以张佩纶出来以后李鸿章就把他留在身边做文书[2]。然后，更重要的事情，在《孽海花》里成为佳话，就是李鸿章把自己 22 岁的女儿嫁给了刚刚充军归来的 40 岁的张佩纶。据说是因为才女有诗两首，促成良缘（应该只是文人杜撰的佳话）。《对照记》里保留了李鞠耦的照片，《孽海花》的描写是"眉长而略弯，目秀而不媚，鼻悬玉准，齿

---

[1] 姜鸣说他准备要写张佩纶的传记，且注意到"五四"以后作家对"前朝"文化的隔膜"无知"，很值得进一步的讨论。姜鸣：《清流·淮戚——关于张爱玲祖父张佩纶二三事》，上海：《文汇报》，2004 年 4 月 2 日。
[2] 张爱玲后来回忆祖父家世："我祖父出身河北的一个荒村七家坨，比三家村只多四家，但是后来张家也可以算是个大族了。世代耕读，他又是个穷京官，就靠我祖母那一份嫁妆。"（张爱玲：《对照记》，香港：皇冠出版社，1994，46 页）她似乎并没有很注意身为安徽按察使的曾祖父印塘及其社会关系。

列贝编"[1]。张佩纶其貌不扬,"倒是他的夫人,风姿绰约,仪态端庄,一副大家闺秀的风范",在今人看来,"肯定比孙女张爱玲长得漂亮"[2]。招了这个比女儿大18岁的女婿以后,李鸿章还非常得意,说"平生期许,老年得此,深惬素怀"。都说"赌场不胜情场胜",张佩纶倒是战场不胜情场得意。不过他的婚姻也被清流嘲笑,之前你这么清流,现在成了当权派李鸿章的女婿。陈寅恪考证说这段良缘有政治考虑,《寒柳堂记梦未定稿(补)》里面说:"迨马江战败,丰润因之戍边。是丰润无负于合肥,而合肥有负于丰润,宜乎合肥内心惭疚,而以爱女配之。"[3]这是陈寅恪的解读。看《对照记》中张佩纶照片,实在不怎么样,胖胖的,胡子两边朝下弯,当初是清流,今天看倒像是"贪官"。人不可貌相。李鸿章也是一番苦心,女儿比他小十几岁,把女儿嫁给他,还送给他大房子。

当年官场内外也有不少闲言碎语[4],但张佩纶李鞠耦夫妻还

---

[1] 曾朴:《孽海花》,上海:上海古籍出版社,1979,114页。
[2] 姜鸣:《清流·淮戚——关于张爱玲祖父张佩纶二三事》,上海:《文汇报》2004年4月2日。
[3] 陈寅恪:《寒柳堂记梦未定稿(补)》,《寒柳堂集》,北京:生活·读书·新知三联书店,2001,223页。
[4] 有人作联曰:"老女嫁幼樵无分幼,西床变东席不是东西";又有人作诗曰:"篑斋学书未学战,战败逍遥走洞房"。转引自姜鸣:《清流·淮戚——关于张爱玲祖父张佩纶二三事》,上海:《文汇报》,2004年4月2日。

算恩爱。不过后来张佩纶在政治上并无大作为。1895年47岁迁居南京，离开了权力中心。一种说法是因为他老发议论，干预公事，屡招误议。另一种说法是他跟李鸿章的长子李经方于中日在朝鲜打仗事意见不合。甲午战败李鸿章去签割让台湾的《马关条约》，张佩纶曾书二千余字长信反对。八国联军入侵时，李鸿章让张佩纶复出，他也不肯。胡兰成认为是"李鸿章因翁婿避嫌，倒反不好保奏了，夫妻遂居南京"[1]。好像是良缘反坏了官运？但李鞠耦确实给张家带来丰厚嫁妆，到了南京还有一个巨大的房子，后来变成民国的立法院。张佩纶跟李鸿章的儿子关系不好，还因为张佩纶反对李鸿章去签《马关条约》。张佩纶给他写信，信里面的话今天用白话说，"我是推着枕头含着眼泪写的，我不光是有泪，亦恐有血，不光是我的血，还有鞠耦就是你女儿的血。还不光是我们夫妻的血，还有普天下志士仁人之血"，"希公审察之，毋自误也"，说将来历史上人家都怪你[2]。这个真让他说中了，现在台湾的事情，整个甲午海战后果大家都怪李鸿章。李鸿章是忍辱负重？还是做了值得做的事

---

[1] 胡兰成：《民国女子》，《今生今世》，北京：中国社会科学出版社，2003，164页。
[2] "曾文正于丰大业一案所云：内疚神明，外惭清议。今之倭约，视法约何如？非设法自救，即疚惭不能解，而况不疚不惭？衅恐续假哗然，销假哗然，回任更哗然，将终其身为天下哗然之一人耳。此数纸，黄中夜推枕濡泪写之，非惟有泪，亦恐有血；非惟黄之血，必有鞠藕之血；非惟黄夫妇之血，亦恐有普天下志士仁人之血。希公审察之，毋自误也。"转引自姜鸣：《清流·淮戚——关于张爱玲祖父张佩纶二三事》，上海：《文汇报》，2004年4月2日。

情？当然这个不是本书的研究范围。反正我们知道张爱玲的祖父当初这样写信给他的岳父大人。这也没有用，台湾还是割了。张爱玲日后也是首先在台湾重新红了起来。这真是一个历史的吊诡。

我感兴趣的是一个男人、一个知识分子，书生意气、文人误国、落难反省、贵人相助，一生怎么排列组合？很多人都可能会经历这四种境遇，当然会有不同定义和理解，会有不同的组合关系，与国、与人、与己都不一样，可以沙盘推演或重演一下……

当然这是题外话，言归正传，张佩纶一生书生意气，虽有贵人相助，没有大作为，56岁去世。他死以后，张爱玲还有一大批的叔叔，这些人当中她父亲是最没用的。她的叔叔当中有她很尊敬的权贵，两江总督、两广总督张人骏，还有北洋政府内务总长、交通总长张志潭。

张爱玲怎么那么笨，这么多高官的关系也不好好利用。今天谁都知道"拼爹"，没有李刚，拼个表叔也行哪！要是有个叔叔是部长、秘书长、总督，管上海、安徽、浙江……张爱玲的弟弟说过："我姐姐文采早慧，文笔犀利，性格孤傲，择善固执，颇得祖父的真传。"[1] 她弟弟倒也谦虚，知道自己没传到

---

[1] 张子静：《我的姐姐张爱玲》，台北：时报文化出版公司，1996，27页。

什么本领。一个最有名的故事,有一次他弟弟被父亲骂,张爱玲在餐桌上为他哭。后母在旁边说,又没骂你,你哭什么?张爱玲很伤心地跑出去,到了洗手间对着镜子说:"我要报仇、我要报仇!"就在她愤怒的时候,没想到玻璃窗上传来皮球的声音——她弟弟已经在玩皮球了。特别荒谬的情节!所以她弟弟后来也回忆,张爱玲是得到她祖父的真传。

今天我们看得很清楚。张志沂在这个世界上最基本的使命就是把张佩纶的 DNA 带给张爱玲,而且这个最基本的使命他还没完成好,还在中间起了很多阻碍作用。阻碍作用之一就是,这么华丽复杂的家世,张爱玲小时候根本不知道。瞒着自己的小孩,大概是因为她父亲觉得当时已经是新时代了,晚清的这些背景不光彩;也可能他沉默无语当中有某些不满。总之她父亲不让张爱玲太早认识张佩纶。可是迟早是要认识的,而且她父母的整个人生婚姻模式,后来都成为张爱玲小说的原型。

张爱玲早年也不特意讲她的华丽家族。1940 年代卖书的时候,她只拿贵族血统做一点点宣传。做宣传的时候,"贵族"两个字她还打上引号。一直到她在美国用英文写作《易经》《雷峰塔》的时候,她才放下顾忌,开始直接写出她的那些亲戚的官职。到了晚年,她编了一本《对照记》,更把家族的照片尽量收集。高全之说,张爱玲绝非目前流行说法的"官 X 代",她没赶上家世鼎盛的前朝，只能算是前朝"遗民"的"下一代"[1]。"遗民"，广义上，是改朝换代后遗留下来的前朝人民；狭义上，就是仍然怀念、效忠前朝的人。

我不知道借用"遗民"这个概念是不是可以来分析张爱玲对她祖先的态度？在《对照记》里，晚年漂泊在洛杉矶的张爱玲这样感慨："我没赶上看见他们，所以跟他们的关系仅只是属于彼此一种沉默的无条件地支持，看似无用，无效，却是我最需要的。他们只静静地躺在我的血液里，等我死的时候再死一次……"

"等我死的时候再死一次。"这句话曾经写在1975年的《小团圆》里，在1990年代的《对照记》中再次出现，说明和她华丽家族一起再死一次的心情，已经存在或压抑很久了。

"细读张爱玲"，乍一听，像"吸毒张爱玲"。有时候我也觉得真是"吸毒"，读张爱玲会上瘾。

我们从《金锁记》的原型，讲到张爱玲的家庭、父亲母亲。不是每个作家的父亲母亲都值得这样来关注。我们花时间了解她的父亲母亲，不仅因为她是贵族血统、豪门出身，在文学意

---

[1] 高全之：《〈雷峰塔〉与〈易经〉的遗民态度》，《张爱玲学续编》，台北：麦田出版社，2014，98页。

义上，官二代、富三代，其实没什么特别价值；而是因为：第一，作家貌似恋父仇母的态度有点奇怪，令人费解；第二，作家后来一生都写男女战争，父母就是基本原型，所以是一种比较罕见的、精神意义上的"啃老族"；第三，张爱玲跟父母的关系，放在五四文化的"弑父"背景上，有点象征意义。另外，我们讲作家父母的家庭，其实也是在讲作家的童年。

张爱玲的母亲黄素琼，家世其实也非常显赫。她母亲的祖父叫黄翼升，原来跟李鸿章一起在曾国藩下面效力，正统湘军，后来官居长江水师提督，人称"黄军门"，所以她母亲是官三代。她母亲生出来的时候就非常特别，当时全家都盼望是个男孩，头一出来是个女孩，家里人都非常失望。这个时候接生人喊了一句非常经典的话，说："大家不要慌！里边还有一个！"结果头出来是个男孩，原来是双胞胎，一男一女——这个场面什么意思？就是说张爱玲的母亲出生第一秒钟就受歧视。

张御史的公子、"黄军门"的孙女，金童玉女却成就不了一段完美婚姻。他们的痛苦婚姻史上唯一的成就，就是5年以后出生的张爱玲。1922年，张爱玲的家从上海搬到天津，因为张爱玲父亲认为钱财都被她伯父管着，花钱不畅快。她父亲是一个典型的公子哥，读了不少旧书，但不务正业、坐吃山空、花天酒地、养姨太太、包二奶、嫖妓、赌、烟……都上瘾，烟不是香烟,是鸦片。张爱玲的母亲正好相反,她看不惯,也不能忍受丈夫这种"烟赌嫖书"的生活方式。所以,1924年,黄素琼说我陪伴小姑(就是张爱玲的姑姑)到英国去读书,就去了欧洲。

1924年,鲁迅开始写《野草》,跟许广平师生恋;郁达夫写《春风沉醉的晚上》,性苦闷转为生苦闷;丁玲、戴望舒、施蛰存在上海大学听瞿秋白上课;沈从文刚刚北漂……就是这个1924年,张爱玲4岁,她母亲却像当时很流行的"娜拉出走"那样走了,28岁。

我在大学讲现代文学时,注意到一个很有意思的现象,就是大部分的五四作家,他们的父亲都很早去世。胡适、鲁迅、郁达夫、老舍、巴金、茅盾……全都是。所以他们从小都是父亲缺席,母爱启蒙。象征意义上也很对应五四的情况。母亲象征大地、家乡、山河;父亲代表礼教、政治、官僚。他们爱母亲爱大地,他们反叛礼教,反叛政权[1]。

可是童年的张爱玲非常特别,母亲缺席,父教仍在。"最初的家里没有我母亲这个人,也不感到任何缺陷,因为她很早就不在那里了。有她的时候,我记得每天早上女佣把我抱到她床

---

[1] 孟悦、戴锦华称这种文化心理现象为五四文学的"弑父情结"。孟悦、戴锦华:《浮出历史地表》,郑州:河南人民出版社,1989,3—6页。

上去,是铜床,我爬在方格子青锦被上,跟着她不知所云地背唐诗。她才醒过来总是不甚快乐的。和我玩了许久方才高兴起来……每天下午认两个字之后,可以吃两块绿豆糕。"[1]

张爱玲另外一段回忆:"我母亲和我姑姑一同出洋去,上船的那天她伏在竹床上痛哭,绿衣绿裙上面钉有抽搐发光的小片子。"4岁的女儿,居然还记得母亲衣服上有金属的片子。"佣人几次来催说已经到了时候了,她像是没听见,他们不敢开口了,把我推上前去,叫我说:'婶婶,时候不早了。'"张爱玲小时候过继了,所以称父亲母亲为叔叔婶婶。理论上,能指所指关系是任意的,可是我总觉得把妈妈叫婶婶,有点问题。张爱玲回忆:"她不理我,只是哭,她睡在那里像船舱的玻璃上反映的海,绿色的小薄片,然而有海洋的无穷尽的颠簸悲恸。"[2]

这些回忆都出于《私语》,是张爱玲最重要的散文之一。写这篇文章的时候张爱玲已是上海最红的作家,她那时候24岁;她妈妈48岁,漂流在英国、法国。她妈妈的外国男友,数年前刚在新加坡战火中丧生了。张爱玲这时回想她母亲的感觉,非常微妙,好像很冷漠,但又刻意强调缺席,暗示缺憾。她妈妈走了,过了一些年又回来,因为她父亲丢了职位,姨太太被赶

---
[1] 张爱玲:《私语》,上海:《天地》第10期,1944年7月;收入《流言》,台北:皇冠出版社,1982。
[2] 同上。

走了。也因为张爱玲要读小学了，妈妈赶回来一次。

张爱玲对她爸爸的姨太太也有一段回忆，说这个女的很凶，年纪比她父亲还大，还打她父亲。可是她对张爱玲挺好的。有一天给张爱玲买了新衣服，张爱玲就说我喜欢你，说这句话的时候是真心的，后来她心里其实一直非常后悔，所以张爱玲就常常质疑自己的所谓真心，是不是就是一般意义上的真心，是不是出于情境需求，不自觉地骗己骗人。按她弟弟的说法："我们的童年与青春时代，就是父母的迁居、分居、复合、离婚，这条主线贯穿起来的。"[1]家里常常出现的情况是怎么样？张爱玲有一段童年视角的经典描写，说她的父母在房间里"……他们剧烈地争吵着，吓慌了的仆人们把小孩拉了出去，叫我们乖一点，少管闲事。我和弟弟在洋台上静静骑着三轮的小脚踏车，两人都不作声，晚春的洋台上，挂着绿竹帘子，满地密条的阳光"[2]。

这就是张爱玲的文字，看上去很普通，我们脑补一下：大人在里边吵架，小孩不能作声。更精彩的是，两个人不作声，还有帘子、阳光、脚踏车……这样一个气氛。然后她妈妈又走了，又要送别。"我没有任何惜别的表示，她也好像是很高兴，

---

[1] 张子静：《我的姐姐张爱玲》，台北：时报文化出版公司，1996，51页。
[2] 张爱玲：《私语》，上海：《天地》第10期，1944年7月；收入《流言》，台北：皇冠出版社，1982。

事情可以这样光滑无痕地度过，一点麻烦也没有。可是我知道她在那里想：'下一代的人，心真狠呀！'"[1]这是张爱玲觉得她母亲这样想。她母亲是不是这样想呢？我们其实不知道。8 岁的张爱玲跟母亲告别以后，等她母亲出了校门，"我在校园里隔着高大的松杉远远望着那关闭了的红铁门，还是漠然，但渐渐地觉到这种情形下眼泪的需要，于是，眼泪来了。在寒风中大声抽噎着，哭给自己看"[2]。

8 岁女孩跟母亲告别，伤心哭泣很正常，不哭才有问题。可是她的回忆是，其实当时没什么感觉，只是觉得这个时候该流泪，眼泪就来了——这句话真道出了现在许许多多文化工业宣传节目的要害，现在快男超女梦想秀好声音或者达人秀……全都这样，人站到上面，灯光一照，音乐一起，妈妈在下面看。那怎么办？眼泪就来了。这时只有导演清楚是演戏，台上的人还真感动。只有张爱玲才会跟我们点穿，这个眼泪，是有需要才来的。这是对于演戏、对于整个文艺腔，甚至是对于人类人伦制度一种布莱希特式的距离感（这个女孩后来居然嫁给了布莱希特的好友）。

张家在上海搬了不少地方，武定路、陕西南路……大部分

---
[1] 张爱玲：《私语》，上海：《天地》第 10 期，1944 年 7 月，收入《流言》，台北：皇冠出版社，1982。
[2] 同上。

是在静安区一带,中上层的街区,后来还回到李鸿章送的那栋大别墅。当然,在这过程当中,世界上发生了很多事情,"左联"、抗战、资本主义经济危机、工人运动……只有在张志沂的家里,还是花园、洋房、狗、很多仆人,没有母亲,一个吸鸦片的父亲在读《红楼梦》,这就是张爱玲的家。后来,他又再婚。银行同事的妹妹孙用蕃,成了张爱玲的后母。这个人家世也很厉害,父亲叫孙宝琦,曾担任清政府出使法国大臣、袁世凯的外交总长,还做过曹锟的国务总理。张爱玲父亲再婚,还能找到一个总理的女儿。可惜找到的时候,这个总理已经过气,而且"娶了五个太太……这五个太太为他生了八个儿子,十六个女儿"[1],分也分不到啥东西。

张爱玲读的中学是圣玛利亚女校,就在现在华东师大附近,中山公园往西过了铁路,也靠近圣约翰大学,后来跟中西女中合并,变成了上海市第三女子中学。中学时候的张爱玲有个理想:"我要比林语堂还出风头,我要穿最别致的衣服,周游世界,在上海自己有房子,过一种干脆利落的生活。"[2]这个理想里有几个要素:第一,比林语堂出风头,林语堂因为英文作品卖得好很出风头,张爱玲后来也想这样写。第二,衣服,

---

[1] 张子静:《我的姐姐张爱玲》,台北:时报文化出版公司,1996,43页。
[2] 张爱玲:《私语》,上海:《天地》第10期,1944年7月;收入《流言》,台北:皇冠出版社,1982。

对张爱玲而言衣服是非常重要的。第三，周游世界，张爱玲后来却没有周游太多的地方。第四，在上海有房子，这个其实很容易做到，但是她晚年自己拒绝了。没想到的是，张爱玲后来比林语堂更加有名。

母亲是缺席的，那张爱玲怎么回忆父亲的家？"那里什么我都看不起，鸦片，教我弟弟做《汉高祖论》的老先生，章回小说，懒洋洋灰扑扑地活下去。像拜火教的波斯人，我把世界强行分作两半，光明与黑暗，善与恶，神与魔。属于我父亲这一边的必定是不好的。"[1]这段文章写在她24岁时，这种两分法当时人们已很熟悉。《日出》里以陈白露为界，比她有钱的大致都是坏的，比她穷的一般都是好的。巴金的《家》，以觉新为界线，比觉新年纪大的都是保守腐化，比觉新年纪轻的都是青春美好。

张爱玲有什么选择？一个男人抽鸦片，养姨太太，看《红楼梦》；一个女人从欧洲读书回来，教她弹钢琴，学法文。这个对比太鲜明了。一个代表腐败的、垂死的、灰暗的文化传统，而她妈妈却好像新时代出现的先进文化。看《对照记》里面的照片，妈妈本来绑过小脚，可是她居然能滑雪。《小团圆》里还描写她在香港浅水湾游泳，身边不乏外国男友。对童年少年时的张爱玲来说，这就是"新文化"。按今天学术界的术

---

[1] 张爱玲：《私语》，《流言》，台北：皇冠出版社，1982，149页。

语,这就是"现代性"。可是张爱玲说:"我把世界强行分作两半。""强行"的潜台词就是不应该,就是质疑。换言之,她在1940年代,对于五四主流意识形态,是有怀疑的。主流意识形态假定:新的比旧的好、西方比东方文明、城市比乡村先进。所以,先进、前进、发展、改变等等,这是天然的正能量;没落、停滞、传统、保守,那必然是负面价值,只有沈从文、张爱玲等少数人,才有意怀疑挑战这种主流意识形态。

张爱玲怎么描写她腐败的父亲?"我喜欢鸦片的云雾,雾一样的阳光,屋里乱摊着小报(直到现在,大叠的小报仍然给我一种回家的感觉),看着小报,和我父亲谈谈亲戚间的笑话——我知道他是寂寞的,在寂寞的时候他喜欢我。父亲的房间里永远是下午,在那里坐久了便觉得沉下去,沉下去。"[1]这些文字里面居然充满一种留恋。事实上,父亲给她带来很多的屈辱痛苦。从小的来讲,她要钱给钢琴老师付学费,她父亲让她一个中学生站在烟铺前等很久,也不告诉她给不给钱。张爱玲后来总结出一句话,能够爱一个人爱到问他拿零用钱的程度,那是严格的试验[2]。当然,还有更严重的家暴,她后来被父亲打了一顿,关了半年。父亲还不让她读新学校,是母亲鼓励她接

---

[1] 张爱玲:《私语》,《流言》,台北:皇冠出版社,1982,149页。
[2] 张爱玲:《童言无忌》,同上书,10页。

受现代教育。可是她怎么回忆母亲给她安排的西化教育？"教我琴的先生是俄国女人，宽大的面颊上生着茸茸的金汗毛，时常夸奖我，容易激动的蓝色大眼睛里充满了眼泪，抱着我的头吻我。我客气地微笑着，记得她吻在什么地方，隔了一会才用手绢子去擦擦。"[1]

看到这种地方，我有一个巨大的困惑：为什么一个伤害她的、生活中是坏榜样的父亲，却得到张爱玲的怀念、眷恋？而一个有心用现代文化帮助、栽培她的母亲，却被她挑剔、抱怨？张爱玲对父母亲这种令人不能理解的爱憎好恶、感情关系，到底出自什么原因，而且会怎么影响她的人生和创作呢？

张爱玲与后母之间有过一场著名的吵架，起因是张爱玲在妈妈那里过夜，因为当时中国正在和日本打仗，有战火，夜晚回家不安全。回家撞到她的后母，后母说你走了怎么不跟我说一声？下面是张爱玲的记录：

> 我说我向父亲说过了。她说："噢，对父亲说了！你眼睛里哪儿还有我呢？"她刷地打了我一个嘴巴，我本能地要还手，被两个老妈子赶过来拉住了。我后母一路锐叫着奔上楼去："她打我！她打我！"在这一刹那间，一切

---

[1] 张爱玲:《谈音乐》,《流言》,台北：皇冠出版社，1982，198 页。

都变得非常明晰,下着百叶窗的暗沉沉的餐室,饭已经开上桌了,没有金鱼的金鱼缸,自瓷缸上细细描出橙红的鱼藻。我父亲趿着拖鞋,啪嗒啪嗒冲下楼来,揪住我,拳足交加,吼道:"你还打人!你打人我就打你!今天非打死你不可!"我觉得我的头偏到这一边,又偏到那一边,无数次,耳朵也震聋了。我坐在地下,躺在地下了,他还揪住我的头发一阵踢。终于被人拉开。[1]

抄录这一段,主要不是为了展现家暴事件,家暴只是一面之词,假如后来她父亲后母写一篇回忆录,可能就是另外一个故事了。张爱玲的父亲不知道后来有没有看到张爱玲写的文章,她的后母后来在上海租了一个14平方米的石库门房子,十几户人家共享煤卫。老太太眼睛也瞎了,一直活到"文化大革命"期间。张爱玲的父亲1950年代在上海去世,境况也非常差。她的后母大概不知道,她对中国现代文化最主要的贡献就是那个耳光,就是这个耳光把张爱玲打出了家门,从此走上了另外的道路。这里面还有一个事实需要考证,张爱玲说她被关了半年,她父亲不管她死活,可是后来她弟弟的回忆录里头说她父亲打她也关她,但是替她打针治病。张爱玲略掉了这一段,或是完

---

[1] 张爱玲:《私语》,《流言》,台北:皇冠出版社,1982,151页。

全不知道，或是故意忽略。

张爱玲逃出父亲的家。她自己的描写："——当真立在人行道上了！没有风，只是阴历年左近的寂寂的冷，街灯下只看见一片寒灰，但是多么可亲的世界呵！我在街沿急急走着，每一脚踏在地上都是一个响亮的吻。"[1]这段文字非常特别，响亮的吻使我联想到丁玲和陈企霞，当初他们投奔延安的时候，也有这么一个吻。我采访过陈企霞，1940年代他是延安《解放日报》文艺版的副主任，丁玲是主任。抗战前夕，他们千辛万苦跨过敌占区，到了保安，看见小孩子光头，前面一撮头发，一手拿着红缨枪。他们知道到了红色边区。这些知识分子马上下车，激动地趴在地上亲吻黄土。陈企霞讲述的这个画面给我的印象特别深，因为城里人是不会亲吻黄土的。农民也不会亲吻黄土，因为他们知道里面有粪，亲了也不会多些收成。张爱玲没有直接亲吻，但是她说，每一脚踩在地上都是响亮的吻。中国现代最重要的两位女作家，在紧要的时候，都用亲吻地面作为象征，从此走进新生活。

出来以后，张爱玲就用英文发表了她的第一篇散文。她第一篇小说是《第一炉香》，可是她的英文散文更早，标题是"What a life, what a girl's life"。什么样的生活！什么样的女孩子

---

[1] 张爱玲：《私语》，《流言》，台北：皇冠出版社，1982，154页。

的生活!她把她自己被禁闭、父亲怎么迫害她,都用英文写在报纸上。萧红当年在哈尔滨被丈夫丢在旅馆里,旅馆费都付不起,还怀了孕,也是靠着在报纸上写的一篇文章,萧军等很多男性文人来救她。后来张爱玲是用反讽的笔调解构娜拉,听到开饭了,还得从楼上下来,回到世俗生活[1]。

好了,离开父亲的家,跟母亲一起生活了,新生活开始了。幸福吗?未必。母亲其实早就跟她说,你想清楚,跟父亲是有钱,跟我这边是没什么钱,你要吃得苦,不能后悔。张爱玲当时被关着,渴望自由,还是要走。鲁迅早就预言,娜拉没走之前想的是尊严,走了以后关键就是钱。从小时候到十六七岁,张爱玲从来不需要钱,在家里有洋房有佣人,去学校有汽车接送,放学了走出来,不用认、不用找自己的车,车夫会来找她。所以她通常也不需要零用钱,难得跟父亲要过一次,觉得很为难。所以她现在一出来,十六七岁跟母亲在城市公寓里生活,发现自己的生活能力等于零,自己最发达的能力,就是"天才梦"。她母亲黄逸梵(原名黄素琼)那时候已经四十来岁,还很漂亮,在欧洲拍了很多照片,风情万种像电影明星,有外国的男朋友。家里突然多了一个17岁的女儿当然不方便,经济上也是问题。所以张爱玲就说:"这时候,母亲的家不复

---

[1] 张爱玲:《走!走到楼上去》,《流言》,台北:皇冠出版社,1982,92—94页。

是柔和的了。"[1]

  黄逸梵在海外没有学历很难谋职,所以她去欧洲常常是变卖家传古玩补贴日常开销,开始很阔,回上海一度和姑姑住大厦大套间,开白汽车,有白俄司机、法籍厨师[2]。后来慢慢地,钱就不够了,搬进了常德公寓。这个公寓现在还在,在上海常德路,静安寺附近,5楼51室,后来改到6楼65室。张爱玲就在那个房间写出了刻画那个城市灵魂的大部分作品。她另外有个住处是长江公寓,就是卡尔登公寓;曾经有一段时间住过重华新村。前些年我被上海静安区政府请回去参加一个会,讨论张爱玲故居应该怎么样整修开放。当时有个计划,要把整个大楼重新翻修,要开张爱玲咖啡馆、张爱玲图书馆,还有30年代礼品店等等,总之有一番庞大的商业计划。我说张爱玲喜欢孤独,那么热闹未必是她的心愿。后来事实上也不需要操心,热闹不起来,因为有老干部提出胡兰成是不是汉奸等问题,所以现在去看那个大楼,也就安了"张爱玲故居"一块小铜牌,之前还有错别字。

  讲回当年,张爱玲说:"……看得出我母亲是为我牺牲了许多,而且一直在怀疑着我是否值得这些牺牲。我也怀疑着。"[3]

---

[1] 张爱玲:《私语》,《流言》,台北:皇冠出版社,1982,155页。
[2] 张子静:《我的姐姐张爱玲》,台北:时报文化出版公司,1996,119—120页。
[3] 张爱玲:《私语》,《流言》,台北:皇冠出版社,1982,154页。

说实在话，这位母亲有没有怀疑她为女儿做那么多牺牲值不值得，我们是不知道的，我们看到的只有女儿对母爱的渴望跟怀疑，看到一个留欧回来、习惯独立生活的洋派女子，天天要教一个什么事情都不会做的没落贵族女儿洗衣服、做饭、搭公交车、省钱、弄头发等等。张爱玲回忆说："……在她的窘境中三天两天伸手问她拿钱，为她的脾气磨难着，为自己的忘恩负义磨难着，那些琐屑的难堪，一点点地毁了我的爱。"[1]现代文学里面，很少有人这样描写母女之间赤裸裸的、世俗的、粗糙的感情问题。是不是这个天才少女太敏感了呢？她母亲其实也真是不幸福，几年后男友就死在新加坡，她又去了欧洲，据说是带了一箱皮货回来，和人合伙做皮件生意。1950年代她还去英国做工、做皮货生意，留洋处境其实不怎么好。所以在张爱玲眼里，父亲的书房固然是叫人沉沦、沉寂下去，可是母亲的西方文化，外文、钢琴、淑女，也未必是光明前景。

张爱玲产生于一个历史地理文化意义上的孤岛[2]，其实也是一种家庭伦理感情意义上的孤岛。重要的问题是，为什么一个明明给她带来这么多负能量的父亲，她却有点留恋？可是一个为她付出这么多、给她带来整个新文化教育的母亲，她非常不

---

[1] 张爱玲：《童言无忌》，《流言》，台北：皇冠出版社，1982，10页。
[2] 苏伟贞有专著《孤岛张爱玲》，却不是讨论1942—1945上海时期的张爱玲，而是追踪1952—1955香港时期的张爱玲，也可说明"孤岛"的定义转换。台北：三民书局，2002。

领情，而且是这么较劲、这么不满，以至于后来在她的创作中，母亲的角色不管配角、主角，不管是白流苏的母亲，还是《金锁记》里的七巧，几乎都是比较负面的形象，什么道理呢？

第一种解释，张爱玲对父母充满矛盾的感情，也反映或象征了她对时代潮流的一种犹豫。一般五四时代，都是追求、崇拜现代性，唾弃晚清的传统文化。而张爱玲偏偏在跟她父母关系的层面上，表达了她对于传统文化的一种留恋，对五四新潮的一种怀疑。貌似恋父疑母，也是留恋晚清怀疑五四。

第二种解释，她的父母就是她后来写爱情小说的基本人物原型。张爱玲后来所有作品的主题，一言以蔽之："男女战争"。这些爱情小说不是描写什么沙滩、月光、蜡烛、温情、浪漫，而是充满计算、谋划、猜疑、策略、游戏等等。张爱玲小说中对女人的研究跟对男人的观察，有点不一样。她对男人相对比较隔膜、比较"宽容"（或者是看透弱点后的"宽容"）。她常常要写一个为女主角所爱的男人还有别的女人，这种故事其他的五四小说是不常见的——巴金的《家》、鲁迅的《伤逝》、钱锺书的《围城》，包括性苦闷的郁达夫，爱情故事都是一对一，而且比较书生气、理想化。张爱玲的爱情故事赤裸裸地呼应了今天社会和网络上的一种普遍的婚恋困境。在这种情况下，我们看到她对母亲尤其苛刻。研究者余彬讲过一句话：所有女人都是同行。张爱玲用这么个态度来描写她母亲，不单是母女，而且有一种性的竞争关系，我们以后会一步步地看到，张爱玲的父亲和母亲，其实是她作品里最主要的取之不尽用之不竭的题材和原型。爱情战争，首先就发生在她的父母之间。张爱玲是文学意义上的"啃老族"。

当然还有第三种解释的可能，一种说法是恋父情结。如果只看《心经》，写恋父细节其实非常生硬，而且凭作品来判断作家的生理倾向，也不足为证。但张爱玲后来的两次婚姻，倒是都嫁给了比较年长的男性。现实生活当中，张爱玲后来跟她父母的关系都非常远。父亲当年曾迫害她、打她；她从香港回来后要重读圣约翰大学，问父亲要钱，父亲没有马上给她，这就是最后一次有详细记载的见面。后来，张爱玲出名了，父亲生活很惨，张爱玲也没有怎么特别关心。母亲那边呢？母亲在欧洲做生意、打工，生活也很惨，张爱玲出了书，还会给母亲寄一本，或者说寄点钱，但是也就仅此而已。

五四时期很多作家都是父亲很早缺席，依靠母亲的启蒙长大。所以张爱玲非常特殊，跟那些作家都不一样。因为大部分作家，像胡适、茅盾、郁达夫、鲁迅、老舍，外面笔战奋斗再辛苦，他总有一个地方可以回去，精神上，那就是他的母亲。可是我们在张爱玲这里看到，她，父亲这边，回不去，母亲那里，也回不去——所以就出现一个真正的精神上道德上甚至在私生活层面上"无家可归"的情况。这种情况在整个五四文学当中非常罕见。

第 4 章

论七巧

《金锁记》其实可以清楚地分成上下两个部分阅读，前半部分是女主人公被人欺负，后半部分是女主人公欺负别人，中间的转折点正是我们要详细分析的——七巧拒绝小叔子姜季泽的"求爱"。所以本章重点要讨论的问题，就是七巧应不应该拒绝姜季泽？

《金锁记》写作的套路和《第一炉香》有点像，上来是一个说书的引子，《第一炉香》是"请您寻出家传的霉绿斑斓的铜香炉，点上一炉沉香屑，听我说一支战前香港的故事……"[1]《金锁记》则是这样写："三十年前的上海，一个有月亮的晚上……我们也许没赶上看见三十年前的月亮。年轻的人想着三十年前的月亮该是铜钱大的一个红黄的湿晕，像朵云轩信笺

---

[1] 张爱玲：《沉香屑·第一炉香》，《传奇》（增订本），上海：山河图书公司，1946，213 页。

上落了一滴泪珠，陈旧而迷糊。"[1]朵云轩是上海南京东路（从前叫大马路）上一家有名的卖毛笔、砚台等传统书画工具的老店，里面的纸是非常出色的。张爱玲这里又是以实写虚——"月光像铜钱大的一滴泪珠"，尤其在《金锁记》里，月光贯穿始终，具有很多不同的象征意义。引子之后，便又是丫鬟下人的闲言碎语，从侧面道出女主人公在这个大家庭的处境，用的是第三人称的旧白话，讲的是布帘、衣服、月光、褥子等家里琐琐碎碎的小事情，初初一看好像在读《金瓶梅》——

> 凤箫恍惚听见大床背后有窸窸窣窣的声音，猜着有人起来解手，翻过身去，果见布帘子一掀，一个黑影趿着鞋出来了，约莫是伺候二奶奶的小双，便轻轻叫了一声"小双姐姐"。小双笑嘻嘻走来，踢了踢地上的褥子道："吵醒了你了。"她把两手抄在青莲色旧绸夹袄里。下面系着明油绿裤子。

小说里的这些段落，只是为了铺垫气氛，所有这些人物、衣服、动作，后来都不重要。可是这些文字合起来营造了一种

---

[1] 张爱玲：《金锁记》，原载上海《杂志》第12卷第2期，1943年11—12月；收入《传奇》（增订本），上海：山河图书公司，1946，110页。

气氛,这个气氛是五四以后现代文学中很少见的,却是和沉香屑、朵云轩信纸相配合的这么一种有点发霉的气味。

通过丫鬟们的议论,读者知道,姜公馆里面,老太太是信佛的,三个儿子已经成亲了,大儿子情况不太清楚,三儿子是比较乱花钱的花花公子,二儿子残疾,还有一个女儿待嫁。这个残疾的二少爷的太太,来自穷人家。其实也不能算太穷,家里是开麻油店的,看你怎么比较。嫁到一个豪门,娘家开麻油店,当然是被人瞧不起。有了铺垫以后,我们再来看看七巧的登场亮相。"众人低声说笑着,榴喜打起帘子,报道:'二奶奶来了。'兰仙云泽起身让座,那曹七巧且不坐下,一只手撑着门,一只手撑住腰。"[1] 兰仙云泽分别是三少奶奶与小姐的名字。一只手撑着门,一只手撑着腰,这形状不是茶壶吗?"窄窄的袖口里垂下一条雪青洋绉手帕,身上穿着银红衫子,葱白线镶滚,雪青闪蓝如意小脚裤子,瘦骨脸儿,朱口细牙,三角眼,小山眉,四下里一看,笑道:'人都齐了,今儿想必我又晚了!怎怪我不迟到——摸着黑梳的头!谁教我的窗户冲着后院子呢?单单就派了那么间房给我,横竖我们那位眼看是活不长的,我们净等着做孤儿寡妇了——不欺负我们,欺负谁?'"[2]

---

[1] 张爱玲:《金锁记》,《传奇》(增订本),上海:山河图书公司,1946,114 页。
[2] 同上。

仅仅这一段,从外貌、动作、言语,到处境、性格、脾气,一览无遗。小说的前半段写主人公被人欺负,被人欺负最主要就是两点,"食"与"色"。表面是"食",背后是"色",可以说的是"食",不可言说的是"色"。所谓"食",就是"饭票",自己觉得是穷人,小商人家庭出身,嫁入豪门,其实这是今天很多普通人的白日梦,却不知愈是穷人,愈进豪门,就愈显得家庭背景寒酸。小说里有一大段描写七巧的哥哥、嫂嫂来看她,七巧不敢禀报老太太;老太太其实明明看到,故作不知,其实就是不想接待这样的穷亲戚。而家人一来,七巧就眼泪鼻涕地哭诉自己在姜家被人歧视、日子难过,她其实是怪她哥哥当初怎么收了钱把她等于是卖了。家人就劝她再熬再熬啊,等日后分钱。

小说没有明写,当初嫁给姜家这个残疾的公子的时候,七巧自己是啥态度,有没有选择?至少也没有说她反抗过。这个有没有选择的问题,我们其实在解读《第一炉香》或者《啼笑因缘》时,知道女人被迫"从了"的时候,她自己有没有选择,非常重要。后来张爱玲把《金锁记》改成长篇《怨女》在台湾出版,加了一点这类的文字,似乎她是清醒自愿的。如果女主人公一开始就坚决拒绝,小说也不用写了,就没有后来的故事了。小说家如果不写女主角这样的选择,或者说她当初就是犹豫的、反对的，那她后来的责任就很少，就像我们看到陈白露这样的情况——人们就比较容易同情她，她自己也会更加同情自己。

但是作家有时候很厉害，就像《第一炉香》这样，每走一步都有选择，按照高全之的说法，女主角就好像《金瓶梅》里的李瓶儿、潘金莲那样，她们接受坏男人，又有自愿性、又有现实性，这个叫"自愿从娼的心路历程"[1]。现实性就是你去的地方有钱、有保障。自愿性，字面上的理解即不是被强迫。自愿性加重了这个人物对自己命运的道德责任。不过我注意到一点，所有这类故事，自愿性也罢，现实性也好，她们跟了一个坏的男人，西门庆、乔琪乔等等，他们除了有钱以外，至少也还是风流倜傥、花花公子。

但七巧，真是与众不同，大家知道，她好像就只得到了钱，sex方面真的就一直缺乏。小说里也说了，不知怎么样结果还有了儿子、女儿，也许就是在这个层面上，七巧自己觉得特别有理由抱怨。当然作为一个礼教家庭的成员，也特别不能抱怨。女主人公的这一类选择，后来当代小说里也有很多，最著名的我们看王安忆的《长恨歌》，里边这个王琦瑶选了个上海小姐

---

[1] 高全之：《飞蛾扑火的盲目与清醒——比较阅读〈金瓶梅〉与〈第一炉香〉》，《张爱玲学》，台北：麦田出版社，2008，58页。

第三名，身边不乏追求者，可是直到一个国民党高官李主任出面捧场，要包养她，她才觉得：我这样漂亮的人，只有李主任这样的人才能占有、才值得、才配。所以那个李主任提议让她住进一个小公馆的时候，王琦瑶真是一点都不犹豫，直问什么时候搬过去呀？明天？弄得李主任反而措手不及——这房子还没租好呢。下定决心，不怕牺牲，排除万难，进入豪门，几十年来速度似乎愈来愈快了！

七巧嫁给二儿子，原来只是做姨太太，后来这个儿子身体太差，所以老太太就说你不要再找夫人，给七巧转正，目的就是让她更好地伺候男人。七巧最抱怨的当然就是这个男人，小说里面有两段写得非常精彩，描写她跟她男人的关系，都跟性有关。第一段是七巧对小叔子姜季泽有些好感，而讲到自己男人的时候，就特别的委屈。小说里这样写："七巧直挺挺地站了起来，两手扶着桌子，垂着眼皮，脸庞的下半部抖得像嘴里含着滚烫的蜡烛油似的，用尖细的声音逼出两句话道：'你去挨着你二哥坐坐！你去挨着你二哥坐坐！'她试着在季泽身边坐下，只搭着他的椅子的一角（就蹭着他椅子的一角），她将手贴在他腿上（贴在小叔子的腿上，这一步其实很越位的，但是她有一个理由），道：'你碰过他的肉没有？是软的、重的，就像人的脚有时发麻了，摸上去那感觉……'季泽脸上也变了色（当然变色啦,这个嫂嫂把手放在他腿上),然而他仍旧轻佻地笑了一声,俯下腰,伸手去捏她的脚道:'倒要瞧瞧你的脚现在麻不麻?'"[1]

这个细节非常厉害,男人好像是关心你,你不是说脚发麻吗?那我就来摸一下你的脚。可是天晓得女人的脚是可以随便乱摸的吗?我们知道中国传统女人的脚,用现代的说法,就是第二性器官。西门庆挑逗潘金莲,首先碰的就是她的脚。学术上,关于女性缠足怎么形成千年审美传统,林语堂有过这样的分析,他说,事实上缠足一直具有性感本质,其起源无可置疑是淫荡的君主,受男人欢迎的原因是以女人的脚与鞋为爱之神物来崇拜,因此还有因之而产生的女性步态——就是缠了小脚以后女人走路的那个姿态。"其作用等于摩登姑娘穿高跟皮鞋,且产生了一种极拘谨纤婉的步态,使整个身躯形成弱不禁风,摇摇欲倒,以产生楚楚可怜的感觉。"[2]换句话说,小脚之"美",不仅在于脚形,还在缠足之后走路与身体的变化等等。我们知道,这个"万恶的旧社会",上一代的女人千方百计爱自己的下一代,就要给自己的下一代裹脚。电视连续剧《白鹿原》就突出地描写了族长女儿灵灵被自己家奶奶裹脚的痛苦,

---

[1] 张爱玲:《金锁记》,《传奇》(增订本),上海:山河图书公司,1946,118—119页。
[2] 林语堂:《吾国吾民》,《林语堂文集》第8卷,北京:作家出版社,1995,157页。

也夸张了另外一个女人田小娥半缠足之后风骚的走路姿势。女人以脚小为荣，颇有点像今天比拼"事业线"。莫言成名作《红高粱》中土匪路遇新娘，也是碰了一下轿中女人的脚，便决定了两人一生命运。《金瓶梅》有一段描写西门庆跟一个下人的老婆宋蕙莲偷情，潘金莲送了宋蕙莲双鞋，宋蕙莲跟西门庆说，我穿了自己的鞋再套上她的鞋刚好。什么意思？就是说我的脚小，我的脚小是一种骄傲。这句话被潘金莲偷听到，后来这个女的死得很惨。

大概七巧的脚也是很小的，现在居然被小叔子这么一个touch啊！真的又是肉麻调情，又是触人心筋，气氛非常暧昧。七巧结果就蹲在地上，"她不像在哭，简直像在翻肠搅胃地呕吐"[1]。之所以详细阅读《金锁记》里这一段叔嫂身体接触的文字，因为从中可以看出作家的用心，一石二鸟：她写了女主角的性苦闷，又写了女主角的性苦闷。为什么呢？这是两种不同的性苦闷。一是写她男人不行，她抱怨、她守活寡的性苦闷，同时又写她对小叔子暧昧的挑逗，这种荒诞的调情手法。

还有一段更精彩。七巧送走家人以后，想起了往事："临着碎石子街的馨香的麻油店，黑腻的柜台，芝麻酱桶里竖着木匙

---

[1] 张爱玲：《金锁记》，《传奇》（增订本），上海：山河图书公司，1946，119页。

子,油缸上吊着大大小小的铁匙子。漏斗插在打油的人的瓶里,一大匙再加上两小匙正好装满一瓶,——一斤半。"(真正"打香油")"熟人呢,算一斤四两。有时她也上街买菜……"这是讲七巧回想她昔日做普通老百姓的情景,"蓝夏布衫裤,镜面乌绫镶滚。隔着密密层层的一排吊着猪肉的铜钩,她看见肉铺里的朝禄"。朝禄是一个人名,大概是肉铺里的一个伙计,或者是开肉铺的老板,不管怎样,反正是个男的,喜欢七巧,喜欢当年的七巧。"朝禄赶着她叫曹大姑娘。难得叫声巧姐儿,她就一巴掌打在钩子背上,无数的空钩子荡过去锥他的眼睛……"叫巧姐儿是调情、轻薄,所以这个女的要假装抗议,抗议的方法是把那些钩子打过去,其实也是一种调情。"朝禄从钩子上摘下尺来宽的一片生猪油,重重地向肉案一抛,一阵温风扑到她脸上,腻滞的死去的肉体的气味……她皱紧了眉毛。床上睡着的她的丈夫,那没有生命的肉体……"[1]

　　张爱玲在这里不仅学习《金瓶梅》笔法,更借鉴"蒙太奇"电影技巧。镜头从昔日追她的男人的肉铺,转到今天嫁入豪门后旁边睡着的没生命的肉体——这是怎么样的对比?肉铺里的男人、麻油店里的味道回是回不去了,可是眼前又是怎样的豪门?怎样的生活呢?好的文学意象总是既象征又写实。就在这

――――――
[1] 张爱玲:《金锁记》,《传奇》(增订本),上海:山河图书公司,1946,124页。

个象征之后，紧接着另一个蒙太奇，是一面镜子。"七巧双手按住了镜子。镜子里反映着的翠竹帘子和一副金绿山水屏条依旧在风中来回荡漾着，望久了，便有一种晕船的感觉。"她在这个豪门住久了，周围这种花红柳绿、金灿灿，她都头晕了。"……再定睛看时，翠竹帘子已经褪了色，金绿山水换了一张她丈夫的遗像，镜子里的人也老了十年。"[1] 就是说和《第一炉香》的梁太太一样，终于熬到了男人死去、要分财产了，而且婆婆也去世了，各自生活了。分家的时候，他们发现三儿子季泽早已挥霍过度，没钱分了，还倒欠，有一个长辈主持提了个分家方案，七巧这一房是吃点亏，女主角大吵一场也没有用。吃亏就吃亏吧，不管怎么样，分了钱了，独立租楼，七巧可以开始她新的人生。

《金锁记》可以分成上半部下半部，前半部被人欺负，后半部欺负人，但转折点还没到，马上就要出现了。

七巧已经分了钱，独立生活了，小孩十三四岁，她大概也就三十多岁，比后来《倾城之恋》白流苏出去冒险其实也大不了多少。有人曾经提出这样的问题：为什么她不能再寻求自己的新生活呢？梁太太年纪那么大了，后来照样风流！至少有两个外在因素阻挡了她，一个是她缠足、小脚；第二个是她抽鸦

---

[1] 张爱玲：《金锁记》，《传奇》（增订本），上海：山河图书公司，1946，124页。

片。缠足、鸦片曾经是富有的象征,可是在那个时候,按照小说描写应该是上海三四十年代,那已经不行了,什么男人会来追她?虽然她很有钱。但是我觉得在这两个因素之外,还有一个是她的心理原因,这就是我们接下来小说里重点要描写的上下两部分的一个转折,这个转折就是她那个当年碰过大腿摸过脚的小叔子季泽。

就在分家几个月以后,季泽上门了,他不仅讲讲近况叙叙旧情,而且语气越来越温和,态度越来越暧昧。女主角有点半信半疑,她观察眼前这个男人,"季泽把那交叉着的十指往下移了一移,两只大拇指按在嘴唇上,两只食指缓缓抚摸着鼻梁,露出一双水汪汪的眼睛来。那眼珠却是水仙花缸底的黑石子,上面汪着水,下面冷冷的没有表情"[1]。这是个非常绝的比喻。当然是七巧眼里看出来的。小说里没有明说,否则一般谁来细看一个男人把手指放在脸上怎么摸鼻梁等等。这段意象表示女主角对他还是有情,但是又怀疑他冷酷,怀疑他不忠实,毕竟七巧守活寡数十年,缺乏抵抗力。接下来呢,她也没想到季泽会有这样的表白,"你知道我为什么跟家里的那个不好,为什么我拼命地在外头玩,把产业都败光了?你知道这都是为了

---

[1] 张爱玲:《金锁记》,《传奇》(增订本),上海:山河图书公司,1946,128页。

谁?""二嫂!……七巧!"[1]就是说季泽跟他老婆不好,到外面玩女人,原来都是为了爱七巧。

下面这一段,就是全篇小说的分界线。听了季泽这么曲里拐弯的、变态奇葩的爱情表白以后,小说里有一段文字:

> 七巧低着头,沐浴在光辉里,细细的音乐,细细的喜悦……这些年了,她跟他捉迷藏似的,只是近不得身,原来还有今天!可不是,这半辈子已经完了——花一般的年纪已经过去了。人生就是这样错综复杂,不讲理。当初她为什么嫁到姜家来?为了钱么?不是的,为了要遇到季泽,为了命中注定她要和季泽相爱。[2]

等等,我一定要打断一下。第一,这个"沐浴在光辉里,细细的音乐,细细的喜悦"——这种五四文艺腔居然出现在张爱玲的笔下,真是极其难得,而且用来形容这么泼辣、凶悍的一个麻油店公主,说明这个瞬间心情啊,真的是非常特别;第二,七巧嫁入豪门不是为了钱?是为了跟小叔子相恋?COME ON,真是看不清楚季泽骗你也算了,还要自己骗自己?我再

---

[1] 张爱玲:《金锁记》,《传奇》(增订本),上海:山河图书公司,1946,128页。
[2] 同上书,129页。

说一遍，看不清楚男人骗你也就算了，还要自己骗自己，这就是爱情的伟大和爱情的虚幻。但那只是一瞬间的幻觉，接下来一大段，作者对女主角的心理描写，可以分出很多不同的层次，我们要一层一层地来解读。

"她微微抬起脸来，季泽立在她跟前，两手合在她扇子上，面颊贴在她扇子上。"这男的也真是，很"作"啊！"他也老了十年了，然而人究竟还是那个人呵！"这是第一层，动情的层次。紧接着——"他难道是哄她么？他想她的钱——她卖掉她的一生换来的几个钱？仅仅这一转念便使她暴怒起来。"这是第二层，女主角的转念、暴怒。"就算她错怪了他，他为她吃的苦抵得过她为他吃的苦么？好容易她死了心了，他又来撩拨她，她恨他。"这是第三层，比较清醒的计算对照。张爱玲的文字什么都好，就是太多她、他、她。使用这些中性的人称也是现代小说的一个特点，古典文学中不同人物不同身份有不同人称，不像现代小说这样人称透明。当然张爱玲小说不是为了让我们读的，看的时候一点都不会混乱，读的时候不知道大家会不会搞乱性别。"他还在看着她。他的眼睛——虽然隔了十年，人还是那个人呵！"又是温情，这是第四层，与其说是对昔日感情的留恋，不如说是对自己青春的怀旧、纪念。"就算他是骗她的，迟一点儿发现不好么？即使明知是骗人的，他太会演戏了，也跟真的差不多罢？"[1]这是第五、第六层心理，这里边既有自欺欺人，甚至还有什么是真什么是假那么一种哲理层面的幻觉。我听人说过，感情的事，其实对方真假好坏，常常就取决于当事者自己，你觉得对方真诚好心，那可能就是真诚好心，你认定对方虚情假意，就会发现虚情假意。这样的说法现实中也许可能，但上升到理论，太唯心主义了。

请注意张爱玲这一大段文字用的都是第三人称，写的都是女主人公的心理，又是有意混淆叙事角度。一、二、三、四、五几层心理瞬间反复以后，七巧冷静下来，从经济、金钱的角度试探了一下，果然季泽来的目的是要嫂嫂卖乡下的地，有一整套经济上的计划，"七巧虽是笑吟吟的，嘴里发干，上嘴唇黏在牙仁上，放不下来"。小说不抽象写她怎么生气红脸，而是写一个细节："她端起盖碗来吸了一口茶，舐了舐嘴唇，突然把脸一沉，跳起身来，将手里的扇子向季泽头上滴溜溜掷过去，季泽向左偏了一偏，那团扇敲在他肩膀上，打翻了玻璃杯，酸梅汤淋淋漓漓溅了他一身。七巧骂道：'你要我卖了田去买你的房子？你要我卖田？钱一经你的手，还有得说么？你哄我——你拿那样的话来哄我——你拿我当傻子——'她隔着一张桌子探身过去打他，然而被潘妈下死劲抱住了。"亏得抱住了，否则也不知演出

---

[1] 张爱玲：《金锁记》，《传奇》（增订本），上海：山河图书公司，1946，129页。

什么戏码。一大帮下人帮忙按住了七巧……"七巧一头挣扎，一头叱喝着，然而她的一颗心直往下坠——她很明白她这举动太蠢——太蠢——她在这儿丢人出丑。"我们在生活中会不会也有这样一个时刻？我们很激动，做什么事说什么话，这些话对我们的人生其实有很重大的决定意义，可是就在当时，我们心里明白，自己在做傻事，知道会有后果，但一时任性，无法克制，气出了，一颗心却往下坠，直往下坠，有没有这样的时候呢？"季泽走了。丫头老妈子也都给七巧骂跑了。酸梅汤沿着桌子一滴一滴朝下滴，像迟迟的夜漏——一滴，一滴……一更，二更……一年，一百年。真长，这寂寂的一刹那。"[1] 为什么这个时候出现了一滴一滴，一年一百年的慢镜头呢？因为主人公已经下意识地明白了，或者作家让旁观的读者明白了，眼前这一瞬间，将决定她的一生；或者说，决定她的后半生。

七巧真是可怜哪，一辈子没有机会和能力爱上什么人，只是拿身体、婚姻当饭碗、工作，现在自欺欺人有一段情，却马上亲手把它掐死——一个直觉，今后也不会再有了。紧接着，"七巧扶着头站着，倏地掉转身来上楼去，提着裙子，性急慌忙，跌跌绊绊，不住地撞到那阴暗的绿粉墙上，佛青袄子上沾了大块的淡色的灰"。真是，都什么时候了，作家还在写衣服和

---

[1] 张爱玲：《金锁记》，《传奇》（增订本），上海：山河图书公司，1946，131页。

墙壁的颜色,"她要在楼上的窗户里再看他一眼。无论如何,她从前爱过他。她的爱给了她无穷的痛苦。单只这一点,就使他值得留恋。多少回了,为了要按捺她自己,她拼得全身的筋骨与牙根都酸楚了。今天完全是她的错。他不是个好人,她又不是不知道。她要他,就得装糊涂,就得容忍他的坏。她为什么要戳穿他?人生在世,还不就是那么一回事?归根究底,什么是真的?什么是假的?"我们记得,薇龙最后向乔琪让步的时候,看着整个世界像张圣诞卡,到处是非常浓烈的颜色,让她头晕,她也是感慨,什么是真?什么是假?难道男女之间要相爱真的就是这么无奈吗?"她到了窗前,揭开了那边上缀有小绒球的墨绿洋式窗帘,季泽正在弄堂里往外走,长衫搭在臂上,晴天的风像一群白鸽子钻进他的纺绸袴褂里去,哪儿都钻到了,飘飘拍着翅子。"[1] 如果是电影拍到这里,一定会有巨大的管弦乐伴奏的高潮。这是爱情的赞歌——虽然是病态的。在一个欺骗自己又被自己赶走的男人身上,还能看到晴天的风,看到一群白鸽子,这也是青春和生命的哀乐!从此,女主人公进入了人生的另一个阶段。

好作品,读就可以了,有时解释也多余。

---

[1] 张爱玲:《金锁记》,《传奇》(增订本),上海:山河图书公司,1946,131 页。

我有一年上课讲现代文学，同学们也读了《第一炉香》和《金锁记》。香港的大学一般沿用英国式的大课导修制度，就是同一门课两个小时上大课教授主讲，另外每个同学都要上一个小时导修。同学们要作导修报告，导修报告里面既要包括作家生平、作品分析、文学史的见解，还要有你自己的观点，还要有一些问题让大家讨论。但导修报告的形式是不拘一格的，有的像论文，有的像谈话、辩论，甚至模拟采访作家。有一次导修课给我印象很深，同学们采用了一个小的话剧形式，一个同学扮演七巧，另外一个同学扮演薇龙。别小看这个文本互涉的"关公战秦琼"，有时候效果非常特别，当然有时候也莫名其妙。比方金庸到我们大学演讲，座无虚席，很多文科以外的学生都来了。我记得有个学生提问说，杨过要是和郭靖打起来，谁的武艺高？金庸先生也不回答了，我们大家也就是笑笑。但是，在我的课上，这个"七巧"对"薇龙"的争论，两个女同学的争论，却不只是好笑，而且意味深长。大意是这个扮演七巧的同学怪薇龙，说你傻，你明知道那个男人是个花花公子、坏男人，你居然还嫁给他？结果呢？你这个就是自己甘愿堕落！这讲得很有道理，同学们也都点头。没想到，这个薇龙却能反驳，她说啥？她说：是啊，我嫁了乔琪乔，一个人不是真正的爱我，是我的不幸，可那只是我一个人的不幸，而且我过去还真喜欢过他。你呢?你也喜欢过季泽啊!(当然我们知道那是她自以为喜欢)但是紧要关头你一把扇子丢过去,酸梅汤一滴一滴一年一百年,你就把这个男人彻底给唾弃了拒绝了,好像很厉害,可是,你不是,那不仅是你一个人的不幸,后来你还去害你的儿子女儿。你知道吧?你后来之所以这样做,你全部后半生的所作所为,都是因为你拒绝了那个你自以为爱的男人,你这个是一种性压抑、性变态的结果。

这一番话把那"七巧",那演七巧的同学讲到哑口无言。

七巧后来的性情行为手段,大概不能全部归结为性压抑、性变态,但,有没有一点关系呢?刚才说过,其实七巧也不是年纪很大,为什么就不可以另外开辟新生活?鸦片跟小脚的确是一个障碍,尤其是鸦片。小说里面的鸦片有三个功能:一个是治病,最早二少爷就是因为生病所以抽鸦片;第二是解闷,帮自己开脱,七巧大部分是这个情况;第三是摆阔,能抽得起,这个算是有钱人家。当然时代变化,荣也缠足鸦片,耻也缠足鸦片,所以大大限制了七巧的选择。小说里面真的花了很多笔墨写小脚,说七巧的脚是有点麻,"……她探身去捏一捏她的脚。仅仅是一刹那,她眼睛里蠢动着一点温柔的回忆。她记起了想她的钱的一个男人"[1]。太可怜了,她捏她自己的小脚就想

---

[1] 张爱玲:《金锁记》,《传奇》(增订本),上海:山河图书公司,1946,133页。

那个男人。她的脚呢是缠过的，但是后来塞点棉花装成半大的文明脚。你看，这是小脚装大脚。那自己小脚装大脚了，却要给13岁的女儿再裹脚，这真是有点莫名其妙，她说得这么明白："……你人也有这么大了，又是一双大脚，哪里去不得？我就是管得住你，也没有那个精神成天看着你。"[1] 一语道出了，女性缠足，除了满足男人变态审美或者性感要求以外，还有一个非常实际的效用，就是限制女性的活动能力。今天演古装戏，最难的就是演员没办法演小脚了。假如今天有演员裹小脚，一定会成为很吃香的特型演员。

七巧给她的女儿裹脚，真是太不可思议了，因为我们知道孔子说过：己所不欲，勿施于人。这个七巧她是"己所不欲，偏施于人"，而这个偏施于人，却是施于自己心爱的女儿，所以差不多是一种变相自虐，等于是"己所不欲，偏施于己"。当然，这个裹小脚后来也没成功，就这么裹了一阵。能量守恒定律是有道理的，七巧没有男人没有工作没有社交，她没有别的地方可以发泄她的荷尔蒙，所以全部的精力都转移到她唯一能控制的对象身上——就是儿子长白跟女儿长安。尤其是女儿长安，不知道为什么，孩子还小的时候，和她的一个侄子玩，就是她哥哥的儿子，玩游戏当中，长安要摔倒了侄子就扶她，

---

[1]《金锁记》,《传奇》(增订本)，上海：山河图书公司，1946，134页。

被七巧看见了,破口大骂:"……你别以为你教坏了我女儿,我就不能不捏着鼻子把她许配给你,你好霸占我们的家产!"[1]结果活生生把她侄子给赶跑了。长安后来去中学读书,掉了一件被单,七巧就到校长处大吵,弄得女儿不好意思再去学校了。后来长安就不读书啦,她觉得她这牺牲是一个美丽的、苍凉的手势。不上学关在家里,眼睁睁地就快变成一个小七巧。妈妈呢?也不担心,她早说过,"我不愁我的女儿没人要……真没人要,养活她一辈子,我也养得起!"[2]真不知道这是有心爱一个人?还是刻意害一个人?

再看儿子长白,读书不行,就会赌钱,捧女戏子,甚至发展到跟三叔——那个姜季泽逛窑子。七巧一看不对,就帮他娶媳妇,娶了一个叫袁芝寿的女子。这新娘刚入门,长安的评论是:"皮色倒还白净,就是嘴唇太厚了些。"小姑这样说话,你道婆婆怎么接口?这种情况下,婆婆照理应该说你不可以这样来讲你的嫂嫂。可是这个婆婆是这样说的:"还说呢!你新嫂子这两片嘴唇,切切倒有一大碟子。"[3]形容一个女性的嘴唇"切切倒有一大碟子"——"糖醋排骨粉蒸肉"以外,又一句张爱玲形容女性身体外貌的名言。

---

[1] 张爱玲:《金锁记》,《传奇》(增订本),上海:山河图书公司,1946,132页。
[2] 同上书,134页。
[3] 同上书,136页。

七巧死了男人、分了家，独立生活，管了儿子女儿。要女儿裹小脚没成功，却让她退了学；给儿子娶了一房媳妇，接下来有一大段写这个母子的关系，怎么一起抽鸦片。我记得李欧梵教授曾说这段描写是中国文学里特别颓废的一个场面（李教授所说的"颓废"，通常是称赞的意思）。"她眯缝着眼望着他。这些年来她的生命里只有这一个男人。只有他，她不怕他想她的钱——横竖钱都是他的。可是，因为他是她的儿子，他这一个人还抵不了半个……"[1]大家想想这半个什么啊？就说他抵不了半个男人。这话分明证实了那次导修课同学讲的，"性"在七巧人生当中的特殊意义。

　　"性"于人生，有时候就像食物中的盐，单单的盐是不好吃的，可没有盐呀，什么都不好吃了。"现在，就连这半个人她也保留不住——他娶了亲。他是个瘦小白皙的年轻人，背有点驼，戴着金丝眼镜，有着工细的五官，时常茫然地微笑着，张着嘴，嘴里闪闪发着光的不知道是太多的唾沫水还是他的金牙。"请注意，这一段工笔细致的人物形象描写，是在小说写了很多别的事情以后，才突然出现的，是从他妈妈同时又是一个女性的视角展开的，又像是第三人称角度的一段描写。"……他敞着衣领，露出里面的珠羔里子和白小褂。七巧把一只脚搁在他肩膀

---

[1] 张爱玲:《金锁记》,《传奇》(增订本), 上海：山河图书公司, 1946, 137页。

上,不住地轻轻踢着他的脖子。"注意,他母亲把她半大的小脚——大家可以想象这小脚是一个什么样子吗?不管她穿不穿袜子,可是把它放在她儿子这么一个年轻男人的肩膀上,不断地轻轻地踢着他的脖子,"……低声道:'我把你这不孝的奴才!打几时起变得这么不孝了?'长安在旁笑道:'娶了媳妇忘了娘嘛!'七巧道:'少胡说!我们白哥儿倒不是那么样的人!我也养不出那么样的儿子!'长白只是笑。七巧斜着眼看定了他,笑道:'你若还是我从前的白哥儿,你今儿替我烧一夜的烟!'……"[1]

这个场面之颓废、暧昧,还不仅在于女主角把她的小脚——第二性器官,放在儿子小白脸上拍打,还不仅在于"小鲜肉"儿子帮她烧鸦片,更在于这个半夜烧烟之际,她还要儿子给她讲述和他新媳妇儿之间的床事,床上的细节、动作、声音、表现,还有哪些令人耻笑之事。都说儿子娶了媳妇母亲会嫉妒,但这样的写法,实在罕见。第二天七巧还把儿子跟她讲的他们夫妻的床事,在麻将桌上与亲戚朋友们分享。大家想,结果呢?媳妇芝寿病了。这没法不病呀,这样的家庭。"这是个疯狂的世界,丈夫不像个丈夫,婆婆也不像个婆婆。不是他们疯了,就是她(指芝寿自己)疯了。今天晚上的月亮比哪一天都好,高

---

[1] 张爱玲:《金锁记》,《传奇》(增订本),上海:山河图书公司,1946,137页。

高的一轮满月，万里无云，像是黑漆的天上一个白太阳。"[1]在张爱玲小说里，凡是情绪紧张到最高潮，总是省略主语，然后以主人公的眼光、心情去看一片奇特的风景，这个时候的风景就是——月亮像黑漆的天上一个白太阳。我真的一时想不起来有什么作品当中的颓废场面，既牵涉性，又牵涉人伦，可以跟《金锁记》这一幕相比——鲁迅《狂人日记》以及整本《呐喊》讲了5件事：1.人吃人（用礼教）；2.吃自己人；3.自己也在吃人；4.男吃女（也是用礼教）；5.女人帮男人吃女人。七巧小脚踢儿颈令他月光下烧鸦片讲夫妻床事这一幕，同时具体演绎了鲁迅概括的5件事，一件都不少。

可是有了媳妇这个长白还是要出去玩，七巧就再把一个丫头叫绢儿的给他做小的，但还是笼络不住，最后七巧变着法儿哄他吃烟——行啦，管用了，长白上了瘾就不大出去玩了。所以看来鸦片在那个时候还有第四种功能，除了治病、解闷、摆阔以外，还能医治男人花心。这什么世界！

多少年以后张爱玲用英文把这些故事写出来，但是在1950年代反共气氛占主流的美国出版界，有出版社很不满意。编辑跟她说你把旧中国写得如此颓废不堪，那不等于还是共产党来

---

[1] 张爱玲：《金锁记》，《传奇》（增订本），上海：山河图书公司，1946，139页。

得好[1],但张爱玲宁可不出英文书,也终身不改她对《金锁记》世界的批判态度,那是后话。

不仅儿子长白,就是女儿长安也在母亲的安排下抽上了烟,又不读书又抽鸦片,眼看这女孩子要被毁了。这个时候突然冒出了个季泽的女儿叫做长馨——她也已经长到20岁了,出于好心替长安介绍一个男朋友叫童世舫。这童世舫从德国留学回来,是张爱玲小说中罕见的、比较正派、没有什么大缺点的一个男人,非常难得,而且这种留学生跟中国传统女人的恋爱模式,从《金锁记》开始,后来一再重复,在张爱玲笔下,这个大概在象征意义上也意味着由鸦片、缠足、礼教组合而成的颓废世界,应该要由西方异质文化来参照、对比和冲撞。

小说中这个冲突是有效的,长安恋爱的时候,开始的时候还很"作",到饭馆吃饭,"……低头端坐,拈了一只杏仁,每隔两分钟轻轻啃去了十分之一……"说话的时候,又反复地看着自己的手指,仿佛一心一意要数数一共有几个指纹是螺形的,几个是簸箕形……但即使是这样矫揉造作,在多年没见过故国姑娘的童世舫看来,反觉得楚楚可怜。童世舫以前花了很大的努力拒绝过家乡一门指定的婚事,为了他在海外所爱的一个异

---

[1] 1964年10月16日张爱玲给夏志清的信:"……我记得是这些退稿信里最愤激的一封,大意是:'所有的人物都令人起反感。……'"夏志清:《张爱玲给我的信件》,台北:联合文学出版社,2013,22页。

乡女子。没想到那个异乡女子后来又把他给甩了。所以现在，童世舫倒是对长安颇喜欢，很短时间两个人竟订婚了。这段时间正好七巧生病，那当然做媒的还是家里的上辈，长馨的妈妈还是来替她做了一下媒。订婚以后七巧病好了，不开心，找到女儿酸溜溜地说："这些年来，多多怠慢了姑娘……这下子跳出了姜家的门，称了心愿了，再快活些，可也别这么摆在脸上呀——叫人寒心！"[1]这是怎么样的一个心态？是舍不得？嫉妒？还是两者混合？就是说：你也有男人啦，我却一生没有。其实是嫉妒，却自以为是舍不得——就这么样走了，养你这么大，真没良心！

七巧病好以后有精神啦，就布置安排了一系列对长安婚事的破坏。先去查童世舫以前的婚恋史，说这个人是人家捡剩下来的货，女儿跟他太吃亏了。然后照例又是怀疑对方想骗钱，其实人家不是想要钱，那不是钱是什么呢？门第。她说姓童的是看中了姜家的门第，然后她又把姜家的背景给诅咒一番。她说姜家人其实是一代坏似一代，少爷们什么都不懂，小姐们就知道霸钱要男人——猪狗都不如等等！一时骂一时又流泪，说女儿你怎么落得这么个下场。七巧这样反对，女儿知道完啦，她因为戒烟身体本来就不好，一紧张就败下阵来，就主动放弃，

---

[1] 张爱玲：《金锁记》，《传奇》（增订本），上海：山河图书公司，1946，144页。

跟妈妈说：哎呀算了，我这件婚事啊……算了。然后跑去跟童世舫说。她之前读书退学的时候也是自己放弃的。

童世舫没办法，只能谅解，不过两个人说好解除婚约却又成了朋友。这男女做朋友还来往，更是七巧不可容忍之事。所以有一天，长白出面请童世舫吃饭，吃到一半，七巧登场："世舫回过头去，只见门口背着光立着一个小身材的老太太，脸看不清楚，穿一件青灰团龙宫织缎袍，双手捧着大红热水袋，身旁夹峙着两个高大的女仆。门外日色昏黄，楼梯上铺着湖绿花格子漆布地衣，一级一级上去，通入没有光的所在。世舫直觉地感到那是个疯子——无缘无故的，他只是毛骨悚然，长白介绍道：'这就是家母。'"[1] 这段引文印象中哈佛的王德威教授不止一次地引用过。现代文学中以文字写"光"，这是教材。先是用背光，然后一级一级地上去，通入没有光的所在，都是强调光，惊心动魄。一下子童世舫已经被击倒了，没想到对方还要再送上一脚，说：长安啊，等一下，她先抽两筒才下来。完了，留学生彻底崩溃了，他没想到自己跟一个抽鸦片的女人订婚。再接下来这个家庭怎么样？长白的姨太太居然生小孩了，芝寿气得病死，再接下来一年，扶正的绢儿又吞了鸦片，长安要养一辈子……小说最后这样总结七巧的一生，"三十年来她戴

---

[1] 张爱玲：《金锁记》，《传奇》(增订本)，上海：山河图书公司，1946，149页。

着黄金的枷。她用那沉重的枷角劈杀了几个人,没死的也送了半条命。她知道她儿子女儿恨毒了她,她婆家的人恨她,她娘家的人恨她。她摸索着腕上的翠玉镯子,徐徐将那镯子顺着骨瘦如柴的手臂往上推,一直推到腋下"[1]。夏志清说看到这最后一幕的感受是,"无论多么铁石心肠的人,自怜自惜的心总是有的;张爱玲充分利用七巧心理上的弱点,达到了令人难忘的效果。翠玉镯子一直推到腋下——读者读到这里,不免有毛骨悚然之感;诗歌小说里最紧张最伟大的一刹那,常常会使人引起这种恐怖之感"[2]。

有次我跟阿城去拜访北岛在香港的寓所,北岛说你们这么多人喜欢张爱玲,张爱玲把人性写得这么恶有什么意义呢?阿城回答说:写尽了人性之恶,再回头,一步一光明。

《金锁记》的故事讲完了,问题却没有完,还在我眼前晃。第一个问题,七巧害了她的儿子女儿,她自己是否知道?这个问题关系重大。让儿女抽鸦片、帮儿子找姨太太、半夜烧烟让儿子讲床事、自己也是半大的脚还要帮女儿裹脚、不让女儿读书、破坏女儿的婚姻恋爱等等等等……所有这一切她是觉得为

---

[1] 张爱玲:《金锁记》,《传奇》(增订本),上海:山河图书公司,1946,151页。
[2] 夏志清:《中国现代小说史》,刘绍铭等编译,台北:传记文学出版社,1979,412页。

子女好吗？还是明知对他们不好，仍要害他们呢？如果是前者，那主要是礼教的问题，宽容点讲，那个萧萧，沈从文笔下的童养媳，形象可爱多了，可是她也给自己的儿子找童养媳，不也是出于爱而其实是害吗？更不要说柳妈劝祥林嫂捐门槛之类。七巧怕外面男人骗女儿的金钱和感情，因为她自己有这样的教训，她又觉得儿子长白抽烟、纳妾都不是错……七巧对着儿子女儿还可以真诚地流眼泪。我这不都是为你们吗？可是小说结尾处作家又明明说，七巧知道家人在恨她。恨她是不是就不是为他们好？现实当中也有很多这样的父母，他们对子女有要求，你不能玩电脑游戏、你不能过早恋爱、你不能乱花钱、你不能在什么地方 kiss 啦等等……都是为你好！而且他们知道子女其实在恨他们，可是父母不会心里不安，因为他觉得真是为你好。可是《金锁记》里边的情况，旁人看得很清楚，太过分，七巧在保护长安、长白的时候，也在摧残他们。可不可以说，在传统礼教角度讲就是保护？在现代文明角度讲就是摧残？这一切只是取决于观念不同吗？是不是还有更深一层原因，就是说，不是你们觉得好的东西我认为不好，而是对你们好的东西对我不好。七巧也许不承认，但潜意识里，用鸦片、用丫头管儿子，实际上，骨子里仍是她自己的不伦恋、她自己的性变态在发生作用！破坏女儿上学乃至恋爱也是一样的道理，也是一种性的嫉妒！因为我得不到这些女人的权利，所以我的女儿你也甭想得到。

七巧如果正好为官，是一个什么样的情况呢？1. 我爱你们（其实是害你们）？2. 你们恨我，我也是为你们好？3. 对你们好的事情对我不好，所以……

所以这个问题千万不能简单化，我觉得两个层面都有，既有七巧自以为是对子女好的一面，也有明知不好她也要做下去的一面。张爱玲的厉害就在于两面一起写，混在一起，很多时候七巧或者自觉是为子女好，可是她的潜意识里充满了极端的自私和疯狂。所以再回到前面的问题，七巧拒绝男人，当初在那个转折点上的酸梅汤，大家都记得，一滴两滴，是否真的就决定性地影响了她的后半生？她晚年的心理变态是否和她一生的性压抑有关？现在有很多权力在手的家长或者官员，自以为在讲某种道德，推行某种规范，实际上潜意识里是不是也因为自己得不到，所以不许别人得到呢？这问题我点到为止，每个读者可以有自己的解读。傅雷说过，《金锁记》跟《狂人日记》有相通的地方。实际上它们之间还是有差异的，在程度上狂人是狂，七巧是疯。中文的疯狂两个字，有微妙的区别。我曾经说过一句话"疯子和天才只差一步"，这个隔在中间的半步就是狂人。而在行为上狂人很简单，他只是被迫害，而七巧是一半被迫害、一半害人。当然狂人说他也吃过人,但他不是有意的。

王安忆改编过话剧《金锁记》,在她自己的长篇《长恨歌》里,也显示了对母女心理关系的某种非常深刻悲观的分析能力,同样,她改编的《金锁记》,主要写七巧怎么控制她的女儿,以及她女儿绝望的反抗,重点在母女关系。王安忆把长白这条线完全砍了我觉得有点可惜。这是一个对照,男女有别,七巧对长白看上去是你要什么就给什么,鸦片、老婆、小老婆等等。七巧对长安是差不多你要什么就不给什么,天足、学校、恋爱通通不行。可是殊途同归啊,最后的结果是一样的,小说最后有一句话是一个警告:"……三十年前的人也死了,然而三十年前的故事还没完——完不了。"[1]

岂止三十年,这故事今天也完不了。被害人害人的疯狂!

---

[1] 张爱玲:《金锁记》,《传奇》(增订本),上海:山河图书公司,1946,151页。

第 5 章

《倾城之恋》中的上海与香港

　　一般认为《金锁记》是张爱玲的代表作,最能体现张爱玲的艺术功力。《倾城之恋》,根据各种名义的调查——我在大学里做的调查,张爱玲最有名的几部作品:《金锁记》《第一炉香》《倾城之恋》《红玫瑰白玫瑰》,当然还有后来的《小团圆》等,问大家个人最喜欢哪一篇、哪一部?结果无论在北京、香港,还是台北,大多数同学喜欢的竟然都是《倾城之恋》。不知道是不是因为这是张爱玲笔下唯一一个有 happy ending 的爱情故事,或者是因为从女性主义、女权角度讲,这也是作家笔下女主人公最后获得胜利,或者至少打个平手的"战例"。还是因为人们根本就喜欢做梦?不管是上海梦、香港梦,还是美国梦、中国梦……香港梦跟上海梦有什么区别?糖醋排骨、粉蒸肉?还是温差?中国梦跟美国梦有什么区别?我听过一个说法,说中国梦跟美国梦最大的区别就是时差——这边是白天,那边是黑夜。所以我们一再说好的比喻,大都既是写实,又是象征。

《倾城之恋》可以作为通俗小说欣赏,也可以放在文学史上做学术研究。在后一个层面,在文学史的角度,这个小说有三层意义。第一次读的时候我跟傅雷想的一样,这就是一个小市民发梦,爱情小说,浪漫战胜世俗。大家知道迅雨(傅雷的笔名)在他评论张爱玲的第一篇文章里,大力称赞《金锁记》,但批评《倾城之恋》[1]。我当时第一次读也觉得不像看《金锁记》那么震惊。但后来读了第二遍,发现《倾城之恋》的确包含很多意义。我们先简单地说,之后再详细地展开。

第一,这个小说改写或者说颠覆了五四以来爱情文学所谓"男教女"甚至是"男救女"的一个基本启蒙模式。第二,这个小说又改写了通常爱情文学男女一见钟情,然后共同对抗外界社会压力这么一种基本的故事格局。第三,按照周蕾的说法,本土女人与传统割裂,走到外面世界,跟一个华侨(半异域男性)接触,那也是华文文学,甚至中国跟世界关系的一个隐喻象

---

[1] "一个'破落户'家的离婚女儿,被穷酸兄嫂的冷嘲热讽撵出母家,跟一个饱经世故,狡猾精刮的老留学生谈恋爱。正要陷在泥淖里时,一件突然震动世界的变故把她救了出来,得到一个平凡的归宿。——整篇故事可以用这一行话包括。因为是传奇(正如作者所说),没有悲剧的严肃、崇高,和宿命性;光暗的对照也不强烈。因为是传奇,情欲没有惊心动魄的表现。几乎占到二分之一篇幅的调情,尽是些玩世不恭的享乐主义者的精神游戏;尽管机巧,文雅,风趣,究竟是精炼到近乎病态的社会的产物。……美丽的对话,真真假假的捉迷藏,都在心的浮面飘滑;吸引,挑逗,无伤大体的攻守战,遮饰着虚伪。男人是一片空虚的心,不想真正找着落的心……总之,《倾城之恋》的华彩胜过了骨干;两个主角的缺陷,也就是作品本身的缺陷。"(迅雨:《论张爱玲的小说》,上海:《万象》第3卷第11期,1944年5月)

征。周蕾的理论后面是一整套的意识形态话语，用来解读张爱玲喜欢的那种中国传统女人跟留学生这种恋爱交战模式，尤其有意思。

藉这理论我们回头看，大家记得白流苏在上海的家，这个地方是不能待了，她说，这个地方是不能待了，讲了两遍，因此对着镜子阴阴一笑，从此跟忠孝节义不相干了，冒险到香港，住进了浅水湾一个商人帮她订的酒店。看看，这个象征意义很明显，这是一个被迫走向现代的中国，无奈要反抗、割断自己的传统，在某种意义上是为了求生，含羞忍辱、面对世界、冒险一番。所以这是一个与众不同的恋爱故事，一场别具一格的男女战争，它是（又不仅是）男女之间的较量、打仗。我们通常说的男女相爱故事总是一见钟情，生活当中我们有一句话，男人之间说的话叫"先小人后君子"，爱情当中我们当然应该先君子，后来当然……也是君子。但是这个小说的确讲的是爱情当中的"先小人后君子"，什么意思？就是一开始一男一女两个主角，都是互相算计，十八般感情功夫，各种恋爱战术、拍拖战略、情欲技巧、感情游戏，绝大部分时间两个人处在猜疑、试探、征服和作战状态，可是最后居然他们还能走到一起。所以对于我们今天在爱情战场上南征北战、胜负未定或者屡战屡败、屡败屡战的各位男女同胞，各位青春少女、颜值帅哥，各位小时代的英雄战士,大家要想学一点男女战争制胜的诀窍,不妨来细读一下。

女主角白流苏是一个离了婚的女子,张爱玲后来说我写她28岁,其实我觉得她应该30多岁;但是作家有顾虑,张爱玲说我要写她30多岁,大家可能不那么喜欢,读者可能不那么接受[1]。是不是这样我不知道,大概那个时候是吧,今天情况当然不一样,张曼玉、许晴被人说四十多岁、五十多岁,照样情场新闻一大堆。娱乐媒体特别喜欢以大龄明星的年龄来做标题,尤其是昔日美女,五十多岁的某某某、六十多岁的刘晓庆,怎么怎么怎么……不知道这是满足人们的一种什么心理?看到昔日的大美人今天也到了这个年龄,看完了这样的新闻自己再照照镜子,就得到一种宽慰?当年这么风光的大美人,如今也会……或者是一种鼓励,四五十岁照样美艳如昔,冻龄。张爱玲作为一个小说作者,也说她设计人物年龄的时候,要考虑读者接受心理,这很少见,至少一般作家不会说。这既是文化工业的共创规则,也是作家对女性的社会文化地位的一种特殊的有点悲凉无奈的体察。大概今天女人三四十岁也无所谓,可是

---

[1]《倾城之恋》里的白流苏,在我原来的想象中绝不止三十岁,因为恐怕这一点不能为读者大众所接受,所以把她改成二十八岁。"张爱玲:《我看苏青》,上海:《天地》第19期,1945年4月。转引自《余韵》,台北:皇冠出版社,1987,95—96页。

那时候的上海读者觉得女人28岁是个临界点。她（白流苏）已经不年轻了，媒婆徐太太跟她明说，早几年就好了，但是现在还来得及。言下之意，这是最后的机会，第二次启航扬帆，背水一战。

男主角叫范柳原，小说里写他32岁。李欧梵教授，他也是张爱玲研究的专家，说范柳原应该不止这个年龄，年龄可以更大些。今天人们对于男女年龄的差距，心理承受能力是很大的。现在倒过来，女长男少的年龄差距大家也都能接受，现在的法国总统太太比他大二十多岁。李欧梵教授热爱《倾城之恋》，自己写了一本小说叫《范柳原忏情录》[1]。学者写小说很少的。当然他把自己写成范柳原，想象这个爱情故事接下去怎么发展……大家知道张爱玲的小说是到了一个happy ending就停下来了，具体两个人将来怎么样，李欧梵用小说把它演绎下去。

他把这个小说交给王德威、李陀他们几个看，李陀还写了文章说小说写得怎么好。王德威在台北麦田出版了这本书，但他没有以自己的名字来写评论，他写了一个后记，署名是佟辉英，是佟振保的后人。佟振保是《红玫瑰与白玫瑰》里边一个人物，是个虚构的主角，怎么会有儿女呢？原来是王德威假冒的。李欧梵说自己是范柳原，那王德威当然可以是虚构的振保

---

[1] 李欧梵：《范柳原忏情录》，台北：麦田出版社，1998。

的女儿。后记里说佟辉英1949年以后一直住在上海,就住在华东师大附近,认识陈子善老师,是张学研究专家,尤其是资料方面。更妙的是,这个佟辉英还知道师大的许子东老师,许老师后来离开上海去了香港教书。拜托,后来有人真的拿了这本书来给我看,说你认识振保的后人?我一头雾水,我怎么认识佟振保的儿女,佟振保是个小说人物!打听以后才知道是怎么回事。

李教授非常喜欢范柳原,说范柳原不止32岁,相貌长得粗枝大叶。《细读张爱玲》的前言部分说过,在张爱玲的文字面前再仔细的文本阅读都会显得粗枝大叶。当我用这四个字的时候,首先想到的就是范柳原——不仅相貌粗枝大叶,而且说实在话,他对白流苏的了解就像我们对女人的了解一样,也是粗枝大叶。我们理解"粗枝大叶"什么形象,就是不怎么熨衣服,不修边幅,头发翘翘,不大整齐……小说里范柳原是一个私生子,父亲是个富商,在伦敦碰到个女的,就生了个孩子,范的母亲害怕富商原配报复而不肯回国,直到富商死了,范才回国继承家产。所以,范柳原有钱、阅历广,一直在外面到处风流,现在回来相亲,很多人都相中了他。小说里女主角要摆脱旧式中国家庭困境,被迫冒险寻找"长期饭票"。男主角是华侨回国,反而欣赏传统女性美德,想追寻中国情调,所以这一男一女的爱情战争，我计算了一下，总共七个回合。大家记住，七个回合，一个都不能少。

第一个回合就是跳舞，这个回合我们没有直接看到，但前面的背景，小说里铺垫得够详细。白流苏是家里第六个女儿，下面还有妹妹。家里掌权的是三媳妇跟四媳妇。她离婚的时候带了一些钱回来，经过几年时间，钱都花完了，家里人就嫌弃她待在家里，话就很难听。我自己在上海有些亲戚，属于民国时期的所谓"民族资产阶级"（相对于"买办阶级"，应该是比较团结的社会阶层。今天情况正好相反，越跟国际资本挂钩，就越吃香），情况跟小说写得非常像。我可不想暴露太多自己的隐私。但怎么说呢？一家人家，几个姐妹，先后嫁人，像《琉璃瓦》写的，父母精心帮她们寻找有钱的夫婿，无形当中几个姐妹都在比较竞争：谁家的男人有钱有地位。女儿回到娘家，夫家的实力就决定这个女儿回娘家以后被重视的程度。所以大家要比拼，不是拼爹，在外是拼爹，回娘家是拼夫，女儿最在乎的就是回到家里，父母大人说谁最好。

在小说里白流苏也是这样的情况，因为她和老公离婚了，离婚以后带回来的钱用完了，所以她在家里抬不起头来。比较值得注意的是，女主角被两个嫂嫂欺负，哥哥无能也就罢了，她的妈妈却也不帮她。照理说手心手背都是肉，女儿嫁了一个衰老公，老公死了夫家来报丧，问要不要回去分遗产等等，流苏不想回去，家里人却逼她回去，叫她过继一个孩子、分点财产，其实就是一辈子守个名分、守活寡……这眼看又是一个七巧。流苏不愿意，就去求她的妈妈，可她妈妈也不帮她。张爱玲小说里的母亲形象，紧要关头都不帮小孩。在和妈妈谈话以后，"白流苏在她母亲床前凄凄凉凉跪着，听见了这话，把手里的绣花鞋帮子紧紧按在心口上，戳在鞋上的一枚针，扎了手也不觉得疼。小声道：'这屋子里可住不得了！……住不得了！'……"[1]

其实在三四十年代，上海在经济甚至文化方面都比香港更发达繁荣，但是为了让上海人做香港梦，为了突出白流苏离家冒险的合理性，在《倾城之恋》里，上海的白公馆被写成一个非常守旧、令人窒息的地方，跟香港浪漫的浅水湾风光形成鲜明对照。小说的第一段就说："上海为了'节省天光'，将所有的时钟都拨快了一个小时，然而白公馆里说：'我们用的是老钟'，他们的十点钟是人家的十一点。他们唱歌唱走了板，跟不上生命的胡琴。"这一段巧妙地把地域背景差异和时代步伐混合在一起来表现，所以白公馆始终有胡琴旋律伴奏。"胡琴咿咿

---

[1] 张爱玲：《倾城之恋》，原载上海《杂志》第11卷第6—7期，1943年9—10月；收入《传奇》(增订本)，上海：山河图书公司，1946，156页。

哑哑拉着,在万盏灯的夜晚,拉过来又拉过去,说不尽的苍凉的故事——不问也罢!……"[1]这是小说开始的一个基调。这么一个在传统礼教色彩浓厚的娘家已经待不下去的寡妇,怎么才能逃离白公馆,重新投入摩登的爱情战场,怎么找回自信和勇气呢?

明的机会是一个叫徐太太的亲戚的劝告,说:"找事,都是假的,还是找个人是真的。"于是带来了我们后面看到的浅水湾的邀请。但最重要的转折,这自信和勇气,却来自流苏在阁楼上的照镜子。这段描写,需要抄下来。大家看看:

> ……上了楼,到了她自己的屋子里,她开了灯,扑在穿衣镜上,端详她自己。还好,她还不怎么老。她那一类的娇小的身躯是最不显老的一种,永远是纤瘦的腰,孩子似的萌芽的乳。她的脸,从前是白得像瓷,现在由瓷变为玉——半透明的轻青的玉。上颌起初是圆的,近年来渐渐尖了,越显得那小小的脸,小得可爱。脸庞原是相当的窄,可是眉心很宽。一双娇滴滴,滴滴娇的清水眼。阳台上,四爷又拉起胡琴来了,依着那抑扬顿挫的调子,流苏不由得偏着头,微微飞了个眼风,做了个手势。她对镜

---

[1]《倾城之恋》,《传奇》(增订本),上海:山河图书公司,1946,156页。

子这一表演,那胡琴听上去便不是胡琴,而是笙箫琴瑟奏着幽沉的庙堂舞曲。她向左走了几步,又向右走了几步,她走一步路都仿佛是合着失了传的古代音乐的节拍。她忽然笑了——阴阴地,不怀好意地一笑,那音乐便戛然而止。[1]

为什么是"阴阴地,不怀好意地一笑"?这个细节特别值得探讨。主张"性别差异论"的女性主义理论家伊利格瑞[2]认为,到目前为止,关于想象期(拉康)与女性的一切都来自男性观点,对女性性征的理论表述都是在男性的参数中进行的,我们所知的都是阳性女性,即男人眼中的女人。父权制文化宣称"可以用一种概念形式来表达女性(feminine)就是让自己重新陷入'男性'的再现体系,妇女在这里落入了为(男性)主体自恋服务的体系或意义的陷阱"[3]。在伊利格瑞看来,还应该有一

---

[1] 张爱玲:《倾城之恋》,《传奇》(增订本),上海:山河图书公司,1946,158页。
[2] 鲁思·伊利格瑞(Luce Irigaray,1931—),法国女性主义哲学家,著有《他者女性的反射镜》(*Speculum of the Other Woman*,1974)、《此性非一》(*This Sex Which Is Not One*,1977)、《性别差异的道德学》(*An Ethics of Sexual Difference*,1984)、《思考差异:为了一场和平的革命》(*Thinking the Difference: For a Peaceful Revolution*,1989)、《二人行》(*To Be Two*,1994)等。
[3] "The rejection, the exclusion of a female imaginary certainly puts woman in the position of experiencing herself only fragmentarily, in the little-structured margins of a dominant ideology, as waste, or excess, what is left of a mirror invested by the (masculine) 'subject' to reflect himself, to copy himself." Luce Irigaray, *This Sex Which Is Not One*, Ithaca, N.Y.: Cornell University Press, 1985, p.30. 鲁思·伊利格瑞《此性非一》原名为 *Ce sexe qui n'en est pas un*, 载于 *Cahiers du Grif*, 第5期。

种阴性女性,即女人眼中的女人。男人眼中的女人并非真实的女人,因为"男性论述除了把妇女或阴性理解为男人或阳性的反映,从来就没有能力做出不同的解释"。所以,"当男人观看女人时,他看到的根本不是女人,而是男人的反映、男人的形象或妇女与男人的相似性"[1]。就是说,目前为止所有关于女性的想象,都是来自男性的观点,女性的理论表达都是在男性的概念当中产生的。所以父权制文化就是用一种概念来表达女性,使之陷入为男性主体自恋服务的体系,女人称赞自己的美丽,其实是在符合男人的标准。简单说,也有一种叫"阴性女性",就是女人眼中的女人。所以她说男人眼中的女人并不是真实的女人,他们只是把女人当作男人阳性的一个反映,更简单地说,男人观看女人,什么网红脸、"事业线"、小蛮腰,或者日本人喜欢的从后面看脖子,有些人特别关心脚踝等等,看到的根本不是女人,而是男人自己的欲望。

好了,借用了一段理论,问题来了,流苏在镜中看到的自己到底是男人眼中、欲望中喜欢的女性呢,还是一个不大符合男人欲望的"阴性女性"呢?想逃离上海白公馆的旧家庭,白流苏在自己的阁楼房间对着镜子里的自己,阴阴地一笑,重新

---

[1] 罗斯玛丽·帕特南·童(Rosemarie Putnam Tong):《女性主义思潮导论》,艾晓明等译,武汉:华中师范大学出版社,2002,299页。

获得了生活的信心。按照女性主义的理论，既可以把这种女人自己的形象，看作男人欲望的投射，也可以看作是女性眼中的"阴性女性"。那到底白流苏在镜中看到的是怎么样的一个自己呢？是一个男人眼中喜欢的柔弱的女性（"她那一类的娇小的身躯是最不显老的一种"），还是一个其实不大符合男人欲望模式的女性的自恋呢？我们看这个娇小的身躯，"永远是纤瘦的腰，孩子似的萌芽的乳。她的脸，从前是白得像瓷，现在由瓷变为玉——半透明的轻青的玉……小小的脸，小得可爱……一双娇滴滴，滴滴娇的清水眼……"等等。

如果说是前者的话，白流苏发现虽然自己第一段婚姻过去这么久，可是自己的身体完全还有吸引男人的力量，可以重新作为"武器"来投入"战场"，这是前者。如果说是后者，可能只有在无意识的层面的一小部分，她自爱自恋的正是法国女性主义理论家讲的这种"阴性女性"，女人眼中的女人形象。所以她阴阴地一笑，对着镜子，本能地意识到男人眼中看不到一个真实的女人。她的身体一方面是为家庭、为男人定做的，所以要强调年轻，28岁。但另一方面，她又不只是男性自恋体系意义的工具，尤其是"孩子似的萌芽的乳"之类的欣赏与信心，说不定白流苏对身体的自爱讲究，不满足于只是男人眼中的女性。我也不知道今天这些解读，是不是太着迷于女性主义理论，是一种 over reading，过度解读。或者这种女人照镜子，只是因为几十年来男性社会对女性形象的要求的变迁。说实在话比比 1930 年代的《良友》画报，1960 年代的半边天、红脸盘到今天波涛汹涌的"事业线"，无数天然或人工网红脸直播……本来也充满了变化。从学术角度严肃地讲，对着镜子照可能有女性主义潜意识；从现实角度世俗地讲，其实也就是重上情场前的自我实力评估。所以这个实力一方面讲的是欲望动机，另外一方面就是身体跟性感。"性"这个因素，在《倾城之恋》后面的整个小说里也是起了非常重要的作用。而且，任何一种理论解读，被这女主人公"阴阴地，不怀好意地一笑"，就都颠覆了。

现在回到故事的第一回合，旧式家庭，全家都忙着给她的妹妹找男朋友。一个理想的对象来了，归国华侨富商范柳原，所以那天晚上跳舞会，家里很多人都去，包括流苏的嫂嫂和她的侄女。相亲的这一大段文字通通是转述的，没有直接的描写，大概就是范柳原对七小姐不怎么感兴趣，可是旁边坐的姊姊，穿着素淡却有中国魅力，而且会跳舞。白流苏以前的老公喜欢跳舞，所以她也会跳。所以世界上没有什么绝对的好事或坏事，嫁了一个坏老公，最后又给她带来新的转机。

《倾城之恋》曾被改编成电影，许鞍华是非常好的导演，可是电影却谈不上非常成功,原因是男主角——当时的周润发太年轻了,女主角是香港演员缪骞人。这是邵氏1984年发行的一部电影,在电影里看周润发好像比女主角还嫩一点。后来我还和许鞍华一起做过《黄金时代》讲座,我说冯绍峰演萧军不大合适,太靓仔。她说是,原来是让他演另外一个角色,演端木的,可是他就自己挑了要演萧军,为了票房,就让他演。我觉得许鞍华人太好了。

  闲话少叙,现在进入《倾城之恋》的第二个回合,就是浅水湾。白流苏在舞会上见到范柳原,发现他喜欢她,她最早的判断是什么呢?她喜不喜欢范柳原呢?她觉得范柳原是不是真喜欢她呢?小说里都有交代。这个交代是从局限性的第三人称做出的:"范柳原真心喜欢她么?那倒也不见得。"看看,"那倒也不见得"是女主角的想法?还是叙事者的想法?或许两者都是。所以翻成英文就麻烦了。中文非常巧妙,一举两得,读者自然领会。"……他对她说的那些话,她一句也不相信。她看得出他是对女人说惯了谎的,她不能不当心——"[1]既然一句也不信,她为什么还要接受徐太太的邀请坐船去香港呢?这就是《倾城之恋》跟一般言情小说以及五四文艺小说的不同。言情小说里女主角碰到了一个有钱男人,通常非常兴奋非常害羞,

---

[1] 张爱玲:《倾城之恋》,《传奇》(增订本),上海:山河图书公司,1946,162—163页。

所以坐上船就一定相信对方；五四小说里女主角要是不相信男人，根本就不会坐船去，否则就是堕落。张爱玲小说和言情或五四文艺小说都不一样，白流苏不仅怀疑男的没诚意，而且都怀疑徐太太。她说徐太太跟范柳原做生意，牺牲一个不相干的孤苦的亲戚来巴结他，也是可能的事。看看，白流苏对爱情故事的最早预测，真的是"先小人"。这男的未见得会喜欢我，介绍人可能是在做生意，牺牲我这么个穷亲戚。但是，"流苏的父亲是一个有名的赌徒，为了赌而倾家荡产，第一个领着他们往破落户的路上走。……然而她也是喜欢赌的，她决定用她的前途来下注。如果她输了，她声名扫地，没有资格做五个孩子的后母"。当时如果不跟范柳原周旋，家里就给她介绍另外一个男的，这男的有五个孩子，所以说五个孩子的后母。"如果赌赢了，她可以得到众人虎视眈眈的目的物范柳原，出净她胸中这一口气。"[1] 看看，当时女主人公要拿到"长期饭票"，还不只是为了将来生活有保障，更重要的是眼前她家里人对她都不好。所以她觉得我要跟男人打仗，我一定要赢这一仗来出这口气。

张爱玲在小说中专门讲过一句话："一个女人，再好些，得

---

[1] 张爱玲：《倾城之恋》，《传奇》（增订本），上海：山河图书公司，1946，164页。

不着异性的爱,也就得不着同性的尊重。女人们就是这点贱。"[1]
当然这话女人说没有问题,要是男的说就政治不正确了。记得
当年我们在 UCLA 上 seminar 的时候,好些美国的同学把张爱
玲跟女性主义理论直接挂钩,发现她几十年前就有非常高明的
女性主义理论,尤其在散文中讨论"妇人性",我们以后再说。
但是大家又看到张爱玲批判女人也非常苛刻,比方说七巧迫害
长安,写长安拍拖的时候两分钟啃一下杏仁的十分之一等等。
女人很"作",而且害女人的也是女人。在我看来,张爱玲的
作品可以用女性主义的理论去解读,但她肯定不是为了女性主
义的理论而写。不仅因为她那个时代没有那么明确的理论,而
且也因为她不是一个从理论出发而写作的作家。当代有很多女
性主义写作,比方说林白的小说《致命的飞翔》,女主角拿着
剪刀去剪男人之前,把冰凉的剪刀贴在滚烫的脸上照镜子,觉
得就像《红色娘子军》的吴琼花把党旗贴在自己的脸上……
这是强调女性主义的战斗性,记得李昂听我转述这个细节时就
说:spectacular!可是这些创作都太理论化了,太方便理论家
诠释。

　　《倾城之恋》里白流苏坐了一艘荷兰船的头等舱到了香港,

---

[1] 这不仅是小说人物白流苏的观点,张爱玲在散文里自己也感慨:"女人……女人一辈子讲的是男人,念的是男人,怨的是男人,永远永远。"张爱玲:《有女同车》,原载上海《杂志》第 13 卷第 1 期,1944 年 4 月,收入《流言》,台北:皇冠出版社,1982,139 页。

刚到香港那段风景描写非常经典,"……码头上围列着的巨型广告牌,红的、橘红的、粉红的,倒映在绿油油的海水里,一条条,一抹抹刺激性的犯冲的色素,窜上落下,在水底下厮杀得异常热闹。流苏想着,在这夸张的城市里,就是栽个跟斗,只怕也比别处痛些……"[1]后来去到浅水湾,浅水湾现在已经没酒店了,起了很高的豪华公寓,但是还保留着酒店下面那个西餐馆,那种旧的木风扇,包括洗手间的1930年代装修风格……香港为了一个作家保留它原来的地方,这是非常难得的。萧红以及很多的作家住过的地方,现在完全找不到,或者是变成什么茶餐厅,唯独浅水湾这个地方还保留着。

小说里白流苏到了浅水湾酒店,当然实际上是范柳原付的钱订的房。流苏假装不知道,走廊上巧遇范柳原,说范先生你没有去新加坡?范柳原直接多了,说我来这里就是等你的。男人花了钱给女人开了房间,这本身是一个非常尴尬奇怪和不平等的恋爱开局,女的只能假装以为是徐太太请的,男人偏偏还要告诉她。到了房间,外面是海,窗户就是一个镜框,大海装饰了酒店的窗户。房门还没有关上,流苏低着头,范柳原笑道:"你知道么?你的特长是低头。"这里的"笑道",像是《金瓶梅》这些小说常用的说法,但是内容却是非常现代。"'你的

---

[1] 张爱玲:《倾城之恋》,《传奇》(增订本),上海:山河图书公司,1946,165页。

特长是低头。'流苏抬头笑道：'什么？我不懂。'柳原道：'有人善于说话，有的人善于笑，有的人善于管家，你是善于低头的。'"[1]这番话，是调戏，也是进攻，清清楚楚，男人一开始就非常直接。

其实流苏刚到浅水湾酒店的第一个晚上是非常关键的，决定了两个人的关系，这场爱情的博弈，究竟是速决还是持久？说得再具体一点，想想现实生活当中，你认识一个男友，帮你买张机票，飞到夏威夷，住进海边豪华别墅；或者假装一起出差，可是出差途中拐到了马尔代夫。当时从上海坐船到香港，心理距离、实际时间都比今天飞马尔代夫还要长还要远，作为女主角心里会怎么想？这个房间愈豪华，心情愈紧张，一定在盘算在计划，当晚怎么应对。从女人角度看，自己出来冒险，目的就是要赢得这个男人。既是为了自己将来的生活，也为了在家里争这口气。怎么叫赢？赢的标准是婚姻，是不是真爱另外再说，只要能结婚，就是赢了。中间 sex 等等环节，应该是难免的，但是什么方式什么时间，大有讲究。一般说来，迟一些好，不要太快，否则一来就啪啪啪早早办了事，男生转头把你给丢了，买回程票再送一笔钱，这是女人的失败。或者一味拖延抗拒，弄到大家好感尽失、兴致全无，坐在海滩上枯燥无

---

[1] 张爱玲：《倾城之恋》，《传奇》（增订本），上海：山河图书公司，1946，166页。

味、度日如年，最后索然无趣，各自回家，也是输。所以对女主角而言，目标是明确的，手法、方式、过程却是不确定而且灵活的。

我在上课的时候问过学生，大概有三分之一的同学认为，第一天晚上如果男方坚持，当晚就能成事。现在的学生美国片看多了，通常是男女一到了房间，kiss之后，马上宽衣解带，不同枕也能共欢。从男人角度看，喜欢一个女人，费尽心思托人把她从上海讲究礼教的大家庭里请出来，或者说骗出来，"性"当然是一个目的。但是范柳原又不完全是寻欢猎艳。流苏已经不是二八年华，而且结过婚。照镜子的时候读者也看到，脸长得嫩，身材却是很瘦小，并不符合花花公子的一般标准。要是只为了上床，范柳原也太费周折了吧，找媒人，买船票，订酒店，前后折腾很久。老牌playboy大可直接去长三堂子或者跳舞厅找一些更实际的女人。客观上，范柳原也想赢，不过他赢的标志呢？第一，他那时候应该没有想过一定要结婚；第二，他也不完全是要女人的身体。既不是要结婚，也不是要身体，那男人到底要什么？可能一开始他自己都不清楚，也许是要赢得对方的感情吧。赢得了感情再后来呢？所以男人有时候是比较糊涂的。女人目标明确、手段灵活，男人是过程第一、目的模糊。

如果以上的分析成立，那么女人当天其实是心里紧张计划如何应对这第一晚的问题；而男的却是想试探看对方是否有心，有没有感情，至于是否速战速决，反而并不是那么重要的事情。于是当晚他们在酒店的舞厅碰头，一面跳舞，一面说话，出现了一段非常经典和精彩的调情对白。

第 6 章

《倾城之恋》与五四爱情小说模式

　　流苏笑道:"怎么不说话呀?"柳原笑道:"可以当着人说的话,我完全说完了。"流苏扑哧一笑道:"鬼鬼祟祟的有什么背人的话?"柳原道:"有些傻话,不但是要背着人说,还得背着自己。让自己听了也怪难为情的。譬如说,我爱你,我一辈子都爱你。"流苏别过头去,轻轻啐了一声道:"偏有这些废话!"柳原道:"不说话又怪我不说话了,说话,又嫌唠叨!"流苏笑道:"我问你,你为什么不愿意我上跳舞场去?"柳原道:"一般的男人,喜欢把女人教坏了,又喜欢去感化坏女人,使她变为好女人。我可不像那么没事找事做。我认为好女人还是老实些的。"流苏瞟了他一眼道:"你以为你跟别人不同?我看你也是一样的自私。"柳原笑道:"怎样自私?"流苏心里想着:"你最高明的理想是一个冰清玉洁而又富于挑逗性的女人。冰清玉洁,是对于他人。挑逗,是对于你自己。如果我是一个彻底的好女人,你根本就不会注意到我!"她向他偏着头笑道:"你要我在旁人面前做一个好女人,在你面前做一个坏女人。"[1]

这些对话现在都可以在网上的"张爱玲经典语录"里头找到,很多人拿来背来背去,但这种背是没有用的,你在实战当中脱离了语境,那讲出来可能坏事。"柳原想了一想道:'不懂。'流苏又解释道:'你要我对别人坏,独独对你好。'"女主角这句话其实很挑逗,形势就是她背水一战,房间开好了。如果当晚范柳原直接求吻,或者进一步进攻的话,会发生什么样的事情呢?古代小说写的正途当然是明媒正娶,不需要这些情话,或者结了婚以后慢慢恋爱。对于这种情话交锋、风流程序,常常是带一些贬抑的描写,正所谓"潘驴邓小闲"。五四以后的小说里,男追女也要有一点点钱,更要有文化,至少有点才子模样。少有农民工人商人军人做爱情小说男主角,当然这也是文人自恋。今天男追女,更被粗暴简化为三招:第一用钱砸,有车有房硬条件;第二"晒身体",秀肌肉颜值;第三是有才,文化洗脑。就是第三文化洗脑这一招,使得范柳原跟张

---

[1] 张爱玲:《倾城之恋》,《传奇》(增订本),上海:山河图书公司,1946,167—168页。

爱玲其他小说中的乔琪乔、姜季泽等花花公子划开了界线。当然郁达夫的男主角，曹禺笔下的方达生，鲁迅写的涓生，巴金描述的觉慧、觉新，这些人在婚恋方面碰到不幸或性苦闷读者会更加同情。为什么范柳原的"情欲苦闷"（如果确有）较难获得大家的同情？原因就是他有钱。一般来说，袋中无钱，心头多恨，这是早期沈从文欣赏郁达夫笔下人物的理由。只要你穷，你的郁闷就特别值得同情，包括你的性苦闷。可要是有钱男人，再有性苦闷，也是活该、也是放荡。所以也正是因为这个原因，范柳原他就是要用金钱以外的东西追求女人，怎么办呢？

范柳原和白流苏见面的时候，经济上占尽优势，外表也都行，没有什么问题，可是他却觉得自己开了酒店房间，这样来带她跳舞，然后这个女生就算对他好，还是"胜之不武"，赢得不够光彩！所以他一定要秀秀他的第三个文化条件。在小说里，范柳原把白流苏从舞厅里带出来，先是路上遇到了一个黑皮肤、穿着性感晚装的印度公主，这个人物的功能是背景铺垫，或者说营造一种竞争的气氛。然后两个人又走到浅水湾的一处丛林小路。浅水湾海滩晚上的空气环境应该是很浪漫的，常见的剧本里，男女走在这些小路上，开始就应该有拖拖手或 kiss，或者再进一步讲些情话。没想到范柳原这时突然又把白流苏带到一堵荒凉的断墙边，非常有意思，小说里这样写：

> 从浅水湾饭店过去一截子路，空中飞跨着一座桥梁，桥那边是山，桥这边是一堵灰砖砌成的墙壁，拦住了这边的山。柳原靠在墙上，流苏也就靠在墙上，一眼看上去，那堵墙极高极高，望不到边。墙是冷而粗糙，死的颜色。她的脸，托在墙上，反衬着，也变了样——红嘴唇、水眼睛，有血、有肉、有思想的一张脸。[1]

这里又有一个很有意思的叙述角度的混淆，关键是"一眼看上去"，谁在看？第一个可能，范柳原在看，他看到墙的冷而粗糙，死的颜色，象征地老天荒人类灾难，这时他才更觉得眼前这个女子，年轻的生命，有血有肉有思想（一厢情愿的想象）；第二个可能，白流苏在看，没来过这地方，这么可怕，没见过这样谈恋爱的，精神恋爱？听不懂，不过大概靠在原始粗犷的背景上，有灵性的女子还是会自觉背景会反衬她的漂亮，红嘴唇、水眼睛……第三个可能，让读者看，墙极高，望不到边，又一个苍凉的意象，很快就会有倾城之祸来临，可这对男女，还在这里欣赏红嘴唇、水眼睛，或欣赏有欣赏能力的

---

[1] 张爱玲：《倾城之恋》，《传奇》（增订本），上海：山河图书公司，1946，170页。

自己,欣赏有血有肉的思想……也可能作家在看,世界再荒诞,断墙再苍凉,还是要看见眼前的脸、嘴唇、水眼睛、血、肉、思想……

这些不同的阅读效果,就因为作家在"一眼看上去"时有意"忘了"告诉我们谁在看。这是人物／叙事者观察角度混淆所达到的(恐怕作家也未必充分预期的)复杂效果。

> 柳原看着她道:"这堵墙,不知为什么使我想起地老天荒那一类的话。……有一天,我们的文明整个的毁掉了,什么都完了——烧完了、炸完了、坍完了,也许还剩下这堵墙。流苏,如果我们那时候再在这墙根底下遇见了……流苏,也许你会对我有一点真心,也许我会对你有一点真心。"[1]

范柳原当时其实心里也很明白,他对这个女的谈不上真心,

---

[1] 张爱玲:《倾城之恋》,《传奇》(增订本),上海:山河图书公司,1946,170页。对这篇小说有苛刻批评的傅雷,却也特别注意并引用了"断墙"这一段:"麻痹的神经偶尔抖动一下,居然探头瞥见了一角未来的历史。病态的人有他特别敏锐的感觉:'……从浅水湾饭店过去一截子路,空中飞跨着一座桥梁,桥那边是山,桥这边是一堵灰砖砌成的墙壁,拦住了这边的……柳原看着她道:"这堵墙,不知为什么使我想起地老天荒那一类的话……有一天,我们的文明整个的毁掉了,什么都完了——烧完了,炸完了,坍完了,也许还剩下这堵墙。流苏,如果我们那时候再在这墙根底下遇见了……流苏,也许我会对你有一点真心。"'好一个天际辽阔胸襟浩荡的境界!在这中篇里,无异平凡的田野中忽然现出一片无垠的流沙。但也像流沙一样,不过动荡着显现了一刹那。"(迅雨:《论张爱玲的小说》,上海:《万象》第3卷第11期,1944年5月)

而这女的对他也谈不上真心,这是第一。第二,他故意用断墙这个背景,跟刚才舞厅里灯红酒绿的、很世俗的爱情游戏场面做对比。说得刻薄一点,就是模仿五四文艺腔,模仿文化洗脑;说好听一点,男的也想自己有一个追求。男的其实不太知道自己到底要什么,但是他要做出一个追求的姿态。在这诵诗经、靠断墙,地老天荒模拟的书生腔当中,你说范柳原搞得清楚自己真实的目的吗?寻欢猎艳?回归传统?还真的是某种追求真情?所以他一会儿深沉、一会儿放荡。小说里边说:"我自己也不懂得我自己——可是我要你懂得我!我要你懂得我!"[1]这句话说了两遍,也可能是一种以守为攻的调情策略,也可能是无意当中的真情表白。

但此刻女主人公好像是比男人清醒一些,她穿好了感情的防护装今夜准备上阵甚至做出牺牲,"流苏愿意试试看。在某种范围内,她什么都愿意"[2]。关于这句话在课堂上同学们有争论,什么叫某种范围?什么情况下她愿意呢?浅水湾酒店的房间是在这个范围之内吗?小说里说:"她侧过脸去向着他,小声答应着:'我懂得,我懂得。'"这两句话在我看来,男人是自我迷乱,女主角是自我陶醉。流苏一边安慰男人,一边"……不

---

[1] 张爱玲:《倾城之恋》,《传奇》(增订本),上海:山河图书公司,1946,171页。
[2] 同上。

由得想到了她自己的月光中的脸,那娇脆的轮廓,眉与眼,美得不近情理,美得渺茫,她缓缓垂下头去"。这就是说女的在回答男的说"我懂你"的时候,她脑子里其实是在想自己美丽的样子。也就在这个瞬间,或许她低头扮清纯的样子太明显了,女的太入戏,男的反而出戏,他换了一个腔调说:"是的,别忘了,你的特长是低头。可是也有人说,只有十来岁的女孩子们适宜于低头。适宜于低头的,往往一来就喜欢低头。低了多年的头,颈子上也许要起皱纹的。"[1] 完了,就这一段话把他们第一天在浅水湾建立的所有友好的、暧昧的气氛全打破了,因为这个男的看得出女人至少到那个时候为止,完全是自己欣赏自己,按今天的说法,就是有点装。这个玩笑就成了一个转折点,白流苏不高兴了,翻脸了,显然一见钟情不能速战速决,接下来就是持久战了。

第三个回合,双方就是探索、了解敌情,搞清楚你到底要什么,半夜打电话……读者还是看不到范柳原的心理活动,但可以听到白流苏的独白。她经过第一天这轮紧张战斗之后,回到房间自己寻思,"……原来范柳原是讲究精神恋爱的。她倒也赞成……"请看这个语气,"原来"什么意思?说明她事前是准备"肉搏"的?现在才松了一口气,发现这个男人是讲究精神

---

[1] 张爱玲:《倾城之恋》,《传奇》(增订本),上海:山河图书公司,1946,171 页。

恋爱的。"她倒也赞成,因为精神恋爱的结果永远是结婚,而肉体之爱往往就停顿在某一阶段,很少结婚的希望,精神恋爱只有一个毛病:在恋爱过程中,女人往往听不懂男人的话。然而那倒也没有多大关系。后来总还是结婚、找房子、置家具、雇佣人——那些事上,女人可比男人在行得多。她这么一想,今天这点小误会,也就不放在心上。"[1]

这段第三人称的女人独白,放在五四文学史上,却是非常重要的。因为从五四到1940年代大量的爱情小说,很少有哪个女主人公会告诉我们她这样的想法。熟悉现代文学的人都知道,五四的男女爱情小说,比方说最典型的鲁迅的《伤逝》,男女主人公怎么谈恋爱?子君跟涓生见面,子君几乎是不说话的,涓生就一路跟她讲欧洲文学,雪莱、拜伦、济慈……子君就睁大美丽稚气的眼睛不断点头。讲了半年的课,女的就回答了一句:我是我自己的,他们谁也没有干涉我的权利![2]这样男主角思想启蒙(文化洗脑)的目的就达到了,涓生感到非常震动,觉得中国的女人是有救的。这种爱情画面对不止一代中国人而言,都印象深刻,因为有一个历史时期,别的爱情小说里是看不到的。因此形成了一种恋爱模式,谈文化光荣,男的相貌不

---

[1] 张爱玲:《倾城之恋》,《传奇》(增订本),上海:山河图书公司,1946,172页。
[2] 鲁迅:《伤逝》,《鲁迅全集》第二卷,北京:人民文学出版社,2005,115页。

太重要（涓生长什么样读者根本不知道）。小说大都是男作家写的，都不写男的形象，但其实渗透男性目光（不看自己，详细写女人）。鲁迅这一代人的小说给后人的影响就是，男女谈恋爱秀身体讲颜值难为情，讲金钱论权势更是低俗的，所以要讲文化，讲革命，后来的人讲讲《钢铁是怎样炼成的》《欧阳海之歌》等等也好。

范柳原是不一样的男人，明明是归国华侨，很有钱，可是在浅水湾也还要拉着一个女的到树林里边去讲诗经，地老天荒，把从上海忠孝仁义旧宅请假出来冒险浪漫的流苏搞得一头雾水。爱情小说中男女在一起非得讲文化吗？也有不是的，比方郁达夫的《春风沉醉的晚上》，男的是知识分子，女的是一个女工，两个人开始不说话，后来女的看见这个男人天天在看书，就放下警惕心了，然后又去给他买吃的东西，一吃东西关系就好了。中间还有一个突破点，女工怀疑男的半夜出去、又收到钱，是不是做什么坏事？男的说我是做翻译拿了稿费，这个稿费是五块钱。女的就说这个是什么东西？一下子能够卖五块钱，那你每天做一个就好了。显然知识分子谈恋爱，钱有时候也是很重要的。还有一个例子就是茅盾的短篇小说《创造》[1]，男主人公君实，有钱有文化却找不到女朋友，他说我就找一个素材，年

---

[1] 茅盾：《创造》，《野蔷薇》，上海：大江书铺，1929。

轻，单纯，我来培养她、教育她，创造一个理想的爱人。他真的娶了这样一个女人，给她开了很多书单、照顾她生活，结果还成功了。女主角开始时牵手也不敢，后来在街上也要 kiss 了；开始时什么事都不关心，后来要参加妇女运动，到后来女的就把男的给抛弃了。

所有这些五四爱情小说，鲁迅、郁达夫、茅盾，男女恋爱都有个基本模式，男主角好像是老师，女主角好像是学生。象征意义上，男人是知识分子，女人是大众，恋爱的过程像是一个启蒙的过程，背后是五四文学感时忧国的大主题。而这种爱情—教育—启蒙的故事模式就有几种可能的方案：一是男人教了女人，最后救不了女人，反而害了女人，这就是《伤逝》。二是同是天涯沦落人，救不了人也不能害人，所以男人想拥抱女人又克制自己，就像郁达夫的《春风沉醉的晚上》。茅盾的《创造》则是被教育的人、被启蒙的人，最后反而把老师超越甚至打倒。要是联系到茅盾自身在北伐中的经历，就不难懂得茅盾一方面赞扬小说的女主人公走向革命；同时也同情被时代抛弃的男主人公君实。因为茅盾自己当年最早参加共产党的创建，可是在 1927 年脱党，他被很多新进的、年轻的共产党人批评落后、落伍。这就叫"矛盾"，茅盾这个名字的由来。

所以简而言之，五四的爱情小说灌入太多的启蒙内容，其模式都是一种教人救人。在此模式当中,男主人公或者说作家,常常看不到女主人公心里到底在想什么,他们只觉得女主角睁大了美丽的眼睛在接受文化启蒙,没想到这些女主人公也有曲折压抑的性欲,或者她们考虑更多世俗的实际问题。女作家丁玲在《莎菲女士的日记》里就写到女人的情欲,看到一个男的靓仔,觉得他嘴唇很可爱,女主角觉得自己有把嘴唇放上去的必要……[1]这是一百年前的女性主义的呼声。但是还有一些女生,像张爱玲写的白流苏:你跟我讲诗经、你跟我讲地老天荒、你喜欢精神恋爱……好吧,精神恋爱吧,我听不懂,不过没关系,将来找房子、找女佣、建立家庭,还是我说了算。我们想想,到底是哪一种女人的心理更加真实、更加普遍、更加"现实主义"呢?

女主人公说精神恋爱听不大懂,将来家务、找佣人这些事情都是我说了算。这一段话放在整个现代文学史上看,这是女主人公觉悟的一个降低,却是女性主义创作的一个飞跃。因为之前的男作家写的爱情小说,女主人公是不想这些问题的,柴米油盐太低俗了。涓生只看到这个女生在听他讲欧洲文学,他不知道子君也许早就在想柴米油盐,怎么租房子、养鸡养狗的

---

[1] "我(莎菲)看见那两个鲜红的,嫩腻的,深深凹进的嘴角了。我能告诉人吗,我是用一种小儿要糖果的心情在望着那惹人的两个小东西。"丁玲:《莎菲女士的日记》,《丁玲文集》,长沙:湖南人民出版社,1982,52页。

问题。鲁迅不去看,涓生看不见,张爱玲看见了,所以像这样一个表达,把女性对生活的看法跟男性的爱情启蒙模式来做一个对照、形成一个反讽,这是《倾城之恋》的文学史意义[1]。

回到《倾城之恋》,接下来是男女主角的新一轮较量,就是第四个回合。第一个回合是跳舞,第二个回合是浅水湾的第一夜,第三个回合是接下来的计算。第四个回合,范柳原慢慢打持久战,他也不急,请你吃饭,请你跳舞,每天聊天,还跟白流苏说,你还是没放下包袱,当代文化对你侵害太多,你还是去马来西亚丛林,原始大自然对你更好……有些是他的"忽悠",有些是他的幻想,因为他内心欲望是找一个既新奇又传统的女人,他自己可以骗自己说这是文化寻根。他搞了一个三角关系冷落流苏,印度公主整天在那里争风吃醋,然后半夜他又电话奇袭,打一下马上挂掉,搞心理战。流苏已经知道这个

---

[1] 不过这种以平凡来反讽启蒙主流的写法,对于喜欢惊天动地生死浪漫的五四文人来说,还是不以为然,所以傅雷看到小说结局批评说:"'他不过是一个自私的男子,她不过是一个自私的女人。'但他们连自私也没有迹象可寻。'在这兵荒马乱的时代,个人主义者是无处容身的。可是总有地方容得下一对平凡的夫妻。'世界上有的是平凡,我不抱怨作者多写了一对平凡的人。但战争使范柳原恢复一些人性,使把婚姻当职业看的流苏有一些转变(光是觉得靠得住的只有腔子里的这口气和身边的这个人,是不够说明她的转变的),也不能算是怎样的不平凡。平凡并没有深度的意思。并且人物的平凡,只应该使作品不平凡。"(迅雨:《论张爱玲的小说》,上海:《万象》第3卷第11期,1944年5月)但同时期和张爱玲来往的胡兰成却提出了不同的看法,他从张爱玲喜欢塞尚的画,讲到"爱玲自己便是爱描写民国世界小奸小坏的市民,她的《倾城之恋》里的男女,漂亮机警,惯会风里言,风里语,做张做致,再带几分玩世不恭,益发幻美轻巧了,背后可是有着对人生的坚执,也竟如火如荼,惟像白日里的火山,不见焰,只见是灰白的烟雾。他们想要奇特,结局只平淡的成了家室,但是也有这对于人生的真实的如泣如诉"(胡兰成:《今生今世》,北京:中国社会科学出版社,2003,159页)。

男人是要她的,可是不愿意娶她。男的说我爱你,女的说你干脆说不结婚不就完了。男的说说的也对,我不至于糊涂到找一个不喜欢的人来管我,你根本不喜欢我,我为什么要娶你呢?你难道把婚姻当作"长期卖淫"吗?[1]这样的话当然会刺激女人的自尊,何况女人正住着男人开的酒店。本来经济上的不平等有时正是男女爱情的基础,所以张爱玲后来在散文《谈女人》里说过一段话,大致意思是在社会学的意义上,"婚姻是长期卖淫"并不完全是贬义的。但是白流苏不是张爱玲,她没有那么清晰的女性社会地位历史处境的思考,所以她凭着本能的自尊把电话给挂掉,回上海了,这就进入了第五个回合。

可是流苏是无家可归的,回到上海家里所有的人都觉得她已经跟男人走了,人家还不要你,这是最惨最惨的情况。那是什么时代?哪像现在,上相亲节目《非诚勿扰》,不认识的异性留个灯,马上"爱琴海之旅",旅完后据说恋爱成功的比率百分之一都不到,跟工厂的报废率一样。可是那个时候,白流苏,一个28岁的女人,死了老公正准备重新建立生活,到了香港什么也没有得到。她回上海一个秋天,好像老了两年,所以当范柳原打电报说你再来吧,她马上就去了,不再挣扎。去了之后当天晚上就kiss并做爱,"柳原已经光着脚走到她后面,一

---

[1] 张爱玲:《倾城之恋》,《传奇》(增订本),上海:山河图书公司,1946,177页。

只手搁在她头上,把她的脸倒扳了过来,吻她的嘴。发网滑下地去了。这是他第一次吻她,然而他们两人都疑惑不是第一次,因为在幻想中已经发生过无数次了。从前他们有过许多机会——适当的环境,适当的情调;他也想到过,她也顾虑到那可能性。然而两方面都是精刮的人,算盘打得太仔细了,始终不肯冒失。现在这忽然成了真的,两人都糊涂了。流苏觉得她的溜溜走了个圈子,倒在镜子上,背心紧紧抵着冰冷的镜子。他的嘴始终没有离开过她的嘴。他还把她往镜子上推,他们似乎是跌到镜子里面,另一个昏昏的世界里去了,凉的凉,烫的烫,野火花直烧上身来"[1]。细心的读者一定注意到了,又是镜子。当初在上海的阁楼上阴阴一笑,对着镜子看到自己的身体,白流苏重新出征。现在范柳原第一次kiss、第一次做爱,居然也是倒在镜子上,甚至跌到镜子里面去。为什么要用镜子这个道具?是反射自己,同时也是制造张爱玲小说一贯的主题:在这种时候什么是真、什么是假?真的与假的、现实的跟幻想的界线被模糊掉了。

睡觉以后,是第六个回合。范柳原马上就要出洋渡海做生意,他给流苏租了一个房子,上船走了。房子很大,还找了工人,"饭票"是找到了,长期不长期不知道,可是心里空空落落

---

[1] 张爱玲:《倾城之恋》,《传奇》(增订本),上海:山河图书公司,1946,181页。

的,为什么?因为这个男的抓不住,人不见了。接下来真的就"感谢"世界大战,因为香港打仗,男人走不了,而且非常害怕,然后两个人一瞬间、一刹那觉得对方的重要,所以他们愿意结婚了。这个美好的结尾,是有很大的时代的代价,香港沦陷的代价:"……在这动荡的世界里,钱财、地产、天长地久的一切,全不可靠了。靠得住的只有她腔子里的这口气,还有睡在她身边的这个人。她突然爬到柳原身边,隔着他的棉被,拥抱着他。他从被窝里伸出手来握住她的手。他们把彼此看得透明透亮。仅仅是一刹那的彻底的谅解,然而这一刹那够他们在一起和谐地活个十年八年。"[1]

这里有两个关键词非常重要,一个就是"把彼此看得透明透亮"。

在《封锁》里张爱玲曾经这样说过,在恋爱当中,女人本能地会感到要是这个男人彻底了解她了,便不会爱她了。可是在这部作品里,她提出了一个看法就是彼此之间要看得透明透亮。其实小说里男女在一起就是两个要素,一个就是彼此喜欢,你爱这个人、喜欢这个人,想跟他/她在一起;另外一个就是死心塌地。整个《倾城之恋》,就是双方都在试验、探测,看对方是不是死心塌地,女人是要男人死心塌地,男人是到最后

---

[1] 张爱玲:《倾城之恋》,《传奇》(增订本),上海:山河图书公司,1946,188 页。

才发现女人对他死心塌地，所以死心塌地变成了彼此看得透明透亮，变成了爱情的一个要素。这是非常世俗的一个观点，但也是非常特别的一个观点。第二个关键词就是"一刹那"。一刹那不是永久，但是人生有没有这么一刹那，非常重要。有这么一刹那，即使将来碰到很多问题，还会回想说，至少在那个时候是透明透亮，是死心塌地。要是连这么一个瞬间都没有的话，那么一旦碰到什么事情，真的是经不起考验。所以一刹那跟透明透亮，在这里我觉得是张爱玲非常罕见的对爱情的 definition。

另外还有一段话很经典："……柳原又道：'鬼使神差地，我们倒真的恋爱起来了！'流苏道：'你早就说过你爱我。'柳原笑道：'那不算。我们那时候太忙着谈恋爱了，哪里还有工夫恋爱？'"[1]读者看到这里不免会心一笑，心头一紧，想想我们自己，我们究竟是忙着"谈"恋爱呢，还是真的在恋爱呢？但张爱玲又很清醒，她也就说是十年八年，她也没有说地老天荒，没有天长地久、永恒，这部小说是她的小说里唯一一个有爱情的 happy ending 的，这就使得这个作品持久受到广大读者的欢迎，尤其是女读者的欢迎，大家都喜欢做白日梦。

之前说过，在男作家的笔下，五四的爱情小说总是一个知

---

[1] 张爱玲：《倾城之恋》，《传奇》（增订本），上海：山河图书公司，1946，188页。

识分子启蒙拯救大众的隐喻结构，叶圣陶的《倪焕之》、柔石的《二月》……可以看到一大堆的案例，男主人公总是多愁善感的知识分子，女主人公总是需要救援的弱势群体，可能是文艺青年，可能是旧家庭跑出来的女子，她们的共同点一定是玉洁冰清。玉洁使得她美丽，值得被拯救；冰清使得她善良，可以被拯救。这个男作家的爱情故事模式碰到丁玲，碰到张爱玲，被颠覆了。张爱玲这个故事本身很俗气，可是它颠覆了五四的爱情神话，这是它的第一层意义。

第二层意义，经典的爱情故事大都有男女一见钟情，社会、家庭反对等套路，例如《罗密欧与朱丽叶》《梁山伯与祝英台》，等等。一个爱情故事的矛盾张力，男女是一方，社会是一方。可是在《倾城之恋》里，当然也有社会压力，可是这个压力并没有反对他们结合，男女在一起也不用对抗社会，于是爱情故事的矛盾张力主要就在男女两性之间。男女各自的欲望需求不同，但都有合理性。女人不是那么有诗意，就是要找"饭票"，今天好听的说法就是要找安全感，找生活中的强者。男的要求更没什么高尚，说到底首先关注的是身体情欲。食色性也，男女其实有别——这是朋友间开玩笑的说法，政治不正确——女人比较看重"食"，男人比较优先"色"。当然现在也有很多女生说我们要"小鲜肉"，男生也说不介意找小富婆。《色，戒》

里还有一种说法:"到男人心里去的路通过胃,到女人心里的路通过阴道",等等[1]。但一般说来,很多人还是认为男女之间女人比较偏重社会性,男人比较偏重生物性。从一些社会表面现象上看,好像不无道理。但必须辨析,女人重视婚姻爱情关系当中的"饭票",虽有雌性动物为繁殖保护下一代、寻找安全依靠的本能因素,但更多的还是因为人类社会两性在社会经济活动中地位的不平等。男人是否必定比女人"好色"这个问题更加复杂。读张爱玲的《第一炉香》或《金锁记》,可以看得很清楚,sex 在女性的生活或者生命里,同样具有极其重要甚至更加致命的影响。两性之间的隔阂、成见、偏见,导致男女战争旷日持久,将来还会不断地演化。正是在这个意义上,张爱玲在《倾城之恋》里处理了一个非常世俗的题材,可是她的处理方法非常别致。《倾城之恋》就是从男女不同的需要出发,最后找到了共同点。女的寻找"长期饭票",却也找到了真情;男的从情色游戏出发,最后找到了自己的家庭。这太理想化了。

因为这么理想化,前些年香港上演了一部叫《新倾城之恋》的话剧,导演是毛俊辉。话剧演出以后,就邀请了李欧梵、刘绍铭跟我一起参加了一个公开的讨论会。有趣的是,讨论会上

---

[1] "又有这句谚语:'到男人心里去的路通过胃。'……于是就有人说:'到女人心里的路通过阴道'",转引自张爱玲:《色,戒》,《惘然记》,香港:皇冠出版社,1991,36页。张爱玲只是在小说里引用别人的话,并不一定表示同意。

发现听众以中年知识女性为主，大部分是中学教师。她们提了很多问题，但是其中我印象最深的是，好几位女士提问说，我们都理解白流苏为什么要爱上、要嫁给范柳原。可是我们不大明白这个有钱的归国华侨范柳原，他为什么要爱上上海寡妇白流苏，你们台上几个杰出男人（她们开我们玩笑）怎么看范柳原，这个男人为什么会爱上这个女人？

刘绍铭教授跟张爱玲相识多年，有很多通信，他当场表示大概白流苏真的很漂亮。李欧梵教授我忘了他具体怎么回答，大概是强调范柳原不仅是花花公子，也有文化情怀，再加上战争的因素。我在会上尽量说真话，大概说了两个理由，一个就是在曲折漫长的情感较量当中，其实他们各自的力量是不平等的，男的一直占尽优势。他有钱，可以把女的请出家庭，她一出来就已经损失了名声。他有文化，可以洞察女人的虚荣心跟世俗的动机，所以她回上海他也不担心，直到做爱、同居……可以说他一步一步地把对手打败。眼看他所喜欢的女人一步一步被他打败，一无所有了，他也彻底满足自己的征服欲了，这个时候他就没有戒心了，就"通体通透"，也就"死心塌地"了。于是在这个时候，却突然被女人逆转，就好像一场球赛，全场占尽优势，最后丢球。当然，对于一个有心理优势的男人来说，输给一个自己喜欢的女人，失败也是光荣。记得闻一多有首诗叫做《国手》:"爱人啊!你是个国手:我们来下一盘棋;我的目的不要赢你,但只求输给你——将我的灵和肉,输得干干净净!"

如果达不到这个境界,小说中"先小人后君子"的七个回合依然好玩。前面说过,男人是方向不明,重在过程;女人是目标清楚,手法灵活。男方虽然客观条件占优势,女人却意志坚定以柔克刚。这是一个社会学意义上的、以弱胜强的教科书范例,难怪大家这么喜欢。

第 7 章

读《封锁》

到 1943 年底,张爱玲已经发表了《第一炉香》《倾城之恋》《金锁记》——基本上是她一生最重要的作品,现在看来也是中国现代文学中的一流作品。张爱玲已经把爱情、生活和人性写得那么透彻复杂,既浪漫又颓废,但作家自己,却还只是一个 23 岁的姑娘,一个和姑妈一起居住的女孩子,还没有结婚,甚至,好像还没有谈过恋爱[1]。

在这之前,张爱玲的经历也很简单,16 岁以前住在父亲的

---

[1] 在张爱玲晚年自传体小说《小团圆》里,有个"小鲜肉"穷亲戚吕表哥,"生得面如冠玉,唇若涂朱,剑眉星眼,玉树临风,过来到九莉房里,招呼之后坐下就一言不发,翻看她桌上的小说。她还搭讪着问他看过这本书没有,看了哪张电影没有,他总是顿了顿,微笑着略摇摇头。她想不出别的话说,他也只低着头掀动书页,半晌方起身笑道:'表妹你看书,不搅胡你了。'"看来似乎有点暧昧的感觉,或者勉强可算为女主人公早期朦朦胧胧的一个思春对象——至少九莉挺关注这个男人的动向:"后来听九林说你表哥结婚了,是个银行经理的女儿。又听见九林说他一发迹就大了肚子,又玩舞女,也感到一丝庆幸。"(张爱玲:《小团圆》,香港:皇冠出版社,2009,116 页)

旧式大宅里[1]，后来随母亲生活，读中学，考取了伦敦大学奖学金，因为"二战"没有能够去成，只能在香港大学读书。太平洋战争爆发，香港也被日军占领，张爱玲回到上海，想去圣约翰大学（St. John's University，现在叫华东政法大学）继续读书，但学费不够，所以只能开始靠写作谋生，先是英文的散文，然后是中文的小说。

1943年是她一生最重要的一个年份，尤其是下半年。5月在《紫罗兰》杂志发表《第一炉香》，7月在《杂志》发表短篇《茉莉香片》，8月在《万象》月刊第2期、第3期发表短篇《心经》，9月到10月在《杂志》第11卷第6期到第7期发表成名作《倾城之恋》；同年11月，有《金锁记》和短篇《琉璃瓦》，《琉璃瓦》刊于《万象》，《金锁记》发表在《杂志》第12卷第2期。短篇小说《封锁》，则发表于一个叫《天地》的月刊，时间是1943年11月。评论家古苍悟、余斌等人，都细

---

[1] 张爱玲在12岁的时候就开始写小说："在小山的顶上有一所精致的跳舞厅，晚饭后，乳白色的淡烟渐渐地退了，露出明朗的南国的蓝天，你可以听见悠扬的音乐，像一幅桃色的网，从山顶上撒下来，笼罩着全山。"（张爱玲：《存稿》，发表刊物及年月不详，收入《流言》，台北：皇冠出版社，1982，115页）作文非常典型地模仿所谓的"五四文艺腔"——后来她一生的创作却都是跟这种"五四文艺腔"做斗争。少年张爱玲在家里自己还写过一部小说叫《摩登红楼梦》，写了5回，每一回的名字都是她爸帮她起的。"（凤姐）自己做了主席，又望着平儿笑道：'你今天也来快活快活，别拘礼了，坐到一块来乐一乐罢！'……三人传杯递盏……贾琏道：'这两年不知闹了多少饥荒，如今可好了……'凤姐瞅了他一眼道：'钱留在手里要咬手的，快去多讨两个小老婆罢！'贾琏哈哈大笑道：'奶奶放心，有了你和平儿这两个美人胚子，我还讨什么小老婆呢？'凤姐冷笑道：'二爷过奖了！你自有你的心心念念睡里梦里都不忘记的心上人……'"（张爱玲：《存稿》，出处同上）

细分析过这些文艺期刊的复杂背景[1],说张爱玲一起步就雅俗通吃、左右逢源。什么意思?我们看《紫罗兰》。《紫罗兰》主编是著名的"鸳鸯蝴蝶派"文人周瘦鹃,五四初期,他就是"礼拜六派"的中坚,1940年代中期在上海被日本占领的时期打算复刊,张爱玲是托人介绍,上门自荐。当然,一、二炉香的旧小说气味,也使得周瘦鹃闻到了在新文学里面很难得的昔日的空气,十分欣赏。《万象》过去其实也是风花雪月杂志,主编陈蝶衣。老板平襟亚还是后来皇冠出版社创办人平鑫涛的长辈。《万象》后来由柯灵任主编,唐弢、王元化、师陀等左翼文人投稿,变成了一个中间偏左的文人杂志。因为读到了短篇《第一炉香》,柯灵就发现了这个叫张爱玲的新作者。名字虽然像花花手绢一样,但是文章却特别有才,没想到这个女作家很快主动到《万象》投稿,所以柯灵也是大力推荐。柯灵对张爱玲的好感,一直延续到几十年后。大家知道,在"文革"以后,他担任国际笔会上海中心会长,写了一篇著名的文章叫《遥寄张爱玲》,代表了中国内地文坛对张爱玲的欢迎或者说宽容的态度。当然,同样这篇文章也被台湾的一些学者认为是自作多情的对张爱玲的误解。这就看大家站什么样的角度。甚至后来在

---

[1] 参见古苍悟:《今生此时今世此地——张爱玲、苏青、胡兰成的上海》,香港:牛津大学出版社,2002;余斌:《张爱玲传》,南京:南京大学出版社,2007。

《小团圆》里还有一些关于左翼文人荀桦的情节,在电车上性骚扰女主角,可能会被人怀疑联想到柯灵。当然那是虚构的小说。

张爱玲的传记,现在出的不少,我个人觉得写得比较好的是余斌的一本。我不认识余斌,好像是南京的一个学者,她注意到张爱玲在1943年虽然向各种倾向、不同背景的期刊投稿,但实际上有选择。娱乐性比较强的、世俗性的小说,比方《第一炉香》,就交给"鸳鸯蝴蝶派"的《紫罗兰》;比较文艺腔的、有实验性质的短篇,就投给偏新文艺的《万象》;但她自己最满意的、分量最重、篇幅也最长的作品,比方说《金锁记》《倾城之恋》,却都给了《杂志》。因为在日据时期的上海,只有这个《杂志》才是当时的"主旋律"。《杂志》背景相当复杂,它据说是跟另一个刊物《新中国周报》一样,均附属于《新中国报》。《新中国报》名字好听,实际上后面有日本人的背景,创建他们占领的"新中国"。但是古苍悟等人考证,《新中国报》的社长袁殊、主编鲁风,据说又都是中共地下党人[1]。所以《杂志》在当时背景硬、品流杂、声势大,客观上对于相信出名要趁早的张爱玲来说,是一个很合适的舞台。

而胡兰成著名的评论《论张爱玲》,分两期刊登在《杂志》

---

[1] 古苍悟:《今生此时今世此地—张爱玲、苏青、胡兰成的上海》,香港:牛津大学出版社,2002;余斌:《张爱玲传》,北京:人民文学出版社,2013,89页。

上,现在看来在"张学"历史上,这篇文章的重要性可以跟迅雨(傅雷)的评论相比拟。张爱玲作品出现的历史语境非常重要。张爱玲后来颇受争议,也是因为她在上海日据时期创作的复杂背景。读者除了欣赏她的作品,也必须注意这些作品的生产过程、生产机制。除《紫罗兰》《万象》《杂志》这三个或通俗或左翼或"主旋律"的期刊外,张爱玲当时还在一个叫《古今》的杂志上发表散文。《古今》的社长朱朴曾经担任汪伪政府交通部政务次长,可是这个期刊却走了林语堂《论语》《宇宙风》的性灵路线,作者大部分是男人。所以我们以后会看到一个有趣的现象,就是张爱玲小说的虚拟读者,好像是以女性小市民为主,可是她散文的假想的谈话对象,仿佛是男性文人。

短篇《封锁》,发表在另一本杂志《天地》上。《天地》是苏青(真名冯和仪)办的一个以散文为主的期刊,据说是因为友谊,张爱玲有不少文章也给了《天地》。苏青把发表《封锁》的这一期《天地》送给了当时已被免职的汪伪政府宣传部的次长胡兰成。胡兰成原来是坐在躺椅上翻杂志,读了《封锁》后坐了起来,读了两遍,然后就向苏青打听作者是谁,然后留意作者的照片(男人对于女作家,即便那么有才的女作家,也要同时看外貌),然后就是登门拜访。胡兰成为什么这么欣赏《封锁》?这个短篇有什么特别的地方?怎么吸引和打动了这个混迹政坛的奇葩文人？而且接下去还引出了一段改变两个人命运的恋爱故事。

和之前我们读过的《第一炉香》《金锁记》《倾城之恋》相比[1]，《封锁》明显有三个不同。

第一是结构不同，以前是中篇，可以有很多场景，写人物的命运变化，现在是一个短篇，就是一个固定的场景从头到尾。《封锁》原来的版本里边，还有男主人公回家以后的一个尾巴，后来被删掉了[2]。这个删减也很有意思。删减以后的《封锁》，所有的故事就在电车上，就在封锁中。

第二个特点，以前都是有局限的第三人称，作家总是站在女主角的立场上，用她的眼光去看风景，用她的心理去描写周围的事物，偏重一个女人的感觉的主线；可《封锁》"男女平等"，叙事观点男女两个角度都写，这在张爱玲小说里并不多见（如果按初版的最后一段，甚至更偏重写男人这种"乌

---

[1] 当然，这只是我们的阅读次序。实际上《封锁》写作发表比《倾城之恋》和《金锁记》更早。
[2] 唐文标很早就注意到发表在1943年《天地》上的《封锁》与后来流行的版本不同，后者少了最后两节文字。"吕宗桢到家正赶上吃晚饭。他一面吃一面阅读她女儿的成绩报告单，刚寄来的。他还记得电车上那一回事，可是翠远的脸已经有点模糊——那是天生的使人忘记的脸。他不记得她说了些什么，可是他自己的说话他记得很清楚——温柔地：'你——几岁？'慷慨激昂地：'我不能让你牺牲了你的前程！'饭后，他接过热手巾，擦着脸，踱到卧室里来，扭开了电灯。一只乌壳虫从房这头爬到房那头，爬了一半，灯一开，它只得伏在地板的正中，一动也不动。在装死吗？在思想中吗？整天爬来爬去，很少有思想的时间吧？然而思想毕竟是痛苦的。宗桢捻灭了电灯，手按在机栝上，手心汗潮了，浑身一滴滴沁出汗来，像小虫子痒痒地在爬。他又开了灯，乌壳虫不见了，爬回巢里去了。"（唐文标：《张爱玲资料大全集》，台北：时报文化出版公司，1984）我查了一下，其实在1946年的《传奇》增订本中，《封锁》的这个讽刺或同情男人"乌壳虫"的尾巴已经被作家删掉了。

壳虫"）。《茉莉香片》《红玫瑰与白玫瑰》主要是写男人，只侧重于男主角的感觉一条线，其他小说是侧重于女主角，仅有《封锁》的叙述角度基本上男女对等。简单地说，张爱玲的小说故事再复杂，大部分都只有一个主角，可是这一次，一个短篇，两个主角，平均分配，很难说谁是第一主角。

第三，在以前的小说里，张爱玲写女人十分精细入微，分析透彻，相比之下写男人，总是比较虚。乔琪乔，混血儿靓仔，没钱，有颜值，又想玩，没心没肺，仅有的人心触动就是那个烟头一闪。可究竟这花花公子怎么想的？怎么会刚刚在薇龙床上狂吻，转身就在花园里抱个丫头？怎么愿意自己的老婆帮他去找别的男人弄钱？男人种种奇怪心理，作家都淡化了。同样道理，《金锁记》里边的姜季泽，究竟对七巧有没有动过心，是碍于伦常，兔子不吃窝边草？还是从头到尾只是调戏骗钱？读者和七巧一样，也看不太清楚。童世舫的形象是难得的正面，可是这么一个没什么缺点的留学生，怎么就会看上扭捏作态的长安？作家也没有详细交代。甚至范柳原究竟为什么爱上白流苏？是 playboy 想换换口味？还是玩着玩着玩出火呢？或者是在模拟的浪荡公子面具下，真有文人性情的一面？读者和女主角一样，也是在揣摩、猜测、凭感觉。当然，作家这样虚化男人们，或许在那些以女性命运为主题，以女性感觉为感官的小说里面，也是一种有意为之。但至少到了《封锁》，我们看到了，23岁的年轻女作家对男人这么一种社会动物的一次正面手术解剖。

《茉莉香片》其实是更早写男人的小说，但以后会讨论，那是一个"特殊病例"。而《封锁》，还有之后要细读的《红玫瑰与白玫瑰》，却是"大众门诊"，面对男人的普遍困境：你是做一个"好人"？还是做一个"真人"？高全之对《封锁》里反复出现的"好人"与"真人"两个概念，有一番非常认真的归纳。这篇小说里的"好"，有两种用法：其一为约定俗成的定义，较不触目，比方说大家都是快刀斩不断的好亲戚、好人家的女孩子、好的教育等等，这种就是正常的好。第二种是指顺从世风，拘泥古板，具讽刺意义，如：在家里她是一个好女儿，在学校里她是一个好学生，她是一个好女儿、好学生，她家里都是好人。那么这个时候的"好"字，就是带讽刺意味的。同样，"真"，真人的真，真实的真，也有两种用法，都与前面好的第二种意涵相冲突。第一个"真"就是指自然混沌，比方说隔壁奶妈怀里小孩的脚，脚底心抵到了翠远的腿上……这至少是真的，这是肉体，这个"真"指的是婴儿的脚，也可以说是这种在腿上的压迫感。第二种是指不顺从世风，违反常规，如：一个真的人。判断那个男的来跟她搭讪，就说他是一个真的人，不很诚实，也不很聪明，但是一个真的人；或者说世上的好人比真人多,他是个好人,世界上的好人又多了一个。简单说,张爱玲的"好人"就是顺从世俗规范,"真人"就有可能打破世俗规范[1]。其实,人,男人或女人,大部分情况下,都是想做好人,或者说只能做好人,只有依靠了某种特殊的机会,才能做一次或做一下真人。或者跳开说,也可以依靠某种特殊的权力、地位,那是题外话。

在《封锁》里,这个机会就是战争空袭警报制造的。封锁了,一群乘客,包括我们的男女主角,在一段时间里被困在一辆不能动的电车中,谁也去不了哪里,时间、空间被切断了,在这么一个特殊环境下,他们对"真人"跟"好人",有了新的体会。换句话说,这是通过例外写常态,以突出这个常态实际上是病态。作家一上来就点题,说开电车的人开电车,电车轨迹没完没了……"开电车的人眼睛盯住了这两条蠕蠕的车轨,然而他不发疯。"就像人们每天面对自己的生活,都是重复的,却不发疯。"如果不碰到封锁,电车的进行是永远不会断的。"靠了这个封锁,切断了时间与空间,电车里的人就与世隔绝了。街上开始有点乱,渐渐也麻木下来。"这庞大的城市在阳光里盹着了,重重地把头搁在人们的肩上,口涎顺着人们的衣服缓缓

---

[1] 高全之:《百世修来同船渡——〈封锁〉的瞬间经验》,《张爱玲学》,台北:麦田出版社,2003,70—71页。

流下去，不能想象的巨大的重量压住了每一个人。上海似乎从来没有这么静过——大白天里！"[1]

在这么一个巨大别致的城市隐喻下面，电车里却是一些琐碎的市民群像，"一对长得颇像兄妹的中年夫妇把手吊在皮圈上，双双站在电车的正中。她突然叫道：'当心别把裤子弄脏了！'他吃了一惊，抬起他的手，手里拈着一包熏鱼。他小心翼翼使那油汪汪的纸口袋与他的西装裤子维持二寸远的距离。他太太兀自絮叨道：'现在干洗是什么价钱？做一条裤子是什么价钱？'"[2]听这对话，大家只能会心一笑。这对夫妻在小说里面无关紧要，前后都没有伏笔或呼应。但仅仅这一个细节，却形象描绘了一对上海中产夫妇又小康又寒酸的日常生活。小康是战争时期还能买熏鱼，这不错。穿西装裤，而且还需要干洗，恐怕是定做的西装裤吧？可是寒酸呢？在于这个油腻的熏鱼要西装男自己在手上拿着，女人也不帮手，生怕熟食碰到裤子。那小心翼翼的精明与可怜，也许这就是所谓"小男人"吧？据说，分辨"大男人"跟"小男人"的标准之一就是看他离开餐馆的时候，拿不拿剩下打包的菜。当然，丢下，不拿走，那肯定是阔气的大男人，咱们潮汕或者是东北"爷们儿"的范儿。

---

[1] 张爱玲：《封锁》，原载上海《天地》第2期，1943年11月；收入《传奇》（增订本），上海：山河图书公司，1946，377页。
[2] 同上书，378页。

要是上海江南的男人呢？菜是要拿走的，这个时候，包着塑料袋的这盒剩菜，由男的来提，还是由女的来拎，这可又是一个大问题。要叫男的来提，有时候女人又觉得丢了她先生的风度；要叫女的拿，又觉得男的对她不够好。据说最佳答案是，男的说我来提，女的就说算了算了，我来吧。这样又顾及了自尊，又顾及了体面……

过了一会儿，电车上很多人都在围观一个医科学生画人体骨骼图，大家闲着没事做。提着熏鱼的丈夫向妻子说："我就看不惯现在兴的这种立体派，印象派！"妻子附耳道："你的裤子！"真是，太精彩了！男人提着熏鱼，还关心旁边的立体派、印象派，可老婆就关心你的西装裤。这些细节，当然它也有独立欣赏价值，我们说是对上海小市民的形象的写真。但是在小说里它也并不是闲笔，它们都在为男主角的出场做铺垫，营造一个上海男人的日常生活气氛，营造一个生产"好人"的日常社会环境。

因为战争空袭警报，车子现在不动了，车里一堆人在与世隔绝的电车里无所事事。这个时候角落里出现了男主角吕宗桢，华茂银行的会计师。作家一点都没写这会计师的工作、家庭、性格，只写了一件小事，说这个会计师看到前面那个男的穿着西装裤、提着熏鱼，便想到了自己遵照太太指示到弯弯扭扭的小胡同里买了包子,接下来的一段文字非常精彩,必须要读:"一个齐齐整整穿着西装戴着玳瑁边眼镜提着公事皮包的人,抱着报纸里的热腾腾的包子满街跑……"不仅如此,坐在车上他还发现"一部分的报纸黏住了包子……"这像绕口令,"……他谨慎地把报纸撕了下来,包子上印了铅字,字都是反的,像镜子里映出来的,然而他有这耐心,低下头去逐个认了出来:'讣告……申请……华股动态……隆重登场候教……'"吕宗桢是一个老实人,"他从包子上的文章看到报纸上的文章,把半页旧报纸读完了,若是翻过来看,包子就得跌出来,只得罢了"[1]。

如果说食物代表物质需要,文章象征精神追求,那么这两种关系在不同文学里常常有不同的表现。鲁迅笔下的涓生失业之后想重整事业,铺开纸笔准备翻译的时候,就推开桌上的油盐酱醋[2]。如果说这个动作有象征意义,代表了写文章跟日常生活之间的矛盾,那么有些作家是反过来的,郁达夫《春风沉醉的晚上》,共享食物是知识分子跟女工开展精神交流的前奏。张贤亮的《灵与肉》也是,爱情宣言就是女主角送给饥饿的男人一个馍馍,说是从今以后有我吃的就有你吃的,食色统

---

[1] 张爱玲:《封锁》,《传奇》(增订本),上海:山河图书公司,1946,379页。
[2] "'说做,就做罢!来开一条新的路!'我立刻转身向了书案,推开盛香油的瓶子和醋,子君便送过那黯淡的灯来。"鲁迅:《伤逝》,《鲁迅全集》第二卷,北京:人民文学出版社,2005,120页。

一，感觉上很像电影《泰坦尼克号》的爱情宣言"You jump, I jump"。所以鲁迅写的食物与文章的矛盾是批判写实，张贤亮还有郁达夫那种，是浪漫的苦中作乐。张爱玲的《封锁》，用报纸包着包子，铅字印在包子上，这就是一个典型的现代主义的并置手法，文字与吃的关系从来没有这样肉贴肉、皮连皮，互相依存、互相颠覆。

吕宗桢的视线又看到了对面一个老头子，这老头子右边坐着吴翠远——这是罕见地用男人眼光在观察女性。看上去这个女主角的外表模棱两可。没写几句，小说的叙述角度忍不住又转到女主角这里，说翠远是个好女儿、好学生。大学毕业年纪轻轻就留校服务，应该算是青年才俊。照说女生年纪轻轻就留校，很不容易。封锁了坐在车上，她也不浪费时间，低头改考卷，看上去确是一帆风顺的好青年。但实际上她很烦恼，学校里受气。为什么受气？有人说中国人来教英文，还来了个没出过国的。这话跟现在香港大学里还真是一模一样，香港的大学里边，中文系老师现在还要以写英文为荣。翠远在家里也受气，一个二十多岁的女孩在大学里教书，相当于女博士。时至今日还有人开玩笑，说人有三种，男人、女人与女博士。为什么不早点找个有钱女婿呢？"她是一个好女儿，好学生。她家里都是好人，天天洗澡，看报，听无线电向来不听申曲滑稽京戏什么的，而专听贝多芬、瓦格涅的交响乐，听不懂也要听。世界上的好人比真人多……翠远不快乐。"[1] 那什么是真人？翠远一时也没想清楚，她至少觉得邻座小孩的脚顶到她，这个是真实的。

简单说，吕宗桢和吴翠远，银行会计师与大学女助教，都属于社会中上层，所以坐电车也是坐头等座，看上去很幸福，生活规规矩矩，要不是封锁，他们连考虑自己苦恼的时间都没有。他们苦恼什么呢？苦恼无可抱怨，要抱怨的就是这"无可抱怨"。苏联有个教授申请移民，当局问他，在苏联吃得不好吗？他说无可抱怨。穿得不好吗？他说无可抱怨。你住得不好吗？他说我无可抱怨。那为什么还要离开呢？就是因为我无可（不能）抱怨。当然这是过时的政治笑话（但愿）。作家为了让这两个很正经的都市人跳出各自的生命轨道，做一次哪怕是短暂的精神冒险，就设计了警报封锁这么一个特殊的布景。但是还不够，因为车上大部分的人即使在那里干坐，他们也做不了什么事情，好人还是好人，所以作家还要为他们的接近制造一些临时的、特别的理由。原来吕宗桢看到三等车厢那里过来一个他认识的人，他太太的姨表妹的儿子。这个人莫名其妙想追吕宗桢13岁的女儿，所以吕先生很怕见到这个上进青年，为了

---

[1] 张爱玲：《封锁》，《传奇》（增订本），上海：山河图书公司，1946，379—380页。

逃避他,就急忙地换到对面的座位,也就是说突然坐在吴翠远的身边,不料这突然换座却引来良家妇女的多心,以为这男人对自己有意思。

下面这一段张爱玲的文字也是不念不行,非常之妙。"他认得出那被调戏的女人的脸谱——脸板得纹丝不动,眼睛里没有笑意,嘴角也没有笑意,连鼻洼里都没有笑意,然而不知道什么地方有一点颤巍巍的微笑,随时可以散布开来。觉得自己是太可爱了的人,是刹不住要笑的。"[1]这亏得是女作家写的,要是男作家写,被人骂死了,太经典了。张爱玲这样来写女性貌似提防害怕实则有些享受被调戏的表情,也是太刻薄了。又是为了防止那个远亲过来打招呼,吕先生还故意伸出一条手臂放在翠远背后的窗台上,那年轻人远远一看,这位叔叔好像在这里有艳遇,尊重他人隐私,所以他就退步了。可这么一来,身边这个女子却莫名其妙,进入了调情的角色。其实开始,男主角并不怎么喜欢这个女的,他这样描写:"她的手臂,白倒是白的,像挤出来的牙膏。她的整个的人像挤出来的牙膏,没有款式。"但是即便这样,他为了摆脱目前的困境,假装调情,也会花言巧语,说上车的时候,看到一张广告纸的破处,看到了她的下巴,之后才看到眼睛、眉毛、头发,像是一张一张的特写,

---

[1] 张爱玲:《封锁》,《传奇》(增订本),上海:山河图书公司,1946,381页。

拆开来一部分一部分地看,她也未尝没有一种风韵。这算是什么样的搭讪手法。翠远笑了,她觉得这个男人,"不很诚实,也不很聪明,但是一个真的人!她突然觉得炽热、快乐,她背过脸去,细声道:'这种话,少说些罢!'"[1]

大概这女的平常太正经、太模范,所以男人这种轻薄的话很少有人会对她说,现在莫名其妙地被人这么一说,她反而有感觉了。一边是假装调情,另一边却入戏了,接下来两人就聊哪里毕业、读什么学科,男的就抱怨工作无聊,而且照例世上有了太太的男人,似乎都是急切需要别的女人的同情,而且说着说着宗桢也自我感动流露真情了。"我简直不懂我为什么天天到了时候就回家去。回哪儿去?实际上我是无家可归的。"然后摘下眼镜,不知为什么,突然讲了这么多心事,"平时,他是会计师,他是孩子的父亲,他是家长,他是车上的搭客,他是店里的主顾,他是市民。可是对于这个不知道他底细的女人,他只是一个单纯的男子"[2]。

人平常都在一定的社会角色中活动,最基本的角色,城市里的人至少有三种,家里是一个角色,是一个丈夫或儿子或父亲;在公司里是一个角色,是一个会计师或经理。但是城里人

---

[1] 张爱玲:《封锁》,《传奇》(增订本),上海:山河图书公司,1946,383页。
[2] 同上书,384页。

跟乡下人的最大区别是,他至少还有第三个身份,就是当他在搭地铁、坐电车或者是走在人行路上,在逛街的时候,他的身份是自由的,不像在村里,张三24小时都是张三,田里村头镇上谁都知道他是张三。而在城里,在公司与家庭之间的任何地方,没有人知道他是谁,人们只能根据他的装扮、拎的提包、戴的眼镜来判断他是哪一类的人……现代世界的名牌、服装、首饰等等,全靠这第三种身份的灵活性才有了销售市场。在车子被封锁的时候,这位吕先生突然发现,除了那些固定的身份以外,自己还是个男人,于是跳出了正常的社会身份,回到了男人的天性。作家(其实是隐形作者)说:他们忽然恋爱了,他告诉她很多话,银行、读书时代、他的秘密的悲哀,然后女的也不嫌烦,因为"恋爱着的男子向来是喜欢说,恋爱着的女人破例地不大爱说话,因为她下意识地知道:男人彻底地懂得了一个女人之后,是不会爱她的"[1]。这些话现在都被放在张爱玲经典语录里面,可是写出这段话的时候,张爱玲自己还没有恋爱的经验。

简而言之,在这封锁的电车中,一对不相识的男女,急速进入了情感关系。吕先生甚至说自己打算重新结婚,而且说来很矛盾,他打算重新结婚,但并不准备离婚,是为了孩子。新

---

[1] 张爱玲:《封锁》,《传奇》(增订本),上海:山河图书公司,1946,385页。

婚对象，仍会当做妻子对待。这是那个时代才可以说的昏话，现在的人是不能这样说话的，这叫重婚。可是那个时候法令也没有严格禁止这种情况，香港一直延续到1960年代。当他讲这些话的时候，看看女方还没表示太强烈的反感——请大家记住这里，这个故事里女方对于男方多次提出结婚的问题没有立刻提出抗议，这一点后来在《小团圆》里变成了一个悬疑的、值得争论的问题。吕先生索性还问起翠远的年龄，回答25岁，然后女人也不觉得吕先生35岁年纪太大。男的说你家里一定会反对吧？"翠远抿紧了嘴唇。她家里的人——那些一尘不染的好人——她恨他们！他们哄够了她。他们要她找个有钱的女婿，宗桢没有钱而有太太——气气他们也好！气！活该气！"[1]

虽然是一时气话，而且跟白流苏当时想气气家里人才随范柳原来香港的动机有相同之处，但这速度也太快了一些，好在刚刚留了电话，封锁开放了。"一阵欢呼的风刮过这大城市，电车当当当往前开了。宗桢突然站起身来，挤到人丛中，不见了。"这时候叙事角度完全坠落到女人的视线上：奇怪，刚才说的那么好，差不多要谈婚（发昏）论嫁了，但是现在电车一开，男的就不见了。翠远烦恼地合上了眼，想着如果以后通电话，她还会怎么管不住自己。不料，"电车里点上了灯，她一睁眼望见他

---

[1] 张爱玲：《封锁》，《传奇》（增订本），上海：山河图书公司，1946，386页。

遥遥坐在他原来的位子上"。这男人没有走开,他只是回到他原来的位子上。"她震了一震——原来他并没有下车去!她明白他的意思了:封锁期间的一切,等于没有发生。整个的上海打了个盹,做了个不近情理的梦。"[1]这个回到座位的结尾是整个小说最震撼的一个点。《狂人日记》需要一个罕见的例外,主角得了精神病才能见出普通人的礼教吃人的情况。《封锁》也要一个罕见的例外,空袭封锁才能见到都市男女的道德困境。最后,狂人病好了,重新去做官;封锁解除了,男人回到自己原来好人的位子上。

除了这些文学上的意义以外,胡兰成从躺椅上坐起来时,他还看到了什么呢?他看到一个女作家或者说一个女人,对中年男人心思处境的一种独到的了解跟同情。你看,已婚,不是最大的问题;年龄,也不是最大的问题。胡兰成看完《封锁》,就去设法认识张爱玲。

---

[1] 张爱玲:《封锁》,《传奇》(增订本),上海:山河图书公司,1946,387页。

第8章

"胡说"张爱玲

文学圈、学术圈对胡兰成的看法分歧很大,很多人看不起他,因为他是汉奸。也有人讨厌他,是因为他感情上背叛了我们热爱的女作家。夏志清到岭南大学参加张爱玲的研讨会时就直言,张爱玲一生是被两次婚姻、两个男人所累[1]。散文家蒋芸更在研讨会上发言批判胡兰成害了"张爱玲的一生"[2]。记得在《锵锵三人行》谈起胡兰成,查建英说他是一个"吃软饭吃出境界的人"。但是也有些作家学者私下或者公开表示欣赏胡兰成,尤其是他的散文。阿城、陈丹青都跟我讲起过胡兰成的文字好,说是现代中国文化中的一笔财富。我最近重看《山河岁月》,好像这种用散文笔法写大历史,他比余秋雨更早(是不是比余秋雨好那就见仁见智了)。台湾女作家朱天文、朱天心不

---

[1] 夏志清:《张爱玲与鲁迅及其他》,刘绍铭、梁秉钧、许子东编:《再读张爱玲》,香港:牛津大学出版社,2000,61—65页。
[2] 蒋芸:《为张爱玲叫屈》,同上书,328—333页。

仅喜欢张爱玲,而且崇拜胡兰成。她们来香港开会,屡次都被问到是不是爱张及胡?可是她们毫不隐讳对胡兰成文学成就的崇拜。张爱玲当年应该也欣赏胡兰成的文字,晚年在小说里则称之为"怪腔"[1]。不管怎么样,胡兰成当年的《论张爱玲》和迅雨的评论,的确是张爱玲研究史上很重要的文章。

胡兰成在自传《今生今世》里有很多关于张爱玲的记载。当然这些记载不可全当真,因为是多年后写的回忆,但也不可不参考。胡兰成生于1906年,浙江嵊县人。和大部分现代作家一样,早年丧父随母,家境一般但读书聪明,乡间才子,在杭州读中学,21岁到北平燕京大学旁听兼做抄写人员。北伐后到浙江、广西等地教了五年中学,可以说一直是在新文学运动后期的边缘,不太得志,跟文化主流有距离感。据说政治上有些广义的"左倾",一度还相信托洛茨基。1936年胡兰成受第七军军长之聘办《柳州日报》,初露头角,然后加入了汪派背景的《中华日报》,写的是政论,获得日方跟汪精卫的欣赏。曾经在香港编过《南华日报》,陈璧君(汪精卫的夫人)还曾跟他会面,薪水据说是从60港币加到360港币,之后也介入了所谓的"和平运动"。最得意的时候,是在《中华日报》做主笔,

---

[1] 九莉"再看到之雍的著作,不欣赏了。是她从乡下来的长信中开始觉察的一种怪腔,她一看见'亦是好的'就要笑"。张爱玲:《小团圆》,香港:皇冠出版社,2009,324页。

编委会主席是汪精卫，撰稿人有周佛海、陶希圣等等，说得上是一介布衣平步青云，自以为遇到明主汪精卫，士为知己者所用。但不久胡兰成又在汪阵营里面不得志了，文章获得日本人欣赏，但不符合汪精卫的意思，所以在跟张爱玲认识之前，他还曾经被捕坐牢。他最有名的文章，叫做《战难，和亦不易》，就是说战争打下去很难，你要和平、要投降也不那么容易。

读小说《封锁》是他获得释放以后不久。我个人觉得，胡兰成对张爱玲的回忆当中有价值的是三个部分，一是他跟张爱玲的相识过程中他的一些直观印象；二是他对张爱玲文学见解的一些转述、旁观；第三个就是他描写张爱玲个人的一些性格、习惯、生活细节。至于他和张爱玲的婚恋故事，可以放在后面，把"胡说"跟《小团圆》里的"张看"，对照起来读，才比较公平。

因为有些事没有对证，只能列为"胡说"——胡兰成说，《今生今世》书名原来是张爱玲提的。最早是在1944年，据说在文艺月刊《苦竹》上登了广告。真正写作的时间是1950年代，胡兰成流亡到日本，1959年名古屋新闻社出了和制汉字版。1974年胡兰成到台湾，之后先出版了《山河岁月》，被余光中、胡秋原等文化人批评后，《今生今世》抽掉了不少章节才得以出版。版本很多，我现在手头用的是北京的中国社会科学出版社的版本,据说是个精简版。全书345页,张爱玲的名字直到143页"民国女子"这一章才出现。一开始就是讲,在苏青编的《天地》上读到《封锁》,"我才看得一两节,不觉身体坐直起来,细细地把它读完一遍又一遍"。然后他就去信问苏青作者何人,后来在期刊上看到照片,应该是1944年初,胡兰成就去了赫德路192号的公寓,6楼65室,现在叫常德公寓,拜访张爱玲。张爱玲当天没有见他。但次日,张爱玲回访美丽园胡宅,这些事情,各种胡粉张迷的研究重复太多次了,我可省则省,只引"胡(兰成)说"。

胡说:"我一见张爱玲的人,只觉与我所想的全不对。""我连不以为她是美的,竟是并不喜欢她……"这个"连"字,好像是胡兰成的特产,根据上下文猜,大概是"甚至"的意思,就是说我甚至不以为她是美的。当然这是十几年以后的回忆,当时肯定不敢当面说。为什么不美呢?胡说,张个子太高,像个不成熟的女学生,大概衣着也贫寒。反过来也说明,张只是去见一个文化官员,并没有刻意打扮,开始并无拍拖的意思。即便如此,胡兰成还是把他的最初印象转成了赞辞,说:"张爱玲的顶天立地,世界都要起六种震动。""我常时以为很懂得了什么叫惊艳,遇到真事,却艳亦不是那艳法,惊亦不是那惊法。"[1]惊艳这个词,现在用俗了,最初使用的时候,或许曾有新鲜感。一坐五个小时,胡兰成说:"我竟是要和爱玲斗,向她批评今时流行作品……"两个人又讲文章又问收入,也叙述各自的事情。这里的"竟"字也是胡兰成的偏好,意思是说,我本不应该跟这个女生谈文论艺的。真正不恰当的,是送到弄堂口,"两人并肩走,我说:'你的身材这样高,这怎么可以?'只这一声就把两人说得这样近,张爱玲很诧异,几乎要起反感了,但是真的非常好"[2]。我不大能够体会这句话的隐藏含意,以及为什么能突然拉近距离又引起反感?查建英说这个话里边有性的暗示,男女初识,说来不妥。可我还是不懂,留作疑案请教各位读者朋友,为什么不能说"你怎么可以这么高?"以前读张的小说知道,花花公子初见之词常常是:"我怎么不知道这城里还有你这样的人呢?"或者是用外语胡诌几句然后说:"这些话我都不好意思用中文说啊!",等等。直指对方身高并说怎么可以,这算哪一种调情策略?有待研究。

其实细看《今生今世》,胡兰成对张爱玲的外貌描写不多,大多是比喻象征或抽象形容,比方说张爱玲的房里有"兵气"。这个词后来上海女作家须兰特别感兴趣,什么是"兵气"。接

---

[1] 胡兰成:《民国女子》,《今生今世》,北京:中国社会科学出版社,2003,144页。
[2] 同上书,145页。

下来的日子几乎天天见面,在胡兰成记忆里,"一个月总回上海一次,住上八九天,晨出夜归只看张爱玲。两人伴在房里,男的废了耕,女的废了织",也不出去玩,大多是谈文论艺。胡兰成怎么形容张爱玲?说"我们两人在房里,好像'照花前后镜,花面交相映',我与她是同住同修,同缘同相,同见同知。爱玲极艳。她却又壮阔,寻常都有石破天惊。她完全是理性的,理性得如同数学,它就只是这样的,不着理论逻辑,她的横绝四海,便像数学的理直,而她的艳亦像数学的无限"[1]。又说:"格物完全是一种天机。爱玲是其人如天,所以她的格物致我终难及。爱玲的聪明真像水晶心肝玻璃人儿。"[2]这句话,好像是葛薇龙奉承姑妈的话。最有名的一句,胡兰成说:"张爱玲是民国世界的临水照花人。"不知道胡兰成当年有没有当面跟张爱玲说过这类的话,这么文绉绉,转成口语,怎么才说得出口,还要让一个极聪明的女作家不笑场。不过细节上的写实形容,就没有那么惊艳壮阔,说"她的脸好像一朵开得满满的花,又好像一轮圆得满满的月亮。爱玲做不来微笑,要就是这样无保留的开心,眼睛里都是满满的笑意。我当然亦满心里欢喜,但因为她是这样美的,我就变得只是正经起来。我抚她的脸,说道:

---

[1] 胡兰成:《民国女子》,《今生今世》,北京:中国社会科学出版社,2003,157页。
[2] 同上书,158页。

'你的脸好大，像平原缅邈，山河浩荡。'她笑起来道：'像平原是大而平坦，这样的脸好不怕人。'"[1]说实在话，说女人脸大像平原，这是称赞？欠揍吧！

张爱玲也是人在情网，毫无知觉，送他一张照片，背后写："见了他，她变得很低很低，低到尘埃里，但她心里是欢喜的，从尘埃里开出花来"。张爱玲已经在《第一炉香》里写过为爱飞蛾扑火，在《金锁记》里写过爱得自欺欺人，没想到自己现在实践起来……胡回忆说两人终日在家谈论哲学跟艺术，后来《小团圆》里其实有不少性行为，也许是虚构，也许更写实。在《今生今世》里，连隐晦暗示文字也不多。说到《金瓶梅》，"张爱玲说《金瓶梅》里写孟玉楼，行走时香风细细，坐下时淹然百媚，又问我们在一起，怎么样呢？她说：'你像一个小鹿在溪里吃水。'"[2]。细心的读者一定会记得，小鹿饮水这个意象，在张爱玲晚年的《小团圆》里，发展成一段体现女性情欲的文字。原来在胡说中，早有伏笔。

胡兰成描写张爱玲外表的文字实在不多，而且有时候还要藉张爱玲之口来描写他自己。"爱玲喜在房门外悄悄窥看我在房里。她写道：'他一人坐在沙发上，房里有金粉金沙深埋的宁

---

[1] 胡兰成：《民国女子》，《今生今世》，北京：中国社会科学出版社，2003，162页。
[2] 同上书，163页。

静,外面风雨琳琅,漫山遍野都是今天。'"[1]值得注意的是《小团圆》里写热恋的文字,也喜欢用金色、金沙:"时间变得悠长,无穷无尽,是个金色的沙漠,浩浩荡荡一无所有,只有嘹亮的音乐……她不过陪他多走一段路。在金色梦的河上划船,随时可以上岸。"[2]不知道是同一个美学记忆,还是张爱玲1975年写小说时,也看过胡兰成1950年代的《今生今世》。

对我们阅读张爱玲更有帮助的,应该是胡兰成记录的张爱玲的文艺观点,这方面虚构粉饰的可能性低一些。胡兰成说:"我在她房里亦一坐坐得很久,只管讲理论……""但我使尽武器,还不及她的只是素手。"[3]关于文学艺术,胡兰成用了很多理论、套路,但是不占上风。胡兰成所记录的张爱玲的观点,有三点特别值得注意。第一就是,中国文学比西洋文学好。"一次我竟敢说出《红楼梦》、《西游记》胜过托尔斯泰的《战争与和平》,或歌德的《浮士德》,爱玲却平然答道:'当然是《红楼梦》、《西游记》好。'"[4]胡兰成本来已经很喜欢用传统腔调说话,但还是非常折服于张爱玲对古典文学,尤其是细节上的亲切。他说:"她看《金瓶梅》,宋蕙莲的衣裙她都留心到,我

---

[1] 胡兰成:《民国女子》,《今生今世》,北京:中国社会科学出版社,2003,165页。
[2] 张爱玲:《小团圆》,香港:皇冠出版社,2009,172页。
[3] 胡兰成:《民国女子》,《今生今世》,北京:中国社会科学出版社,2003,144—146页。
[4] 同上书,148页。

问她看到秽亵的地方是否觉得刺激，她却竟没有。"[1]男人这一个"竟"字，点破真相了。"两人坐在房里说话，她会只顾孜孜地看我，不胜之喜，说道：'你怎这样聪明，上海话是敲敲头顶，脚底板亦会响。'"[2]这句话，"敲敲头顶，脚底板亦会响"，其实出自《金瓶梅》小说中描写李瓶儿与西门庆对话时，叙事者对西门庆的一段评语。不知道张爱玲是不是有讽刺之意，但胡兰成听不出，很开心，觉得是夸奖。

第二，学术理论应该被解构，这是张爱玲的一个基本观点。胡兰成说："我是受过思想训练的人，对凡百东西皆要在理论上通过了才能承认。我给爱玲看我的论文，她却说这样体系严密，不如解散的好，我亦果然把来解散了，驱使万物如军队，原来不如让万物解甲归田，一路有言笑。我且又被名词术语禁制住，有钱有势我不怕，但对公定的学术界权威我胆怯。"[3]胡兰成本来就不是一个追求学术严谨，讲究理论细密的人，他的《山河岁月》，从巴比伦、埃及讲起，用的却是"万物解甲归田，一路有言笑"这样的句式。文化散文就是在散文中讲学术，在学术中写散文，何况又是男女恋爱期间，说什么理论？但反过来说，张爱玲后来在自己的散文里阐述自己的文艺观，其实也挺

---

[1] 胡兰成：《民国女子》，《今生今世》，北京：中国社会科学出版社，2003，150页。
[2] 同上书，154页。
[3] 同上书，148页。

有学术条理,逻辑性很强。胡兰成也夸她理性像数学。用很多理论,不代表就是理性。理性,不代表必须搬理论。今天还是这样。

除了中国文学比西方文学好,学术理论应该解构以外,第三点就是张爱玲从趣味到观念上都喜欢民间艺术,不避俗,反对文艺腔。胡兰成说,"前时我在香港,买了贝多芬的唱片,一听不喜……"这个"不喜"也是胡兰成的习惯笔法,"……但贝多芬称为乐圣,必是我不行,我就天天刻苦开来听,努力要使自己懂得它为止"。好像《封锁》里边那个青年女教师吴翠远也是这样,"专听贝多芬、瓦格涅的交响乐,听不懂也要听"。"及知爱玲是九岁起学钢琴学到十五岁,我正待得意,不料她却说不喜钢琴……""又我自中学读书以来,即不屑京戏绍兴戏流行歌等,亦是经爱玲指点,我才晓得它的好……"[1]张爱玲后来在《谈音乐》一文当中,更清楚表达了从趣味上自己与通俗文化、流行歌曲、地方戏的天然亲近。

据胡兰成介绍,"爱玲把现代西洋文学读得最多……可是对西洋的古典作品她没有兴致,莎士比亚、歌德、雨果她亦不爱。西洋凡隆重的东西,像他们的壁画、交响曲、革命或者世界大战,都使人感到吃力……""爱玲宁是只喜现代西洋平民精神的

[1] 胡兰成:《民国女子》,《今生今世》,北京:中国社会科学出版社,2003,157页。

一点。"[1]对艺术重民间,对经典重现代,同时对五四以来的文艺腔,则特别敏感。胡兰成记载:"又我与她正在用我们自己的言语要说明一件事,她却会即刻想到一句文艺腔,脱口而出,注曰,这是时人的,两人都笑起来……"[2]这段回忆说明当时两人谈话当中,有一种对五四文艺腔的有意警觉甚至反叛。胡兰成这里所谓的"我们自己的言语",就是说两个人当时在交谈之中,有一个言语上的默契,有意跟当时的潮流语言拉开距离。胡兰成对张爱玲的文学语言到底有什么具体影响?值得进一步研究。

当然,最后,还要看看胡兰成所描绘的张爱玲的一些个人隐私、生活习惯、行为细节,也许这是胡说当中最有价值的部分,至少没人替代。在胡兰成看来,张爱玲是个怪人(我们也可以说胡兰成是个奇葩)。他说:"爱玲好像小孩,所以她不喜小孩,小狗小猫她都不近……"然后又说:"张爱玲喜闻气味,油漆与汽油的气味她亦喜欢闻闻。她喝浓茶,吃油腻熟烂之物。她极少买东西,饭菜上头却不悭刻,又每天必吃点心,她调养自己像只红嘴绿鹦哥。有余钱她买衣料与胭脂花粉。她还是小女孩时就有一篇文字在报上登了出来,得到五元,大人们说这是第一次稿费,应当买本字典做纪念,她却马上拿这钱去买了

---

[1] 胡兰成:《民国女子》,《今生今世》,北京:中国社会科学出版社,2003,157页。
[2] 同上书,161页。

口红。"[1] 张爱玲买了口红,最后又写出了好的小说,天下大部分人买了口红,最后就要更多的口红。听起来,这完全不像是一个健康生活的典范,不像是一个勤奋努力的三好学生,不买字典买口红。

胡兰成甚至说:"我从来不见爱玲买书……"钱锺书博学,据说家里也不藏书。仪表方面,张爱玲一笑就张大嘴,走路跌跌撞撞,在其他很多场合她常被母亲教训。更重要的,在金钱方面,"爱玲的书销路最多,稿费比别人高,不靠我养她,我只给过她一点钱,她去做一件皮袄,式样是她自出心裁,做得来很宽大,她心里欢喜,因为世人都是丈夫给妻子钱用,她也要"[2]。大家知道,张爱玲跟苏青都主张"女人应花男人钱"。现在也有不少人,就是因为这句话,才成为张爱玲的粉丝。可是在胡兰成记忆里,花钱就是买了一件皮袄。先记下,以后再看《小团圆》里是怎么写的。

很多生活细节,胡兰成其实接受不了,"爱玲种种使我不习惯。她从来不悲天悯人,不同情谁,慈悲布施她全无……"[3]可是,胡兰成忘了,他第一次收到张爱玲的回信,写的就是:"因为懂得,所以慈悲"。

---

[1] 胡兰成:《民国女子》,《今生今世》,北京:中国社会科学出版社,2003,151页。
[2] 同上书,166页。
[3] 同上书,148页。

第9章

《红玫瑰与白玫瑰》

本书以读作品为主，评作家为辅。我对张爱玲的兴趣，最主要还是因为她的文字，她的文学贡献。了解关于她的身世、心理、爱情、生平，都是为了阅读她的作品。

1944年初，当胡兰成因为《封锁》而去追求张爱玲的时候，张爱玲大部分早期的作品都已经写成发表。也就是说张爱玲的早期风格（甚至可以认为是她一生创作的典型风格），在遇到胡兰成之前已经完成了。如果有研究者要来论证胡兰成对张爱玲的创作有什么直接影响，恐怕最重要的论据就是中篇小说《红玫瑰与白玫瑰》，以及张爱玲后来在《古今》杂志上的一系列散文。散文以后再说。《红玫瑰与白玫瑰》最早发表的日期是在1944年5—7月，不清楚具体写作时间，显然有可能是在跟胡兰成认识以后，或者至少认识以后再做了些修改。据《今生今世》，胡张初恋的时候大多在家里谈文论学，虽然胡兰成说他的卖弄不成功,重要观点上还是张爱玲高明,但既是讨论,又是在感情蜜月期,彼此互有影响,也是情理之中。从文本看,《红玫瑰与白玫瑰》与张爱玲之前小说的最大区别,就是第一次把男人作为第一主角。当然《茉莉香片》也是男人的戏,但那只是短篇。《封锁》也写男人的心理,但男女平等、角度均分,而且写着写着,叙事观点悄悄地从开始的男人视角转到后来女性的失望。即便放在张爱玲一生的创作中看,《红玫瑰与白玫瑰》这样着力写一个男人的小说,还是非常罕见,令人瞩目。所以这么一种题材、兴趣跟视角的反常,是否与胡兰成的影响有关?我无法下结论,只能先仔细阅读文本。

小说一开篇,以第三人称角度,直接总结男人对女性的两种基本需求。原文是这样:"也许每一个男子全都有过这样的两个女人,至少两个。娶了红玫瑰,久而久之,红的变了墙上的一抹蚊子血,白的还'床前明月光';娶了白玫瑰,白的便是衣服上沾的一粒饭黏子,红的却是心口上一颗朱砂痣。"[1]这段经典文字意象,一般女性读者是非常有共鸣的:说明男人都是花心的。但这个小说开局其实又远远超越了批判男人花心的层次。两组对照的意象,脍炙人口,令人难忘。

---

[1] 张爱玲:《红玫瑰与白玫瑰》,上海:《杂志》第13卷第2—4期,1944年5—7月。收入《传奇》增订本,上海:山河图书公司,1946。

《红玫瑰与白玫瑰》最初在《杂志》发表时，小说开端仍有个叙事人，来介绍主人公："振保叔叔沉着地说道：'我一生爱过两个女人，一个是我的红玫瑰，一个是我的白玫瑰。听到这句话的时候，我忍不住要笑，因为振保叔叔绝对不是一个浪漫色彩的人。我那时还小，以为他年纪很大很大……'"小说开头的这一段叙事人角度，后来在上海山河图书公司《传奇》增订本里被删去了。研究者万燕说张爱玲"这一改把角度就改成男性的视点，也就是说通过振保的一双眼睛来看世界"。万燕高度评价《红玫瑰与白玫瑰》开局的改动，认为是"张爱玲成长的标记"，"《红玫瑰与白玫瑰》在张爱玲小说创作史上的意义非同寻常"[1]。我也同意《红玫瑰与白玫瑰》在叙事方法上有重要变化，但小说是否就真的只通过振保的一双眼睛来看世界呢？我们迟些会详细讨论。

红的可以是蚊子血，也可以是朱砂痣；白的可以是饭米粒儿，也可以是明月光。记得上课的时候，有女生眼光直视我问：老师，是不是这样？唉！说不是吧，心虚；说是吧，又不全然。于是想到反问一句：好吧，男人若是如此，那女人呢？也就是说女人有没有这样两个梦呢？香港大学生中有个说法，女人一生总想碰到两个男人，一个是"夹 Band 仔"，在乐队里弹吉他

---

[1] 万燕：《海上花开又花落——读解张爱玲》，南昌：百花洲文艺出版社，1996，190 页。

的小伙子，通常留着长头发，很帅；另一个就是"揸 Benz 跑"，开奔驰跑车的男人。开奔驰跑车不那么容易，除非你是官二代富二代，否则自己创业，你的生意要做得很大才行。意思就是说，一个女的要是嫁了一个在大学里面弹吉他、组乐队的人，她以后可能会后悔怎么坐不到奔驰。不要说坐不到奔驰，这班上留长头发弹吉他的同学，将来找工作都困难，就像歌里唱的那样：一无所有。可是你嫁了一个开奔驰的商人，可能他西装革履，但又有其他缺点，于是你脑子里就老是怀念，当初同学当中那个弹吉他的如何潇洒。情况是不是真的这样？女人会不会像男人这样摇摇摆摆？假如不仅是男人，女人也有这种两难选择，那么张爱玲写的就不只是女人或男人，而是人性。

《红玫瑰与白玫瑰》非常厉害，讲到男人的很多痛处。最大的问题就是什么是"好人"？什么是"真"？ 小说里描写的"好人"是什么？就是有好的学位、留洋、努力工作赚钱、帮助兄弟、孝敬父母亲……不过这个"好人"有时嫖妓无能、面对玫瑰坐怀不乱、压抑自己、自我欣赏，更重要的是常常为自己的自制能力感动。男主角自以为有个最大的特点，他在留英的时候，在一个少女玫瑰的身上发现原来自己有自制能力，柳下惠自己感动。白流苏在月光下想象自己低头的模样，其实也不是为对象感动，而是为自己能够爱这么一个对象而感动。佟振保不是欣赏自己低头,他是欣赏自己"不低头"。可是在小说里,他的克制能力用得很不是地方。他后来很晚才知道,而读者当时就知道了。读者怎么知道的?那就得益于张爱玲非常特别的写法。

张爱玲在艺术手法上有两个重要的特点,第一个是"以实写虚,逆向象征",就是反向的象征。在《第一炉香》里,"薇龙那天穿着一件磁青薄绸旗袍,给他(乔琪乔)那双绿眼睛一看,她觉得她的手臂像热腾腾的牛奶似的,从青色的壶里倒了出来,管也管不住,整个的自己全泼出来了……"[1]这段精彩文字,以牛奶来形容自己的肢体,这便是"以实写虚"。但是在"以实写虚"的过程中,为什么女主角会觉得自己的手臂像牛奶一样从衣服里倒出去,因为这是男人的眼睛在看她的手臂。一般的人会说,被他一看,女人觉得头发昏身体发热,她却说像牛奶一样倒了出来管也管不住。谁觉得你的手臂像牛奶一样倒了出来?谁说管也管不住?这就是葛薇龙自己的感觉,而小说描写又是第三人称的。她好像在描写一个实际存在的衣服、手臂、眼光、牛奶,但是这些实景描写和主人公主观角度是混合的。这就是张爱玲艺术的第二个特征,在她的小说中,很多时候看似客观的叙述和主人公的视野被有意混淆。

---

[1] 张爱玲:《沉香屑·第一炉香》,《传奇》增订本,上海:山河图书公司,1946,235页。

佟振保跟王娇蕊见面的这一段，比较精彩。小说写，振保住到朋友王士洪的家里去，初见王士洪的太太。王娇蕊刚洗完澡，手上有肥皂，也没要握手。"溅了点肥皂沫子到振保手背上。他不肯擦掉它，由它自己干了，那一块皮肤上便有一种紧缩的感觉，像有张嘴轻轻吸着它似的。"[1] 这里，肥皂不小心溅到某人手上，是事实陈述，但 Sucking! 肥皂沫子在吸吮他的手指，却只有男主角感觉到。接下来又讲这个女人穿着浴衣，"一件纹布浴衣，不曾系带，松松合在身上，从那淡墨条子上可以约略猜出身体的轮廓，一条一条，一寸一寸都是活的"。从这个一条一条，一寸一寸，等一下就看到水龙头放出来的水，"……微温的水里就像有一根热的芯子。龙头里挂下一股水一扭一扭流下来，一寸寸都是活的。振保也不知想到哪里去了"。前面讲浴衣条纹，甚至显示身材，都可以是旁观，但最后一句交代了：原来是振保的遐想。作为好人，他自己"不知想到哪里去了"。其实读者都明白他想到哪里去了。接下来更有一段，"振保洗完了澡，蹲下地去，把瓷砖上的乱头发一团团捡了起来，集成一股儿"。因为同样这个地方刚才王娇蕊洗过澡，所以他现在就把她的头发收集起来。"烫过的头发，梢子上发黄，相当的硬，像传电的细钢丝。他把它塞进裤袋里去，他的手停留在

---

[1] 张爱玲：《红玫瑰与白玫瑰》，《传奇》增订本，上海：山河图书公司，1946，42页。

口袋里，只觉浑身热燥。这样的举动毕竟是太可笑了，他又把头发取了出来，轻轻抛入痰盂。"[1]

水晶，著名的张爱玲研究者，在评论这几段文字的时候，就把郁达夫拿出来示众做对比。他引用郁达夫在《沉沦》里描写主人公偷看房东女儿洗澡的一段文字。"那一双雪样的乳峰！那一双肥白的大腿！这全身的曲线！"水晶批评郁达夫式男主角窥浴时的笨俗，竟用排列句，"如果《沉沦》的故事，换一个高明的作者来写，遇到这样一个紧急关头，我们一定可以看到比'热的芯子，微温的水，龙头里挂下一扭一扭的水'更加热艳炙人的文章"[2]。其实水晶这个评论也不尽公平，郁达夫在有些作品比如小说《过去》里面写 sex 也非常热艳炙人且颓废露骨。《过去》里面的男主角喜欢帮一个女人穿鞋，因此他每次吃饭幻想饭碗里面有只女人的脚，就多吃几碗。《茫茫夜》里的主人公，半夜睡不着觉，找到一个女店员，向她借来一根针和手绢，用那根针在自己的脸上刺出血，用手绢擦，得到巨大的快感……这些行为虽然病态，这些写法却很艺术。在《迟桂花》等作品里，郁达夫可以写得很含蓄。水晶举的例子，说明中国现代文学最早起步写情欲又不想延续《金瓶梅》笔法，确有些"窥浴

---

[1] 张爱玲：《红玫瑰与白玫瑰》，《传奇》增订本，上海：山河图书公司，1946，42页。
[2] 水晶：《潜望镜下一男性：我读〈红玫瑰与白玫瑰〉》，《替张爱玲补妆》，济南：山东画报出版社，2004，91页。

时的笨俗"。如何用现代中文写情色,从郁达夫到张贤亮,从张爱玲到高行健,很多作家做了不同方向的探索。当然,对比《沉沦》的窥浴文字,张爱玲在《红玫瑰与白玫瑰》中的写法当然是 much more sophisticated。水里面装了暖芯、男人在浴缸里捡了女人的头发、肥皂在手指上吸吮……现代文学当中的性描写这个话题,我们在阅读《小团圆》时还会讨论。

振保看到娇蕊对他有意思,可这个男人还在犹豫。这女人是很有诱惑力,很漂亮,自己也有爱欲,可是他知道中国有句老话叫:"朋友妻,不可欺"。这样做太不符合一个"好人"的基本标准,所以男主人公犹豫不决,他不知道自己要什么。读《倾城之恋》时已经说过,女人目的明确,手段灵活;男人享受过程,目的"懵嚓嚓",不知道自己到底要什么,是占有,是同居,是一夜情,是恋爱,还是结婚……他自己几乎从头到尾都不太知道。读者当中当然有很多男性朋友,想想我们自己是不是有这样的情况?不知道自己到底要什么,所以要看小说。看小说就是看我们自己,看通俗小说就是看我们自己喜欢的、自己打扮的外表。看严肃小说就是看我们自己不肯承认的、自己都不知道的、自己的内心。所以《红玫瑰与白玫瑰》中有一段文字我特别要引述一下:

……振保抱着胳膊伏在阑干上,楼下一辆煌煌点着灯的电车停在门首,许多人上去下来,一车的灯,又开走了。街上静荡荡只剩下公寓下层牛肉庄的灯光。风吹着两片落叶趿啦趿啦仿佛没人穿的破鞋,自己走上一程子。……这世界有那么许多人,可是他们不能陪着你回家。到了夜深人静,还有无论何时,只要生死关头,深的暗的所在,那时候只能有一个真心爱的妻,或者就是寂寞的。振保并没有分明地这样想着,只觉得一阵凄惶。[1]

　　这段文字特别重要。首先,这是一段风景,街上有车、有落叶、有灯光。然后,由这段风景产生了一段联想,联想说,这个世界不管有多少人,最重要的时候,夜深人静,只要有一个人爱你就行了。眼前这个街景、落叶、灯光、牛肉庄,可能是振保看到的,因为风景描写之前是"振保抱着胳膊伏在阑干上",也因为张爱玲小说中常常出现一段景物描述,其实来自主人公的感觉(比如手臂如牛奶一样倒了出来)。但在省略号之后的有关联想呢?"这世界有那么许多人……"似乎也是主人公在惆怅寂寞夜景之中顺理成章的感悟?所以整个这段引文,从风景到心情,究竟是小说主人公的视点,还是小说叙事者的

---

[1] 张爱玲:《红玫瑰与白玫瑰》,《传奇》增订本,上海:山河图书公司,1946,46页。

观点,其叙事角度都是有意无意被混淆的,直到最后一句。这就是前面说过的张爱玲小说艺术的第二个特征。这段风景跟联想都是双重角度混合的。如果翻译张爱玲的小说,在这个地方就"混淆"不过去,你一定得说明这段风景是振保眼里看到的,还是作家第三人称的叙述。张爱玲经常用这个方法,利用中文主语可以省略的特性,人在那里看,小说写一片风景,风景形成了一个想法,然后按照这个想法,跟风景联系。

当时振保有没有说出他的渴望?没有,换句话说,叙事者最后在一旁交代,振保当时并没有分明这样想,他只觉得一阵凄惶。什么意思?就是说眼前这个景象,使得男主人公潜意识里已经渴望有这么一种爱,夜深人静只有一个人可以爱你(女作家想象中的男人对爱的定义?)。他当时看到了寂寞的街景,他感受到了孤独和惘然,可他不知道这种寂寞与惘然的意义。要是知道的话,他稍后就不会那么不珍惜勇敢的娇蕊,甚至绝情拒绝娇蕊。他不知道,但是他有感觉,否则为什么他看了这片风景凄惶?要是没感觉,他后来也就不会后悔了。所以在这个两重叙事角度,人物跟作家叙事角度的混合,达到一个效果,就是写出了人物自己不知道的东西,简单地说就是写出了人物在一个瞬间的潜意识。施蛰存在《梅雨之夕》等作品里会让男主角正视自己的潜意识。鲁迅在《肥皂》里会让四铭先生回避自己的潜意识。张爱玲则是通过风景写人物的潜意识,更简单的说法,就是写主人公明明看见但是还没有悟到的东西。

为什么我们看到"振保抱着胳膊伏在阑干上"就会假设他在面对夜景抒发人生感悟?因为基本上小说里出现风景,大都联系着主人公的心情。再举个例子,娇蕊告诉振保说她准备告诉丈夫关于他们的爱情关系。"振保在喉咙里'呃'地叫了一声,立即往外跑,跑到街上,回头看那峨巍的公寓,灰赭色流线型的大屋,像大得不可想象的火车,正冲着他轰隆轰隆开过来,遮得日月无光。"[1]这是男主人公感情最关键的时候,他知道一个女的准备爱他,准备为他放弃一切,可是这个"好男人"承受不了,他跑出去了。小说不写他承受不了,他就看那个大楼,大楼像火车一样压过来。这个男人的理性太强、心灵太弱,他承受不了,所以他看到公寓轰隆轰隆像火车一样。张爱玲在这种地方一定要用具体的意象,用主人公眼里看到的景色,几层楼的公寓像一个峨巍的……本来谈不上什么大厦,可是他觉得压过来压得他日月无光。

振保跟朋友妻要好的时候,一开始就有顾虑。他的试探追求过程,经历了衣、食、住、行四个阶段。衣服,他第一面看到的这个女人,穿着浴衣非常性感,手还没握就沾到她手上的

---

[1] 张爱玲:《红玫瑰与白玫瑰》,《传奇》增订本,上海:山河图书公司,1946,61页。

肥皂，肥皂吸吮他的手指，这是一段骚到骨子里的文字。但仅仅是性感的层面，振保还不太愿意投入，因为他觉得娇蕊背着丈夫跟别人藕断丝连，嫌他在旁碍眼，所以今天有意向他表示好感，把他钓上钩，可以堵住他的嘴。这真是典型的以男人之心度女人之腹，或者说是以男人之欲度女人之情。为什么这女的对我好就是想把我搞定，然后再去搞别的男人，这个怀疑的前提就是假设女人在家庭内除抓紧"饭票"以外别的情欲追求都是不可思议的（而男人却是难免的）。虽然这男人很喜欢女人这样做，但是一面喜欢一面看不起。"女食男色"是一种简化的人性理解，是男性中心社会观念对女性的规范和洗脑，没想到这个"好男人"自己也相信了。

这个在上海开厂办实业，既孝敬母亲又照顾弟弟的好男人，他的"性"格形成过程当中，有两个女人给他打下了底色。这个底色后来几乎看不见，可是非常重要。小说一开始就绘声绘色描写男主角两次不成功的性经验，绝非可有可无的闲笔。一次是在巴黎的夏天，一个下午，主人公嫖妓30分钟，花了钱好像没办成事。为什么没办成事呢？小说是虚写的，从后来的故事看，应该不是先天生理问题，可能是偶然因素，女人身上的香水狐臭混合、太蓝的眼睛、蓬乱的黄毛等等细节，使得这个亚洲青年一时慌乱不行，也可能是他潜意识里的犯罪感阻止了他的"堕落"。总之振保后来想到那30分钟就羞愧耻辱、毕生难忘,最后竟只记得巴黎女人那个森冷的男人的脸,古代的兵士的脸。振保的神经上受了很大的震动。

郁达夫在《沉沦》后半段也写过中国留学生在异乡嫖妓未遂。不过郁达夫的男主角在那个时候矫揉造作地写了首爱国旧体诗,口唤祖国祖国,你快强大,投海自尽。因此他反而不会像振保那样把半小时耻辱的失败的性经验带回国,然后影响了自己的一生。另一次同样重要的性启蒙是跟华洋混血少女玫瑰的初恋。这个少女是爱他的,环境气氛也是很浪漫的,但振保活生生地、非常理智地,或者说不合情理地,压制了自己的欲望。他后来也不是后悔,而是一直感动于自己的道德克制能力、坐怀不乱。表面的理由是他觉得玫瑰太西化了,不适合带回家做贤妻良母,不过潜意识里是不是因为前一次的失败经验,唯恐丢脸呢?所以第一次是不能而不成功,第二次是害怕不成功所以克制。这两次早期性经验的因果关系很有意思,从生理角度看,前一次可耻失败影响到后来貌似高尚的临阵逃脱;从道德角度看,后一次的伪装跟升华,其实就是前一次失败的无意识成因,所以作家开篇就强调红白玫瑰互为因果的辩证关系。后来我们的男主角好像有很多"成功"的战绩,但最早的两次不成功却一直是最基本的底色,使他后来见到女人,既想证明自己有能力，又害怕真的投入。"证明"和"害怕"，这就是一个女作家对男"性"个案的初步诊断。

振保与娇蕊的关系在"衣"的吸引后，便进入了"食"的中间过渡环节。有一个吃面包的情节，娇蕊叫男人帮她涂花生酱，她说我不应该涂得很多很厚，因为这样吃会胖，但我又不想自己涂，因为自己涂的话我会涂得很薄，所以麻烦你帮我涂。这一路发嗲，振保也禁不住她这样稚气的娇媚，渐渐就软化了。中文小说中写男女情爱，一旦写到吃东西，关系就有了质的变化。"食色，性也。"男女有别，女重食、男好色，这是世俗偏见（虽然看起来有现实证据）。说女人主要是为了经济理由，追求爱情婚姻，男人是因为情色驱动，而追逐男女关系。这只是部分地道出了被经济政治权力支配的表面社会现象，远不能真正概括男女性别战争的人性基础，所以对这种表象的描写，以及深层的人性思考，恰恰正是张爱玲爱情小说讨论的重点。

从细节上来看，女人关心食，男人注意色，确是很多小说常见的桥段。以前提到过鲁迅的《伤逝》，把油盐酱醋跟写文章对立起来。郁达夫《春风沉醉的晚上》，女工跟知识分子一起吃面包、吃香蕉才有共同语言，张贤亮的《绿化树》里边，爱情通过馍馍来传递。王安忆的《小城之恋》也是，男女从头到尾性搏斗，但是其中最温暖的一段，却是两个人一起煮饺子、煮面条。古华的著名长篇《芙蓉镇》,原来小说里写男女主角秦书田跟胡玉音,扫街扫到晚上下暴雨,两个人跑到一个黑屋子里。因为衣服都湿了,他们在黑屋子里把衣服脱下来,屋子里黑得伸手不见五指,男人双手接触到胡玉音,两人都吓了一跳,紧张了一下,然后就抱在一起。这是古华的描写,后来小说被谢晋导演改编成电影,作家阿城也参与了编剧。关键情节,男女主角怎样突破他们的感情关系,很难拍成电影。大家想想看,两个扫街的一进房间各自脱衣服,不要说这个细节太煽情、太三级,而且黑蒙蒙也看不见,拍了也白拍。后来怎么改呢?那部电影,是中国表现"文革"最好的电影之一。电影里面胡玉音是刘晓庆扮演的,男主角是姜文。刘晓庆生病,姜文去看她,进去了以后女人就给他打了碗米豆腐,叫他喝米豆腐。姜文低头喝,喝的时候,女人就深情地看着这男人喝米豆腐,这时候音乐起,刘晓庆的手碰到这男人的手,这一碰男人就不喝了,马上站起来有所行动。又是这个食、色之间简单复杂的关系……

张爱玲也一样,《红玫瑰与白玫瑰》里的花生酱面包把振保搞定。衣是浴袍跟身体,是男人的关注点;食,面包花生酱,是女人的突破口。接下来就是住了,衣、食、住。"住"在小说里不是真的讲房子,女人说看你有本事拆了重盖:"'我的心像一所公寓房子。'振保笑道,'那,可有空的房间招租呢?'娇蕊却不回答了。振保道:'可是我住不惯公寓房子。我要住单幢的。'娇蕊哼了一声道:'看你有本事拆了重建。'"他们当然不是在讲房产楼市,哪像今天,拍拖见面三次如果还不谈到房子,简直就是不食人间烟火的浪漫派了。振保、娇蕊讲的住房全部是明喻,振保原意只是租间空房(偷食),看到娇蕊不回答(当然是不满),才说要"单幢",可是女人这时已想到要"拆了重建"(离婚),难怪男主角马上顾左右而言他。如果双方当时就明白他们在说什么,也许后来的事情就不会发生。也是《倾城之恋》里边的说法,你要跟我好,我就要结婚,女人的爱就是要全部,"All or nothing at all",这是一首英文歌,要么全部,要么全部都不要,所以女人讲得很清楚,我要"拆了重建"的房子。振保还在那里装傻,"住不惯公寓房子。我要住单幢的"。现在"搞笑"的说法,买房建房就是婚姻,租公寓就是恋爱,旅馆就是一夜情……当然还有别的不说了。

衣、食、住、行,行在哪里呢?"行"不是交通,就是他们的实际行动。小说叙事者是从振保的眼睛和感官看事情,但偶然又会跳出来,说出男主角的处境跟潜意识。这个偏重男性的叙事角度,使我们看到他与朋友妻偷情的整个过程,男人一直在抵抗,或者说他一直在找理由。他要找什么理由呢?其实他是有理由的，他自己当时不知道。

　　当他发现女主角不是一时偷情，而是真爱他的时候，这男人害怕了，承受不了。女人哭了两场，就跟他分开了。女人也离婚了，因为她告诉了丈夫实情。小说在这之前突然出现一段第三人称的旁白说："现在这样的爱，在娇蕊还是生平第一次。"[1]请注意这句话，十分罕见。这句话不是振保想的（振保还一直怀疑娇蕊是否真心或有别的恋情）。从技术上分析，这是否是作家（或更准确地说是隐形作者）直接出来交代故事里边不是男人看到的也不是女人看到的情况？但也有可能，这句话是女主人公角度的自言自语？这里又可能是一个叙事角度的有意混合。当然，这种反常的全知，一般只在小说最关键的地方偶然使用。可以与之比较的是《围城》，男主角被拒绝后不知道唐晓芙失恋的心情，否则他在下雨的时候多等一分钟，人生命运就改变了；还有赵辛楣如何旁观孙柔嘉设计引诱方鸿渐等等。这偶然的几个地方，是作家在旁边给读者点醒这些人物的人生关键点。

　　张爱玲最初的小说，用第三人称写一个女人的主观心理，这时她有先天有利的条件，因为她是女作家。男人模仿女人的

---

[1] 张爱玲:《红玫瑰与白玫瑰》,《倾城之恋——张爱玲短篇小说集之一》, 香港：皇冠出版社, 1993, 73 页。

视角、模仿女人的心理写的中国现代小说,最有名的大概就是老舍描写母女两代做妓女的《月牙儿》,但是女同学们评论说,毕竟写得不太像个女人。所以很少有男作家能够模拟女人的心理来写作。可是《红玫瑰与白玫瑰》是在写一个男人的心理,用的是之前一样的方法,就是叙述者跟主人公的视线角度混合。在这之前,张爱玲也没有特别的创作上的准备,距离她1943年发表很多其他作品短短几个月的时间,在《红玫瑰与白玫瑰》里,她这么成熟、老道、复杂地写出一个男人这么隐秘的心理,这的确使人非常惊讶。和新结交的男友胡兰成有没有关系,也值得研究。从技术上我们可以分析张爱玲到底用了什么技巧,同时我们不得不承认,这是一个真正的小说家。真正的小说家不是一定只写自己的性别。

　　回到小说,故事只进行到一半。男主角佟振保跟朋友妻王娇蕊发生了恋情,当王娇蕊准备离婚跟他在一起时,男主角退却了。接下来就写男主角按照世俗的标准结婚了,跟一个叫孟烟鹂的女人,小说里写她比较瘦比较高,最大的特点是白,身材平平。孟烟鹂是张爱玲的一个特别创造,为了剧情把她写成一个比较闷的女人,三从四德,好像一切听男的,很怯懦又很固执,大概就是为了跟前面浪漫、热情的朋友妻做对比。

　　有几个细节令人印象深刻,小说描述烟鹂患了便秘症,每天在浴室坐上几个钟头，电影改编还增加了在洗手间墙上贴毛巾的场景。这些细节，当然蕴含着一种无言的抗议，或者是一种性苦闷的转移。我们记得在《第一炉香》里边，当薇龙发现丫头跟乔琪乔偷情的时候，她也是在卫生间里用湿的毛巾打那个丫头。更有趣的，关锦鹏拍《红玫瑰与白玫瑰》，找叶玉卿来演孟烟鹂，这太反讽了，因为叶玉卿当时在香港是出了名的"性感女星"。

小说描写男主人公结婚以后就没了"性"趣，他觉得这个女人很闷，为什么闷？其实就是因为这个男人最初的性经验：现在既不需要"证明"能力，也不需要"害怕"投入，因此也就失去基本的动力。就像现在很多人说的回家是"交功课"，这多么无聊，这比说婚姻是爱情的坟墓更加刻薄。张爱玲轻描淡写，写这个女人好像很笨，什么事情都不会动脑筋，周围的朋友都不喜欢她。这个男人是想做"好人"的，"好人"是要做给周围人看的，要是周围人都说这人不好的话，他自己当然也就不喜欢。所以当生活陷入难言困境的时候，男主角便常常去购买性服务。可能在那个社会环境下，或在振保看来，这项"爱好"（恶习）反而不足以损坏"好人"标准。又或许，这也算是另类的能力"证明"（体格检查）？

但有一天，他又跟娇蕊相遇了。几年以后，娇蕊已经生了孩子，两人在公共汽车上碰到。这段文字在我看来是张爱玲小说里写得最好的文字之一。以前讲过，张爱玲的象征，同时是写实，怎么样又象征又写实呢？这一段是 textbook。

"振保看着她，自己当时并不知道他心头的感觉是难堪的妒忌。"[1]这是叙事者旁白。其实"自己当时并不知道他心里头的感觉"，也是整个《红玫瑰与白玫瑰》的一个主旋律。就是一个女作家，站在男主角的边上，一直在悄悄地描写、刻画、玩味、解析他的情欲，同时在旁边说：瞧瞧，你不知道，你不知道自己究竟想要什么，你也不清楚你错过了什么……整个小说就是在写一个男人不知道自己的"性"格。（读者知道吗？女作家张爱玲知道吗？她刚认识的男友胡兰成知道吗？）张爱玲写女人的时候不大使用这种写法，比方她写七巧，当七巧把扇子向这个假意求爱、实际骗钱的小叔子丢过去的时候，自己心里很清楚：我真蠢、我真蠢！她知道她这个行动会害了她一生，酸梅汤一滴两滴……这个"我真蠢，我真蠢"基本上也是叙事人甚至隐形作者当时的看法，换句话说，女主角只是控制不了自己，但她知道自己在做傻事。可是张爱玲在写男人的时候，她却同时态告诉读者说，这男人自己不知道他到底错在哪里，不知道他心里的感想，然后女作家用一个具体的形象，来表现男

---

[1] 张爱玲：《红玫瑰与白玫瑰》，《传奇》增订本，上海：山河图书公司，1946，67页。

主人公不知道而他实际上、潜意识里想要知道的东西。

> 娇蕊道:"你呢?你好么?"振保想把他的完满幸福的生活归纳在两句简单的话里,正在斟酌字句,抬起头,在公共汽车司机人座右突出的小镜子里看见他自己的脸,很平静,但是因为车身的摇动,镜子里的脸也跟着颤抖不定,非常奇异的一种心平气和的颤抖,像有人在他脸上轻轻推拿似的。忽然,他的脸真的抖了起来,在镜子里,他看见他的眼泪滔滔流下来,为什么,他也不知道。[1]

欸,写得好啊!用大白话来说,就是他控制不住。这个一生以自我控制能力为荣的男人,不知道自己为什么会流泪,作家设计了一个镜子来反衬他,又是"看"与"被看"同时发生,他通过镜子才发现自己流泪。张爱玲总能妙用镜子,记得白流苏在上海阁楼怎么对着镜中的自己阴阴地、不怀好意地一笑,从而焕发了自己的战斗力;还有,在浅水湾酒店跟范柳原第一次做爱,也得全身倒在冰冰的大镜子上。现在,也是镜子,随着车子的颤动,用物理的、机械的车子的颤动,来形容他脸上肌肉的颤动,用这两层对照关系来显示他不知道自己为什么在

---

[1] 张爱玲:《红玫瑰与白玫瑰》,《传奇》增订本,上海:山河图书公司,1946,67页。

这个时候会流泪。

接下来几句更加重要，必须细读：

> 在这一类的会晤里，如果必须有人哭泣，那应当是她。这完全不对，然而他竟不能止住自己。应当是她哭，由他来安慰她的。她也并不安慰他，只是沉默着，半晌，说："你是这里下车罢？"[1]

作家的叙事角度，在这里变化或者说混淆得非常纯熟。"如果必须有人哭泣，那应当是她"，既可以是叙述者评说，也可以是男主角独白。如是前者，是对当时一般社会世俗婚恋游戏规则的背景介绍。如是后者，则是主人公在男女游戏规则中的自我想象和定位。但作家就是不说明，让读者可以从多种角度自由切入，既同情又嘲讽主人公的尴尬与难堪："然而他竟不能止住自己。应当是她哭，由他来安慰她的。"然后，从这一整段男人自己目睹，女人和读者一起旁观作证的羞耻场面中悄悄退出，最后一句仿佛客观的描述，"她也并不安慰他"，沉默，下车。如果说散文有所谓文眼，这就是这部小说的文眼，在这一个瞬间，这个男人才意识到，原来自己是爱王娇蕊的。男人这

---

[1] 张爱玲：《红玫瑰与白玫瑰》，《传奇》增订本，上海：山河图书公司，1946，67页。

个时候才知道自己的感情和潜意识。但是时间已经过了，这已经是几年以后，他当时并不知道。现在的说法叫"肠子都悔青了"。直到重逢，经过一番对话，看到一个他自以为是放荡的、娇艳的女人，现在居然成了贤妻良母，也活得很好、很正常，他对照自己的"好人"的生活，不自觉地流下了男人的眼泪，所以这是整个小说的转折点。

接下去祸不单行，振保一方面认识到自己错过了什么，羞愧不及（虽然他自己还不承认），然后回去以后又发现一个裁缝在帮他老婆很暧昧地量衣服。这个裁缝长得很难看，有点驼背。这个心理既正常又奇怪，你发现有人可能跟你老婆通奸，你还在乎他好看不好看吗？你还看不起那个裁缝？站在屋子里，小说这样写，振保"了望着这一对没有经验的奸夫淫妇。他再也不懂：'怎么能够同这样的一个人？'这裁缝年纪虽轻，已经有点伛偻着，脸色苍黄，脑后略有几个瘌痢疤，看上去也就是一个裁缝"[1]。

最后这句话非常妙。丰子恺有篇散文《忆儿时》，是个名篇，说他父亲吃螃蟹，吃得最干净，那个蟹壳儿非常干净地还原，所以他家女佣有一句话说："老爷吃下来的蟹壳，真是蟹

---

[1] 张爱玲：《红玫瑰与白玫瑰》，《传奇》增订本，上海：山河图书公司，1946，72页。

壳"[1]。看上去是废话，却是名句。意思就是说，他吃的最好最干净。在文学当中，比如鲁迅写的，后院有两株树，一株是枣树，另一株也是枣树之类的"废话"，因为它打破了人们直接表达意思的语言惯性，所以反而就有了俄国形式主义理论家什克洛夫斯基（Viktor Shklovsky）所谓的"陌生化"[2]效果。陌生化的文学性，就是"让石头重新石头起来"[3]。

张爱玲写振保戴了绿帽、昏了头以后的这句话，就是一个陌生化。"这裁缝……看上去也就是一个裁缝"，其实是用来表达他的愤怒，虽然这件事情还没有揭穿。孟烟鹂以为丈夫还不知道，振保拿着伞往外走，冲了出去。外面下着非常大的雨，他面对雨天的街立了一会儿，接下来他非常愤怒，作家怎么描写？"……黄包车过来兜生意，他没讲价就坐上拉走了。"没讲价就坐上拉走了。张爱玲真是太刻薄了。很多人说上海人精明，写得最精明的就是张爱玲这句话。一个男人发现老婆通奸，冲

---

[1] 丰子恺：《忆儿时》，连载于上海《小说月报》第18卷第6号，1927年6月10日。《丰子恺散文全编》，杭州：浙江文艺出版社，1992，138页。
[2] 参见佛克马、蚁布思著，袁鹤翔等译：《二十世纪文学理论》，香港：中文大学出版社，1985。
[3] "那种被称为艺术的东西的存在，正是为了唤回人对生活的感受，使人感受到事物，使石头更成其为石头。艺术的目的是使你对事物感觉如同你所见的视像那样，而不是如同你所认知的那样；艺术的手法是事物的'反常化'手法，是复杂化形式的手法，它增加了感受的难度和时延，既然艺术中的领悟过程是以自身为目的的，它就理应延长；艺术是一种体验事物之创造的方式，而被创造物在艺术中已无足轻重。"参见：维克多·什克洛夫斯基：《作为手法的艺术》，什克洛夫斯基等：《外国形式主义文论选》，方珊等译，北京：生活·读书·新知三联书店，1989，6页。

出去,以至于坐黄包车都不讲价,用的是最朴素的语言,说明这个男人平常坐车子会怎么讲价,现在发生了天大的事情,男主角居然不讲价了。这句话是一位香港的同事提醒我的,说这句话真是妙,你要不注意就略过去了。用的是最平常的语言,那一看就是一个裁缝,黄包车来了没有讲价就上车……这些句子,单独读都觉得没什么意义,但是放在上下文里,最平淡的话可以有最大的力量,杀伤力非常大。

这篇小说读完以后,作为男人我一直在反省,这个主人公到底是个什么样的人?他到底错在哪?振保是个普通人吗?还是说比普通男人道德水平再低一点?还是说略高一点?亚里士多德讲悲剧的定义,说悲剧就是一个比我们略高一点的人,犯了小错而受到大罚。[1]《红玫瑰与白玫瑰》如果不算悲剧,那就是说男主人公是个普通人,甚至比普通人更低,他表面做"好人",其实是"小人",一点"真人"都做不了。但我们又很难说这是闹剧或喜剧(读者可以轻易嘲笑比普通人低一些的主人公)。如果客观地从外在社会标准来看这么一个人,假如一个我们认识的人,他孝敬母亲、帮兄弟、帮朋友,工厂也办得成功,振兴民族工业,对工人也并不太苛刻,你看他偶然误入歧

---

[1] 参见朱光潜:《西方美学史》上册,北京:人民文学出版社,1963。

途恋上朋友妻又能急流勇退，最后老婆通奸他也没有把老婆休掉或者家暴，他自己最后还表示，愿意重新做个"好人"……这样的话，我们可不可以借用亚里士多德的定义说，他也算是一个悲剧呢？他犯了什么错？[1]他受了什么样的诅咒？

从每个个人来说，从每个男人来说，或者觉得他那些错都是小错，可是在张爱玲笔下，其实是很大的错，因为他不懂爱。因为他不懂得爱他的王娇蕊。表面的理由是朋友妻不可欺，实际上他从一开始就怀疑这个女人是想搞定他，要跟别人好，觉得她很放荡。这男人骨子里，不尊重女性，也不懂女人。他觉得这个女人有太多男人，这样的女人他 hold 不住，我要跟你玩玩行，做情人行，但做老婆不行。在这样的情况下，这个男人是放纵自己的情欲，又蔑视别人的情欲，违反了"己所不欲，勿施于人"的天条。等到第二次他自己太太给他巨大的打击，这当然比较容易理解，没有几个人愿意看到自己太太跟别人偷情，还在那里宽容的，但他还是那个思路，他说这个跟裁缝……哎呀！

有一个网络走红的作家，谈他的成功经验，说网络小说要有大量粉丝，要 popular，要成功，千万不能让男主角喜欢的女

---

[1] "这些人不具备十分的美德，也不是十分的公正，他们之所以遭受不幸，不是因为本身的罪恶或邪恶，而是因为犯了某种错误。"参见亚里士多德：《诗学》，陈中梅译注，北京：商务印书馆，1996，97页。

人跟别人好,他说这是大忌,读者一定不接受,马上狂掉粉。回想起来像"007系列"里James Bond这种,或者蝙蝠侠蜘蛛侠这一类的大众片、通俗文艺,男主角最后一定会跟他喜欢的女主角在一起。但是我们反过来看,最出色的严肃小说世界名著,偏偏就要处理这样的题材——男人眼睁睁地看着自己喜欢的女人跟别人去。《战争与和平》最激动人心的场景,不是库图佐夫跟拿破仑打仗,而是娜塔莎几乎要背叛安德烈,跟那个花花公子私奔……我记得以前看小说看到这一段,觉得惊心动魄。近一点的例子,沈从文的《丈夫》,也是渲染男主角农民的妻子"老七"如何在船上接客。

女作家张爱玲解剖男人振保,一开始就是从性经验的挫折开始,主人公早无英雄光环,写他妻子出轨也不会令读者感到冲击。张爱玲说过,什么叫今天的妇德?"妇德的范围很广,但是普通人说起为妻之道,着眼处往往只在下列的一点:怎样在一个多妻主义的丈夫之前,愉快地遵行一夫一妻主义。"[1]这话讲得非常切中要害。就是说,男的出轨可以原谅,女的就不行,娇蕊以前就不行,烟鹂当然更不行。如果他是个普通男人,或是比普通人略高,要理直气壮,道德上自圆其说,要么绝对忠诚你爱的人,要么你有了外遇,你也得允许你爱的人也

---

[1] 张爱玲:《借银灯》,《流言》,台北:皇冠出版社,1982,88页。

有。中国男人（或者说男人）要做到这点真是好难。现实世界当中，男人有意无意会珍视跟异性来往的数量，至少不怎么后悔，作为自己的人生故事。而女性呢？通常只珍视自己征服的质量，数量、过去的情史，是负资产；在男的来说，它是资产（不管正负）。仔细想想，《红玫瑰与白玫瑰》对男性中心主义的拷问，是蛮残酷的，把男人逼到墙角。

小说不仅批判了男权道德的虚伪跟不合理，也揭示了男权道德的虚弱跟无奈。把王娇蕊跟孟烟鹂的故事，跟小说开篇那两个红白玫瑰的影子连起来，更可见出小说结构当中的深意。在巴黎白人妓女那里的失败，一直延续到男主角的沉闷婚姻，孟烟鹂总躲在卫生间，显然是对性生活不满意，只是好女人从古至今无处抱怨，所以出现裁缝也是情理之中。而振保经常出去购买性服务，也是对白玫瑰的逃避。另一条线索，男主角对先后两位红玫瑰，"克己复礼"，一脉相承，表面上是为了做"好人"，遵从世俗道德，实际上，是害怕自己的欲望，也害怕自己没有欲望。双重害怕。

这篇小说是张爱玲跟胡兰成关系非常好的时候写的。我不知道，大概胡兰成是一个"坏男人"的好标本吧？帮助张爱玲认识男人跟人性。中国男人有关性爱的道德偏见，只是这个小说的一个层面。如果说这个人物犯小错，他受的重罚又是什么呢？那就是人物不知道自己到底要什么。他不知道自己潜意识里要什么。他以为在 play with 女性，其实是 play with 自己。如果我们把这个主题再上升一下，那就可以说是张爱玲一贯的主题：人，无法控制自己的命运，即使你极力地控制，以自制力为荣，但，最后你还是自己欺骗自己，人的理性无法控制自己的潜意识。你永远不知道自己的潜意识要什么。

当男主人公害怕、拒绝王娇蕊的时候，其实我们每个人的生活当中，都可能有这样的情况，你在跟一个人交往，你可能因为一件小事明天就分手了，但弄得不好你们可能在一起十年八年，甚至半辈子。人生的一些瞬间，可以平淡滑过，也可以根本性地决定你的命运。多么希望我们自己能像莫言或者马尔克斯（Gabriel García Márquez）写的那样，在一个瞬间就知道"多年以后……"，"寻根文学"的方法是提早预告结局，再分析过程。张爱玲用的是另外一个方法。她就是跟在焦虑、犹豫的主人公旁边，跟他一起观看风景，感受情欲，然后悄悄地说：你不知道，你不知道你看到了什么，你不知道你自己的感觉，你不知道自己想要什么……

第 10 章

雌雄同体的《茉莉香片》

张爱玲的小说可以从爱情故事（世态人情）角度阅读，读出或甜，或苦，或酸的"心灵鸡汤"（我在中性的定义上使用这个词汇），也可以从文学史角度，读出五四以来现代文学及意识形态的各种潮流、走向、趋势及其复杂关系。当然，也可以从学院理论出发，侧重于后现代、后殖民等角度的解读，处处见到女性对男权的挑战反叛，或者殖民者对被殖民者的窥伺偏见。比方说，炎樱设计的《传奇》再版本的封面：坐在中式客厅里打麻将的那些旧式家庭里的姨太闺秀，可以理解为被观看的商女不知亡国恨的一群。而趴在窗台上，脸部没有细节身体不成比例的女性，则象征留着现代长发的外来观察者。知人论事，因为张爱玲从一开始就用英文来写中国，洋人看京戏的角度，一直渗透在她的写作中间。但用后现代理论武装一下，则可以说被观看的传统女性，也是被殖民的弱势一群，趴在窗台上的现代女性，则可以被解释为从外面来窥探东方的殖民角度，或者说伪殖民角度。后殖民的很多术语，有的拓展视角给人启发，有的则是学术工业自产自销。各家各派都用的一个角度，就是从女性主义的角度去细读张爱玲。从女性主义的角度读爱情故事，可以读出女人的婚姻经验和失恋教训；可以从文学史看出女性主义批评的发展；也可以从后殖民角度读出女性（及东方）的困境屈辱等等。不知道张爱玲现在醒过来，看到这么多不同流派的张学，有什么感想？

除了晚年的《小团圆》之外，《红玫瑰与白玫瑰》是张爱玲笔下最重要的写男人的小说。张爱玲早期小说中的男人可以简单分成三类：花花公子、被改造的花花公子以及好人真人。可是在振保之前，甚至在《封锁》之前，张爱玲早期小说还有一些男性形象，无法以上述三个类型来归类。比方说有个小说叫《年轻的时候》[1]，写一个单恋俄罗斯少女的"屌丝"青年潘汝良。《琉璃瓦》刻画了年纪较大的父辈男人，间接卷入爱情博弈。姚先生是一个以嘲讽笔调勾勒的上海男人，有点钱，又不够多，费尽心机替三个女儿操办婚事。《琉璃瓦》是张爱玲笔下比较少有的带讽刺基调的作品，有点像张天翼、早期的老舍那种。大女儿确实嫁了个有权势的人家，女儿却担心被人议论攀

---

[1] 张爱玲：《年轻的时候》，上海：《杂志》第12卷第5期，1944年2月。

附豪门,婚后反而是疏远娘家。二女儿被人安排跟很多青年才俊共事,却偏偏爱上了一个没钱的职员。三女儿在相亲的饭桌上,有眼无珠,看错了人,给她介绍A,她看中B,又违反父母意愿,陷入了婚姻困境。下面还有几个女儿,姚先生怎么办呢?看来所谓"爱情战争",身在其中难,高处遥控也不易。《琉璃瓦》其实写一个男人的悲剧,却要几个女性的命运陪葬。其实仔细看,《红玫瑰与白玫瑰》也是这个结构,振保的个人性格"杯具",要有巴黎妓女、玫瑰、王娇蕊、孟烟鹂等人的不幸来共同完成。又或者,女人们其实不悲剧,男主人公想象自己和她们的关系是悲剧。

另外一个引人注目的小说叫《心经》[1],写一个中年男士许峰仪和他20岁女儿的暧昧感情。结构上又是一男三女的格局(女儿的男同学只是陪衬)。峰仪为了逃避跟女儿的不伦之恋,结果却跟女儿的同学绫卿同居。小说里很晚才出场的许峰仪的太太,后来反成主角,劝阻了许小寒进一步的疯狂。这篇小说令人怀疑张爱玲是否也有恋父情结,但仔细读文本,小说在写父亲跟女儿在一起的时候,表情也好、动作也好,都十分勉强僵硬。可能因为这父女恋本身令读者不安,但也可能张爱玲对父女恋也是一种非常紧张的探索态度。这也是唯一一次探索此类题材

---

[1] 张爱玲:《心经》,上海:《万象》第2—3期,1943年8月。

（虽然作家两次婚姻对象都是年长的男子）。小说由父女暧昧关系始，最后却以母女暧昧关系终。真正的重心还是后者。母女关系在张爱玲的全部小说中，可能远比父女关系来得重要。张爱玲小说里的男性悲剧，总要几个女性命运作陪，就好像小说文本像考古，墓主其实并不重要，陪葬品才是真正的焦点。在某种意义上，张爱玲写男人，其实还是为了写女人。

张爱玲早期短篇《茉莉香片》有点例外。一开篇，还是那种仿章回说书腔。"我给您沏的这一壶茉莉香片，也许是太苦了一点。我将要说给您听的一段香港传奇，恐怕也是一样的苦——香港是一个华美的但是悲哀的城。"[1]我怎么觉得张爱玲在这里给香港念了咒语，几十年过去了……当然，现在还是既华美又兴盛的城市，动（冻）感之都。"您先倒上一杯茶——当心烫！您尖着嘴轻轻吹着它。在茶烟缭绕中，您可以看见香港的公共汽车顺着柏油山道徐徐地驶下山来。开车的身后站了一个人，抱着一大捆杜鹃花。"这个说书人的引子是为了写公共汽车上的一个比较病态的青年，聂传庆，20岁上下，眉梢嘴角有点老态，窄肩细脖，又像是十六七岁没发育。聂传庆在车上碰到了言教授的女儿言丹朱。言丹朱跟聂传庆是同学，两人恰成

---

[1] 张爱玲：《茉莉香片》，上海：《杂志》第11卷第4期，1943年7月。《传奇》增订本，上海：山河图书公司，1946，191页。

对照，说言丹朱像美国漫画里的红印第安小孩，圆圆的脸，晒成赤金色，笑得丰满灿烂。这样的女生，后来在张爱玲笔下也是极其罕见。两人在车上讲学校修课之类的事情，中心却是绕着丹朱的父亲。聂传庆说他分数低，说明言教授不喜欢他。其实他是自卑、过敏，就好像他跟丹朱说话一样，老想躲着。言丹朱倒是性格开朗，还告诉他一些班上有人写情信的事……总之鲜明对比，男的阴柔女的阳光，话不投机。最后丹朱说着说着，被他整哭了，抗议说难道我不可以快乐吗？等聂传庆到站回家，我们才看清这个男生病态阴柔的原因，他在家里非常压抑，父亲和后母躺在烟铺上，一边抽鸦片，然后还细细盘问儿子修什么课，英文历史？19世纪英文散文？他父亲道："你那个英文算了罢！断腿也是空的，跷腿驴子跟马跑！"说到选修中国文学史，他父亲又道："那可便宜了你！唐诗、宋词，你早读过了。"他后母道："别的本事没有，就会偷懒！"

这些场面知道张爱玲家庭背景的读者已经很熟悉，就是旧家庭压迫青年人。压迫聂传庆的不只是古书，他被他父亲和后母训斥的时候，把头低了又低，差点垂到地上去，但他忍着，心想：总有一天罢，钱是他的。于是他从十二三岁起，就在作废的支票上练习签名，为此也被父亲打过，打了也不哭，瞪大眼睛望着他父亲，期盼将来的胜利与复仇。聂传庆身上好像有张爱玲弟弟张子静的影子,不过重要的不是原型,而是这个形象的发展。父亲,后母,再加上鸦片的压迫,使得男主角特别怀念他死去的母亲冯碧落。他4岁就没有了母亲(巧的是张爱玲的母亲也是在她4岁的时候去了欧洲),传庆只能从一张照片上认识母亲。看着照片,"……传庆的身子痛苦地抽搐了一下。他不知道那究竟是他母亲还是他自己"。出于这种铭心刻骨的恋母情结,他支离破碎地追究母亲的恋爱经历。

冯碧落以前曾经爱过言子夜,即女同学言丹朱的父亲,现在是文学史课的教授。因为一些家族礼节上的原因,他们这段感情没有成功,言子夜单身出国了,冯碧落就嫁给了她不爱的丈夫。丈夫因为妻子不爱他,就迁怒于儿子聂传庆……原来一切悲剧都有家族的来龙去脉。"关于碧落的嫁后生涯,传庆可不敢揣想。她不是笼子里的鸟。笼子里的鸟,开了笼,还会飞出来。她是绣在屏风上的鸟——悒郁的紫色缎子屏风上,织金云朵里的一只白鸟。年深月久了,羽毛暗了,霉了,给虫蛀了,死也还死在屏风上。"[1]这段屏风上的鸟的意象文字,十分有名,很多人引用,基本可以作为张爱玲早期风格的标志——但愿不是张爱玲在中国现代文学史上的标志。

父亲严酷,后母腐化,母亲早逝,家庭不幸,怎么办呢?

---

[1] 张爱玲:《茉莉香片》,《传奇》增订本,上海:山河图书公司,1946,200页。

聂传庆真是奇葩,他把这一切悲剧归因于没有能够娶他母亲的言子夜教授。"……二十多年前,他还没有出世的时候,他有脱逃的希望。他的母亲有嫁给言子夜的可能性,差一点,他就是言子夜的孩子,言丹朱的哥哥,也许他就是言丹朱。有了他,就没有她。"[1] 现实当中我们很多人都会假想历史的不同走向,"穿越",是现在很流行的创作潮流,基本上就是假设世界因为一个偶然的时空因素,发生一连串巨大的变化。所以我们今天常想,当初要是走了那条岔路,而不是这条道路,今天的命运会怎样?然后幻想下去,有时候觉得很遗憾,有时候觉得很可怕。我读二战史时,想德国坦克军团要是在敦刻尔克附近不停下来,或者巴巴罗萨行动不因为巴尔干局势而推迟两个月,这个世界会怎么发展?总之世界上有很多事情阴差阳错,一点点细节变化,要是穿越回去,天下大乱。

聂传庆对母亲身体的穿越假设,不仅把所有的因果归结到言子夜教授,更因此引出对言丹朱的仇恨。小说后半部就写这位畸形恋母的病态青年,不仅崇拜他可能的父亲,还要千方百计去伤害自己假想中不应存在的妹妹,从课堂到校园。在港大附近漆黑的山路上,女生毫不提防,传庆态度诡异,又像在恋爱,又像在复仇。张爱玲对于"爱"的定义,真是千姿百态。

---

[1] 张爱玲:《茉莉香片》,《传奇》增订本,上海:山河图书公司,1946,200 页。

聂传庆这里又是一个非常怪的特例,你说他爱言丹朱吗?很难说。变态是肯定的,但我们不能因为变态就漠视和否定人类的某些情感行为。归根结底,什么是常态?什么是变态?也是个问题。聂传庆阴柔压抑,他在面对阳光灿烂的言丹朱时,自卑是明显的,但是爱也常常伴随着不自觉的自卑。爱情的一个标志就是"旁人觉得你在吃亏,你自己觉得占便宜"。要做到这一点,通常陷入情网的人,都会把对象看得比自己也比实际更高。如果能够冷静地平视,甚至俯视的话,那就很难真的有盲目的爱了。所以自卑跟爱两者的关系常常是很微妙的。23岁的张爱玲,给我们分析了各种各样不同的爱。七巧对季泽那种铭心刻骨的自欺欺人。薇龙见到乔琪乔,手臂像牛奶一样地泼出去,挡也挡不住。还有流苏清醒的计算,最后跌到镜子里。可是像聂传庆这样压抑的爱,表现为刻意复仇,最后又是爱恨交集的奇葩,羡慕嫉妒爱,转成自卑扭曲恨,人的感情真是说不清楚。

　　小说把两个人物带到一条夜间的山路,深谷风疾。言丹朱没有想到传庆竟会爱上她。"他的自私,他的无礼,他的不近人情处,她都原有了他,因为他爱她。连这样一个怪僻的人也爱着她——那满足了她的虚荣心。"[1] 女人真的是这样想的吗?再

---

[1] 张爱玲:《茉莉香片》,《传奇》增订本,上海:山河图书公司,1946,210页。

怪、再丑、再畸形的男人的爱，也比再好、再帅、再有才的男人的不爱，要好吗？可是传庆失控了，从牙齿缝里送出几句话来："告诉你，我要你死！有了你，就没有我。有了我，就没有你，懂不懂？"接下就惨不忍睹，变成暴力篇了，又踢又打，最后他丢下女生一个人跑了，把她丢在山路上。小说最后一句："丹朱没有死。隔两天开学了，他还得在学校里见到她。他跑不了。"[1]

从批判礼教的家庭剧，发展到病态心理分析篇，再到男生女生的暴力电影。《茉莉香片》中的聂传庆是张爱玲笔下男人和女人的结合体，男人的身体，女人的心理。面对严父后母的训斥谩骂，低头害怕不敢作声，很像《金锁记》中的儿子长白，或者作者家庭生活中怯懦的弟弟。但对鸦片家庭的厌恶仇恨，却又似《金锁记》中的女儿长安，或者是作者自己的青少年记忆。苦恋自己早逝的苦命的母亲，以至于数十年走不出母亲悲剧的阴影，很有些恋母情结的味道。但进而崇拜当初几乎要娶母亲的教授，再崇拜到恐惧的地步，甚至嫉妒教授的女儿，人身伤害教授的女儿，因为她抢走了他可能的身份，这又是病态变态的恋父情结，说不定其中还有对女同学的某种畸形的恋爱情绪。

---

[1] 张爱玲:《茉莉香片》,《传奇》增订本,上海:山河图书公司,1946,212页。

聂传庆的忧郁症，是本书以前讨论过的张爱玲对父亲既留意又厌恶，对母亲既爱慕又仇恨的复杂心理的综合体，在张爱玲笔下的女人跟男人系列中，这是一个提前预告的雌雄同体。张爱玲笔下人物的各种问题：自闭、自恋、自虐、自尊、自我欺骗、自我伤害等等，都可以在聂传庆身上找到初步症状，而且《茉莉香片》在非常早期就显示了张爱玲创作的一个基本倾向，那就是人物的心理再变态，再有问题，也都跟他复杂的家庭背景有关系。

第 11 章

"人艰不拆"的《留情》

在读《留情》之前,还有篇小说想特别提一下,就是《桂花蒸·阿小悲秋》[1]。这是张爱玲很罕见的专门写劳工阶级的小说,写一个女佣人一天的劳作心思,她怎么样为一个生活在上海的外国人,一个又穷又放荡的外国公子,承担全部的家务,甚至还要帮忙用电话应付他不同的女人。小说写阿小跟儿子百顺一起睡在外国人的厨房里,还有一个做裁缝的男人,他们有朴素的家庭对谈,可以说是张爱玲笔下十分罕见而又相当成功的无产阶级的形象。张爱玲对上海富家女子、中产少妇的穿衣打扮,装饰做派,一向是细细铺排,但又冷眼嘲讽。唯独对于阿小,却在琐碎当中写出她的尊严,对照小说的男主人公哥儿达,他其实就是一个乔琪乔、姜季泽一类的花花公子。这一次,是从佣人眼里看这个外国的花花公子,彻底剥去了外来的、所

---

[1] 张爱玲:《桂花蒸·阿小悲秋》,上海:《苦竹》第 2 期,1944 年 12 月。

谓强势殖民的迷人外表。这个外国人每天用同样的晚餐，招待不同的女人，卧室的床、墙角的橱柜，种种夜生活浪漫，在白天都显出了肮脏的底色。小说不动声色地展示所谓花心男人的真实生活。好的小说是跨越阶级的。很可惜，这个小说后来张爱玲自己把它用英文改写成"Shame, Amah!"[1]的时候，减少了对哥儿达批判的细节，增加了对女工的一些负面描写。有研究者认为，这个英文版本不如中文原作，不同版本之间作家心态跟写作环境的微妙变化也很值得关注[2]。总之，这个小说里有阶级，但写的是平等；有屈辱，但写的是尊严。尤其应该把这篇小说跟张爱玲有名的散文《中国的日夜》放在一起读。底层民众的生活想象，是张爱玲小说中较被人忽视的部分，其实却是张爱玲世界观的重要组成部分，这一点，以后读她的散文时会看得更加清楚。

《留情》这个短篇，一般读者甚至很多张迷都不大注意，也较少人研究。

我们细读《留情》，至少有三个重要的理由：第一，张爱玲《传奇》1946年出增订本的时候，把这个作品放在第一篇。

---

[1] Eileen Chang: "Shame, Amah!", Nieh Hua-ling ed. *Eight Stories by Chinese Women*, Taipei: Heritage Press, 1962.
[2] 参见王晓莺：《离散译者张爱玲的中英翻译》，广州：中山大学出版社，2015，99—114页。

张爱玲非常重视自己书的包装跟推广。买 CD 都知道要试听第一首歌，报纸每天的头条，说明对重要新闻的选择。一个作家自己出书，把哪一篇作品放在第一篇，当然非常重要，有时不单是卖书策略，而且也有点"人设"（自我形象设计）的意思。如果是 1943 年，张爱玲也许不会这么做，那时只想着"出名要趁早"。但到了两三年后，她在文学上比较有自信了，她出名了，也有点"任性"了，所以她就把一篇散文《中国的日夜》放在最后，把《留情》放在最前面。作家这么在意，读者也应该重视。第二，夏志清《中国现代小说史》评论张爱玲的专章（后来被夏济安译成中文在台湾发表，才正式让张爱玲进入文学史），只选了张爱玲的几篇作品重点评论，但是其中却有很大的篇幅讨论《留情》，甚至讨论"留情"这个题目的歧义。第三，《留情》是张爱玲小说里面上海腔调最为浓厚的，特别多的上海方言、上海细节，也需要仔细阅读。

可是《留情》这个故事还真的没法重述，它几乎是张爱玲所有小说里面，甚至是绝大部分中国现代小说里面最没有情节的一篇小说。不像《第一炉香》，可以一二三四来分析女主人公的每个阶段、每个转折。《留情》这个故事，简单地说就是有个 59 岁的男人米先生跟一个 36 岁的女人叫敦凤的是一对夫妻，敦凤已经是第二次结婚，原来的老公年纪轻轻就死了，米先生还有一个原配的妻子，可是他跟敦凤也有结婚证书。小说写某天下午，米先生因为他原配的妻子生病了要去看一下，那敦凤也同意让他去，没有说你不可以去，可是她越是说你去你去，那男主人公越不敢去。不敢去，心里又惦记着生病的原配，所以他就陪着敦凤到一个亲戚家里去作客。怎么作客？讲天气，聊家常，吃或不吃糖炒栗子，然后老虎灶送水……亲戚杨老太洗澡，还有一个亲戚杨太太打麻将，几个女人凑在一起讲一堆生活琐事，面和心不和，斤斤计较，却又会谈起多久有房事之类的私隐。在敦凤与杨老太闲聊的时候，米先生出去了一下，但很快回来了，最后就跟敦凤两人回家，没了，就这么一个故事。大家想想，作家为什么要把这么一个沉闷的、无聊的、琐碎的故事放在她的小说集的第一篇？存心让大家不要买吗？为了考验1944年上海读者们的耐心？

沉闷的《留情》，一共四个人物，敦凤、米先生、杨太太、杨老太。杨太太就是跟敦凤差不多年纪的、一个已经结了婚的很风骚的亲戚（一度好像也是米先生可能的对象）；杨老太大概是杨太太的妈妈或是婆婆，很懂世故人情。米先生和敦凤，是男女主角。小说叙事偏向敦凤心理，但和别的作品一样，有时又有些偏离超越。这四个人物一共构成了三条线，第一条线就是敦凤跟米先生。米先生要去看病中原配，这个情节看张爱玲的文字是怎么处理的。

> 米先生道:"我去一会儿就来。"话真是难说,如果说:"到那边去",这边那边的!说:"到小沙渡路去",就等于说小沙渡路有个公馆。这里又有个公馆。从前他提起他那个太太总说"她",后来敦凤跟他说明了:"哪作兴这样说的?"于是他难得提起来的时候,只得用一个秃了的句子。现在他说:"病得不轻呢,我得看看去。"敦凤短短应了一声:"你去呀。"听她那口音,米先生倒又不便走了……[1]

言不顺因为名不正。这一段琐琐碎碎的对话,关键词主语还必须省略,活活画出了一夫两妻男人之痛苦与尴尬。这真是尴尬,连一句话,一个称呼都没法明说。张爱玲向我们展示了这个家庭很幸福,家里房间很好,墙上有结婚证书,地下有火炉,男的长得敦敦实实,女的还中年,也很漂亮等等。可是就这一句话,"我去一会儿就来",已经给幸福家庭做了注解。女的说好啊,然后这男的不敢去,就一路赔不是。那女的说:你

---

[1] 张爱玲:《留情》,上海:《杂志》第14卷第5期,1945年2月。《传奇》增订本,上海:山河图书公司,1946,1页。

走啦,那我也去杨家坐一会儿,我们今天不煮饭了。这么说着,那老头儿不走:"你怎么回事?我陪你过去……"他知道自己的发妻生病,可是他又担心敦凤不开心,还得陪着她去走亲戚。喜欢看《第一炉香》或者《倾城之恋》的读者,喜欢那些爱情技术游戏的读者,看到《留情》会不会失望呢?其实《倾城之恋》男女主角在一起以后的生活,说不定也是这样?从作家的角度来讲,我们发现,张爱玲并不是只会写花花哨哨的戏剧性的爱情。她小说集里的第一篇,就用来处理这么平淡的"家事",当然是非典型家庭的典型日常生活。什么叫日常生活?仅仅两年,张爱玲已从"浪漫传奇"转向"细节写实"。这是她后来一生追求的创作转向。

两个人坐三轮车去亲戚杨家,女人又有两个内心感慨,这时叙事角度靠近敦凤。关于这种叙事角度和文字技巧的研究,也可以联系到新感觉派作家对电影视觉效果的借用,正好刘呐鸥、穆时英(甚至张爱玲)等人在生活中也的确和东洋殖民者有较多微妙关系,他/她们的文字手法是否隐含殖民者文化窥视角度?值得讨论。但另一方面,茅盾等左翼作家也用很多电影技巧,我们也缺乏实证说张爱玲一定受了刘呐鸥、穆时英等人的具体影响。

三轮车上,敦凤的第一个感触是,路上经过一个窗户,窗户上有一只鹦哥，很好玩。敦凤好几次想跟男人说这个事，可是她今天心头有点气，就不跟他说了。这种细节，生活当中真的不少，男女之间交流有时候就是废话，当你不高兴的时候，废话不说了。废话好像不重要？其实很重要，为什么几句让你高兴的废话你不说了呢？第二个感触是，男人坐在她边上，敦凤忽然就觉得这个男人在形象上不配她。她形容这个男人像配给面粉制的馒头一样，觉得自己坐在他边上很委屈，这时候她回想原来的老公，虽然坏，但是很帅，因此她觉得很委屈。我们注意到张爱玲挺喜欢用食物来形容人的外表，糖醋排骨，粉蒸肉，厚嘴唇切切倒有一大碟，手臂像牛奶倒了出来，《封锁》女主角整个身体像挤出来的牙膏。当然牙膏可放进嘴里却不是食物。都是逆向营造意象，以实的小物体写相对虚的形体、心情。

迟一些他们从杨家回来的时候，她这些委屈不满是都会消失的。所以委屈的关键，还是心里不开心，还是因为男人要去"那个地方"，她又不好反对。简单说来，她虽然满意米先生的"饭票"功能（名字就叫"米先生"），他有钱，老实，对她又好……我们知道，张爱玲笔下的男人大部分都对女人"不好"（"不好"的标准之一是"不忠心"，之二是要"花女人钱"），现在难得看到一个案例：男人对女人，比女人对男人要好，总算碰到了符合上述两重定义的"好男人"了,可是这女人又是这不满,那不满,又是"作",挑剔种种。可以想象,当年她跟自己那个帅气的"坏男人"在一起的时候,心里怎么想?我不要你那么帅,我不要你那么花里胡哨,你只要对我忠心就好了。可是现在环境一变,旁边坐一个像馒头一样的米先生,就因为他还有一个老婆在生病,她心里不爽,所以今天就觉得他的形象配不上她了。

敦凤跟米先生坐了黄包车,到了他们的亲戚杨家,这样就进入了小说的第二条线索。他们在路上买了一些糖炒栗子,到了以后大概没话说,三个人坐在那里,米先生让敦凤从网袋里取出几颗栗子来。"米先生说:'老太太不吃么?'敦凤忙说:'舅母是零食一概不吃的,我记得。'米先生还要让,杨老太太倒不好意思起来,说道:'别客气了。我是真的不吃。'烟炕旁边一张茶几上正有一包栗子壳,老太太顺手便把一张报纸覆在上面遮没了。敦凤叹道:'现在的栗子花生都是论颗买的了!'杨老太太道:'贵了还又不好;叫名糖炒栗子,大约炒的时候也没有糖,所以今年的栗子特别地不甜。'敦凤也没听出话中的漏洞。"[1]

老太太刚说不吃,怎么又知道今年的栗子特别不甜呢?上海人的这种精细客套,几个女人之间吃个糖炒栗子,张爱玲都

---

[1] 张爱玲:《留情》,《传奇》增订本,上海:山河图书公司,1946,9页。

能写这么多。反正张爱玲也是上海人,自己说自己,不算地域歧视。一大堆的废话,三个人坐在一起虚情假意,背后却紧绷着男女主人公的心理斗争:敦凤一直在观察,米先生能够陪她无聊客套多久,而米先生其实心里非常着急,然后还要应酬局外人杨老太说废话。杨老太让米先生看她收藏的几幅画,米先生就跟她实话实说,说这个画市面上蛮多的。老太太一面听一面就在想:这个人是洋行里做买卖股票的,还懂一些书画,又可靠、又肯结婚,敦凤真是嫁着了!这是一个蛮实惠的……按今天说法,不叫潜力股,叫可靠股、实在股。总之她觉得自己这个亲戚赚了。可是敦凤还不满意,因为男人一路陪着她,明明有其他的目的,他的心思不在她。

他们聊天又聊到天气冷了,要做件大衣,这时候敦凤说:老太太我家里有旧大衣,拿来给你改做?老太太说:你男人的大衣我怎么能用啊?敦凤说:没关系,我那个男人个子不高,他的大衣衣服不大,可以拿来用。讲这番话什么用意?不就是气气米先生吗?她当面在讲她原来的老公,她原来老公旧的大衣大概挺好的料子,要拿来送给杨老太改衣服,以前就兴这样。然后一会儿又说到算命,她说我跟他去算过命。这个他又是指米先生,说他还有12年阳寿。说这个话米先生脸上就搁不住了。真是"尬聊",非常微妙的谈话气氛,整个矛盾的线索说到底,就是这个男人要去看他原配的太太,他现在的太太不满意,便整了这么多的招,糖炒栗子不给人家吃,一会儿讲她前夫的大衣,一会儿又讲算命、阳寿……啰里啰唆一大堆,掩盖了一个实际的张力,一夫多妻状态下的无奈。哪里是什么享乐,真是受苦、真是无奈。

最后不管怎么样,米先生还是去了。他一去,敦凤就跟老太太凑在一起说真话,抱怨说老太婆生病了,老太婆就是指米先生的原配。敦凤说:"……我不是吃醋的人,而且对于他,根本也没有什么感情。"作家描写这时候的敦凤,"……她那粉馥馥肉奶奶的脸上,只有一双眼睛是硬的,空心的,几乎是翻着白眼,然而她还是笑着的:'我的事,舅母还有不知道的?我是,全为了生活。'……'其实我们真是难得的,隔几个月不知可有一次。'"[1]和最初作品《第一炉香》等比较,《留情》中有更多明显偏离、旁观女主人公的叙事视角。当然女主人公的身份年龄,也使年轻的女作家比较容易和她拉开距离。杨老太听敦凤突然讲起自己的私隐,都不知怎么接口才好。你这个三十多岁的女人跑来跟我讲和男人多久才有房事,啥意思嘛?正好老虎灶送水来,杨老太就借口洗澡走开了。老虎灶就是供应热水的供水站,那时上海住家很少有热水洗澡设备,中产阶级能

---

[1] 张爱玲:《留情》,《传奇》增订本,上海:山河图书公司,1946,13—14页。

够叫人把热水送来洗澡,已经是一个富裕的标志。老虎灶之类的老上海生活细节令读者感到亲切。《留情》使用了特别多的上海方言,湿溚溚,缺进去一块……这些字可以用普通话读,但是用上海话读就会更加有地方色彩、市民气息。

另外还有一个杨太太,跟敦凤年纪差不多。杨太太当初对米先生也有点想法。当杨老太太去洗澡的时候,敦凤总不能一个人坐着吧,杨太太就跑来陪她聊天。无形当中好像曾经有过这么一个三角关系,这时候,敦凤的态度就跟刚才不一样了。她跟老太太闲聊,要抱怨跟男人没感情、没性生活,所以现在米先生去看那个"她",我就让他去,无所谓。可是这个杨太太是跟她差不多年龄的,当初她们还一起争过米先生,所以在这种情况下,觉得自己是胜利者,现在米先生不管怎样是跟我结婚的,所以刚才是委屈,现在是炫耀。人心人性之复杂,主人公自己看不见,作家让读者看得清楚。这个时候她为了炫耀,怎么跟杨太太说呢?她说,我家的佣人烦哪,什么事情都来问我,整天说太太,烧什么?太太,今天煮什么?……写到这里,小说突然用了杨太太的视角:"杨太太觑眼望着敦凤,微笑听她重复着人家嘴里的'太太,太太',心里想:'活脱是个姨太太!'"[1]中文真是妙!那时的民国语言比现在还是文雅一点,

---

[1] 张爱玲:《留情》,《传奇》增订本,上海:山河图书公司,1946,17—18页。

姨太太，一字之差，听上去也还好听，不像现在一来就是大婆小三这样。当然实际上，太太是光明正大，姨太太总是低了一分，正因为这样，一个女人拼命要炫耀家里的佣人叫她太太，另一个女人心里就觉得你活脱是个姨太太。

就在这个时候，出现了一个非常意外的逆转。那么沉闷的小说，逆转什么呢？原来米先生很快地回来了，没想到这么快就回来，敦凤表面没什么，心中一喜。既然他回来了，这件事情就没有了，所以在亲戚家里的聊天任务也完成了。很快，他们就要走了，真的也没什么事啊，糖炒栗子也没给人家吃，老太太洗了个澡，看看画、讲大衣。要走的时候，小说的气氛就转了：

> （敦凤）……又翻尸倒骨把她那一点不成形的三角恋爱的回忆重温了一遍。她是胜利的。虽然算不得什么胜利，终究是胜利。她装得若无其事，端起了茶碗。在寒冷的亲戚人家，捧了冷的茶。她看见杯沿的胭脂渍，把茶杯转了一转，又有一个新月形的红迹子，她皱起了眉毛，她的高价的嘴唇膏是保证不落色的，一定是杨家的茶杯洗得不干净，也不知是谁喝过的。她再转过去，转到一块干净的地方，可是她始终并没有吃茶的意思。[1]

---

[1] 张爱玲：《留情》，《传奇》增订本，上海：山河图书公司，1946，18—19页。

"吃茶"又是上海话，上海话把喝咖啡、喝酒、喝茶，都叫吃咖啡、吃酒、吃茶。敦凤虽然被人家暗暗地叫姨太太，可是付出代价以后的回报是她比这家亲戚有钱了，所以她看不起这家穷亲戚。通过一个小细节，就是杯子上面的口红会褪色，就好像说我现在已经用香奈儿了，你们还在用深圳东门买的山寨货，茶杯上面都是口红。张爱玲特别细致，用这个来表示女主人公的"胜利"。而且还说她以前穷的时候，别人到她家里来打牌，每次她都要装阔；现在她有钱了，可以吝啬了。

写小说的时候，二十几岁的作家，刚刚恋爱不久，怎么对于这种尴尬婚姻中的微妙无奈，如此理解透彻？写到离开杨家时，张爱玲在这么琐琐碎碎的一个小说里面，突然来了一段罕见的抒情段落，说大家在阳台上看到有彩虹，这时候回眼看到阳台上，"……看到米先生的背影，半秃的后脑勺与胖大的颈项连成一片，隔着个米先生，淡蓝的天上出现一段残虹，短而直，红、黄、紫、橙红。太阳照着阳台；水泥阑干上的日色，迟重的金色，又是一刹那，又是迟迟的"[1]。这又是本书反复提及的张爱玲的特别写法。"看到"阳台上米先生的背影，还有后面彩虹的颜色，这是谁在看哪？是敦凤的眼睛在看？还是小说的叙事者在看？没有说明，翻译的人到了这里就必须加上主语。我

---

[1] 张爱玲：《留情》，《传奇》增订本，上海：山河图书公司，1946，20页。

们中文读者,自然就会意会,我们有阅读默契,不计较这个混淆。好像在客观描写天上的彩虹,但是彩虹又代表了敦凤那个时候的心情。雨过天晴,整个下午都不开心,老公回来,还是给面子,还是靠谱的,老公虽然老了,可就像晚霞,虽然迟了,还是给人很扎实、美好的心情。这个心情就是敦凤的心情,但又没有明说,又可以说是作家在写这段风景。而且这段风景不只是敦凤看到,米先生也在看:"米先生仰脸看着虹,想起他的妻快死了,他一生的大部分也跟着死了。他和她共同生活里的悲伤气恼,都不算了,不算了。米先生看着虹,对于这世界的爱不是爱而是痛惜。"[1]同样是看虹,米先生的感受跟敦凤的心情是不一样的,景色却是一样的。

刚才男人离开时,敦凤对杨老太抱怨,说男人只是她的饭票。可是此刻她心里一高兴,穿衣服的时候亲切地把围巾也给米先生递了上去,说:"围上罢,冷了。"太体贴了,像小夫妻似的。但与此同时,她"……一面抱歉地向她舅母她表嫂带笑看了一看,仿佛是说:'我还不都是为了钱?我照应他,也是为我自己打算——反正我们大家心里明白'"[2]。这个地方写得真是奇妙。本来爱情当中的自私功利打算,就算有也应该掩饰,尤

---

[1] 张爱玲:《留情》,《传奇》增订本,上海:山河图书公司,1946,20页。
[2] 同上书,21页。

其在面和心不和的亲戚面前,为什么还要刻意表露呢?我的解读是,这说明敦凤在用世俗功利观念掩盖她的真实感情。也就是说,敦凤其实对米先生是有点真实感情的,可是这样的真实感情她羞于表达,不便于表达,反而愿意表达她视男人为饭票的功利动机世俗算盘。因为在当时的上海,乃至于今天的世界,世俗社会理解、允许、原谅人为钱算计的婚姻,却不理解、不批准、不相信外在条件不相称的爱。为了粮票可以,为爱不行,连拥有这种感情的女主角自己也不承认,也不批准。她在理性上不能批准自己爱这么一个男的,所以她一面在照顾男人,一面又要在亲戚面前显得好像毫无办法,但是在回家的路上,她想起来要讲那个鹦哥的事情,就是我们开始时讲过的一只鸟的事情。

接下来回家的路上,便出现了小说里最经典的一句话,也是张爱玲所有文字当中比较经典的一句话,我一直不懂,一个25岁的女孩怎么能写出这样一句话:"生在这世上,没有一样感情不是千疮百孔的,然而敦凤与米先生在回家的路上还是相爱着。"[1] 我大概到四十岁以后才开始有点明白什么叫"千疮百孔",作家才二十几岁,她那时候跟胡兰成也还没"千疮百

---

[1] 张爱玲:《留情》,《传奇》增订本,上海:山河图书公司,1946,212页。《倾城之恋——张爱玲短篇小说集之一》,香港:皇冠出版社,1993,32页。

孔",可是她居然说生在这个世上,没有一样感情不是千疮百孔[1]。重要的还不仅是她对现世的悲观,而是后半句,最后她还相信这两个人还相爱着。我们花这么多时间细读这个琐碎、无故事的短篇,就是因为《留情》典型体现了张爱玲小说、张爱玲世界的两极,一极是世俗的精明计算,一极是绝望的感情浪漫。看完以后我们的问题是:这是爱吗?这两个人,一男一女,他们是相爱的吗?我记得我上课的时候问过同学们,两轮举手都没有多少人表态:无论觉得他们是相爱的,还是觉得他们肯定是不爱的,都没有很多人举手,大部分的同学在犹豫,或者说大家都不大理解这种"千疮百孔的爱"。

张爱玲很少写这样一个再普通不过的平凡的二婚故事,但她把这篇小说放在自己集子里头的第一篇。文学一般喜欢写超脱世俗功利的爱,尤其是19世纪欧洲浪漫主义之后的文学。可小说里两个人都很清楚,男人觉得自己到了晚年,应该有人可以照顾他;女人觉得我可以依靠他,这个饭票使她有安全感。整个小说里边,一个在犹豫要不要看生病的妻子,一个在计较男人回不回原来的家。无数的细节、琐碎的对话都在较劲,为

---

[1] 钱谷融先生对张爱玲有这么一段评价:"具体说到张爱玲,我虽然对她缺乏研究,但我觉得她恐怕可以说是一个现世主义者,而她的现世主义则也许是由悲观主义而来。她纵目四顾,只见满目苍凉,少有明丽的亮色,因此就形成了她的悲观主义,使她对人、对社会不敢有什么奢望,也就失去了、进而并拒绝了任何理想。她之所以不能接受傅雷的劝告,其故也正在此。"转引自万燕:《海上花开又花落——解读张爱玲·序言》,南昌:百花州文艺出版社,1996,6页。

什么较劲?这较劲已经不是直接为了利益,也许这千疮百孔、无可奈何就已不是爱了,也许是所有的爱注定就是千疮百孔,爱也许就是由这么多无可奈何的细节构成。《留情》这个题目也非常有意思,夏志清把它翻译成弥留的、延绵不断的感情,这可以用来解释男人对发妻、女人对米先生的感情。可是《留情》还有一个意思,就是手下留情,宽容与爱同行,人生才能走得下去。女主角虽不满,也克制了没发作,男人探病马上回来,都给对方留了面子。所以我觉得现在有个网络用语很好,"人艰不拆"。用"人艰不拆"来解释这个小说十分到位。也不只《留情》一篇是写人艰不拆的婚姻,张爱玲早期还写过《鸿鸾禧》,冷眼旁观一个中产小康人家的婚礼,处处是尴尬的、欢喜妥协的温情。小说中娄太太的委屈与坚强再次显示了中国传统家庭特有的女性的屈辱与坚忍。在另外一部白描式的短篇《等》当中,在按摩师的候诊室里展现了一群无奈的主妇们,都是做作、虚伪、苦恼,但又辛劳坚忍;都在抱怨男人们讨小或者出轨,但又仍然自豪地支撑着家庭运作;而且既盼望牧师、和尚能排忧解难,又寻找草药秘方医治头发。张爱玲的故事,恋爱过程中必有"结婚错综"[1],结婚以后又都是"人艰不拆"——人生

---

[1] "然而敦凤是有'结婚错综'的女人,对于她,每一个男人都是有可能性的,直到她证实了他没有可能性。她执着地说:'我看那人不大好,你觉得呢?'"张爱玲:《留情》,《传奇》增订本,上海:山河图书公司,1946,16页。

都是艰难的，还是不要拆穿吧。

流行小说一般都会描写男女真情如何冲破世俗压力和现实束缚，然后是幸福结局，从鸳鸯蝴蝶派到《青春之歌》，再到琼瑶、张小娴等等，大抵如是；严肃文学则会揭示浪漫感情怎么被世俗压力、现实束缚所制约，甚至摧毁，比方《伤逝》《家》，或者《边城》。张爱玲喜欢写的却是世俗压力细节与现实束缚之中的浪漫情感，于是通俗小说形式便有了与众不同的严肃精神。再简单地概括，通俗小说总是"浪漫胜世俗"，严肃小说大都"世俗压浪漫"，张爱玲笔下的小说则是"两者打平手"，互相渗透。

第 12 章

散文:"张看"与"私语"

陈子善说:"张爱玲的文学生涯是从创作散文起步的。哪怕她没有写过一篇小说,她的散文也足以使她跻身 20 世纪中国最优秀的散文家之列。"[1]张爱玲的散文基本上可以分作两类:一类是"张看"。张看当然是一语双关,张爱玲在看这个社会,同时又有一个人的形象,东张西望。另外一类散文叫"私语",个人记忆,家事隐情,自说自话。

散文集《流言》[2],出得比《传奇》晚一点。这个书名,当然又是带点自贬和反讽,很有些弄堂里邻居间传来传去的意思。张爱玲自己后来做过解释:"以前《流言》是引一句英文——诗?Written on water(水上写的字),是说它不持久,而又希望它像谣言一样传得快。"[3]张爱玲不少篇名有反讽意

---

[1] 陈子善:《流言》编后记,北京:北京十月文艺出版社,2006。
[2] 张爱玲:《流言》,上海:五洲书报社,1944。
[3] 张爱玲:《红楼梦魇》自序,香港:皇冠出版社,2010。

味。比方她的早期小说,多写世俗现实小市民婚恋,很少浪漫幻想武侠英雄,可是结集出版叫《传奇》。她的散文集其实相当知识分子腔,非常理性,可是书名却叫《流言》,望文生义,在网上可能会被删帖——"流言",流言蜚语,有造谣传谣的嫌疑。

我在岭南大学中文系做了6年系主任(2008—2014),前后参加了不少学术会议,其中有两个会特别重要。一个就是2009年的有关"中国当代文学60年"的会,我和王德威、陈思和一起主办。另外更早的一个会就是2000年张爱玲的研讨会,和刘绍铭、梁秉钧一起策划的,参加会议的有夏志清、王德威、刘再复、郑树森,还有作家王安忆、苏童、朱天文等等[1]。在这个会的闭幕式上,王德威教授,不知道他是长期思考,还是偶然地说了一句话:"中国现代文学,从《呐喊》到《流言》。"这句话也可写成:"中国现代文学,从'呐喊'到'流言'。"

《呐喊》是鲁迅最有名的小说集,排在《亚洲周刊》"20世纪中文小说一百强"的第一名,代表时代的声音,反传统,改造国民性,唤醒民众。"呐喊"也是一个关键词,可以用来形

---

[1] 参见许子东:《张爱玲与二十世纪中文文学》,《张爱玲的文学史意义》,香港:中华书局,2011,155—164页。

容概括五四文学感时忧国的精神与姿态。可是现代文学的潮流发展到后来，怎么变成了"流言"？宏大叙事主旋律怎么一步步变成日常生活书写？张爱玲的散文集书名"流言"竟成为与鲁迅传统遥相呼应的时代标志，岂不是令人深思？这是非常有象征意义的说法。回想五四当年，知识分子英姿勃发，热风呐喊，振臂一呼，启蒙救亡。可是五四到今天一百年，今天在网上，还要呐喊，要讲唤醒社会忧国忧民……拜托，谁在听？谁在意？今天流传最广、最多粉丝、最多刷屏的就是各种流言，就是政治的或者风花雪月的未经证实的消息。今天最大胆的呐喊也是采用流言的方式。"谣言"是一个罪名，可是"谣"字，追词源，竟是民间传诵的意思，民谣民谣。当然现在说的谣言是指虚假消息，法律上可以定罪，伪造事实、捏造事件。可是，当年为什么张爱玲那么有"远见"，要把她的散文称之为《流言》呢？当后来的研究者把现代文学史概括成"从《呐喊》到《流言》"的时候，一方面是在讲鲁迅和张爱玲在文学史上的代表性，另一方面也是在探讨现代文学发展趋势，一语双关。我后来出了一本书，就把王德威教授这句话改了，不叫从《呐喊》到《流言》。从《呐喊》到《流言》这个说法，有一个对发展趋势的评判，可我反复思考，又观察现实，实在不能肯定"流言"一定会取代"呐喊"，或者"呐喊"必定战胜"流言"。

所以改书名叫《呐喊与流言》[1]。

张爱玲小说的假想读者，可能是女性居多。当然，男人也可以读，我也是男的。但她的散文，在我看来，似乎更多写给男人看。如果从社会阶层来讲，小说主要是面对都会市民大众及一般文艺青年，可是散文好像是在与知识分子、大学老师和其他作家对话。注意到这个现象，最初只是依据文本阅读，后来一查文学史背景，原来还真有根据。一方面是因为"文学场域"，这是法国一个理论家布迪厄（Pierre Bourdieu）发展出来的概念，研究文学作为一种文化生产机制，与经济政治文化背景的综合关系。当年张爱玲的散文主要发表在《天地》和《古今》。尤其《古今》，是林语堂、周作人传统的文人杂志，讲究闲适、知性、幽默。所以很自然地，在《古今》上发散文，假想读者就会偏男性，偏文人气。张爱玲的小说比较重感性，试图牵动打动男女市民的情感（但感性故事背后也有理性思考）。所以写小说感性，散文要做一些理性的解释。这个解释也包括作家的历史观、文学观。

张爱玲的散文很有成就，但在文学史上也很难安放。整个中国现代散文，大致上是四种趋势，四个流派。一派是鲁迅战

---

[1] 许子东：《呐喊与流言》，上海：上海文艺出版社，2004。

斗的、讽刺的杂文，匕首短刀一针见血。比较可惜，除了鲁迅还是鲁迅，学他的没几个像他；台湾有个李敖，但有鲁迅的刻薄，缺鲁迅的敦厚。香港现在写散文专栏非常犀利的有陶杰，锋芒毕露，颇有争议，当然也是和鲁迅不同，无法比较。

第二派就是周作人的冲淡闲适、自己的园地，这派的散文家最多，郁达夫、废名、丰子恺等等。文人散文主要有两种书写对象：一种是风景山水，其实是自己的心情；一种是小狗小猫、故乡野菜等等。这类散文按周作人的标准，文字要"简单"和"涩"。当然鲁迅有一部分散文也包括在这个类型里面，比方说《朝花夕拾》，温馨冲淡。

第三派就是冰心、朱自清等，温柔敦厚，亲情伦理。因为1930年代，夏丏尊、叶圣陶、朱自清他们办《中学生》杂志[1]，还

---

[1]《中学生》杂志创刊于1930年1月，以中学生为读者群，由开明出版社出版。前12期主编为夏丏尊，自1931年3月号（总第13号）起，改由叶圣陶主编，助手为其夫人胡墨林。杂志特约撰稿人有：朱自清、朱光潜、周作人、俞平伯、林语堂、贺昌群、郑振铎、丰子恺、周予同、王伯祥、徐调孚、傅东华等，蔡元培、郁达夫、李石岑也曾在杂志上发表文章。1937年8月至1939年4月，《中学生》杂志因抗日战争原因停刊。直到1939年5月，在胡愈之、傅彬然、宋云彬、丰子恺等人的帮助下，《中学生》在桂林复刊，改名为《中学生战时半月刊》。为适应战时的需要，改为半月刊，每期32面，16开本，封面上加印"战时半月刊"的字样。编纂委员会由王鲁彦、宋云彬、胡愈之、唐锡光、张梓生、傅彬然、贾祖璋、丰子恺组成，推定宋云彬、贾祖璋、傅彬然承担约稿、审稿的事宜，请在四川乐山的叶圣陶当社长。每期稿子由桂林航空寄给叶圣陶审稿。《中学生战时半月刊》一直发行到新中国成立之后，又改为《中学生》继续发行。

有开明书店编教材[1],他们影响了后来几十年的中国语文教育。中学生要学中文,首先学的是这个流派。当然,这一类文风后来最"冰心"的,却都是在台湾,大陆除了冰心自己一贯"冰心"以外,其他人都学不像。台湾有张秀亚、张晓风、席慕蓉、琦君等很多女作家,都是强调这个风格。我印象最深的是琦君,写她夜宿旅馆,有一只老鼠在她床头偷吃巧克力。她开了灯以后就说:别动、别动!你慢慢吃,不要对我们人类害怕。老鼠果然不动,她也不动,僵持了很久以后,老鼠吃了一口,她就在那里说:好,再吃、再吃!琦君这个散文真是很"冰心",太可爱了[2]。这类散文容易得奖,我做过好多次散文的评奖,有一次到最后决选的时候只剩两篇,一篇是学钱锺书讽刺风格,

---

[1] 开明书店是20世纪上半叶在中国上海开设的一个著名出版机构。1925年,原商务印书馆《妇女杂志》主编章锡琛,因提倡"新性道德"遭停职,之后创《新女性》杂志,因杂志销路很好,渐渐打开局面促成开明书店的成立。1926年8月1日,章锡琛、章锡珊兄弟在宝山路宝山里60号章锡琛住宅正式成立开明书店。1929年,开明书店改组为股份有限公司,杜海生、章锡琛先后任经理。开明书店规模扩大后,发行所迁至中区福州路,总店迁址东区梧州路300号。1937年淞沪会战中,梧州路总店毁于战火。1941年,范洗人在广西桂林设立总办事处,后迁重庆,1946年迁回上海。与商务印书馆及中华书局类似,台湾也有一个台湾开明书店。1950年,在大陆的开明书店实行"公私合营",1953年与青年出版社合并改组为中国青年出版社,迁北京。开明书店拥有夏丏尊、叶圣陶、顾均正、唐锡光、赵景深、丰子恺、王伯祥、徐调孚、傅彬然、宋云彬、金仲华、贾祖璋、周予同、郭绍虞、王统照、陈乃干、周振甫等学者、作家担任编辑工作。其作者群也十分庞大,其中读者比较熟悉的有:杜亚泉、范文澜、郭沫若、冯友兰、高长虹、顾寿白、胡伯恳、胡绳、黄裳、刘半农、郁达夫、闻一多、柯灵、老舍、鲁迅、舒新城、汪静之、巴金、冰心、茅盾、朱自清、朱光潜、丰子恺、郑振铎等。开明书店共出版书刊约1500种,其中出版教科书包括:林语堂《开明英文读本》《活页文选》等;青少年读物:《开明青年丛书》《世界少年文学丛刊》等;古籍及工具书:《二十五史》《二十五史补编》《十三经索引》《十六种曲》及《辞通》等;刊物:《中学生》《文学周报》;文学作品:茅盾的《虹》《蚀》《茅盾短篇小说集》以及巴金的《家》《春》《秋》《巴金短篇小说集》等。
[2] 琦君:《人鼠之间》,《我爱动物》,台北:洪范书店,1988,15—20页。

文字很好；另外一篇写爸爸生癌，她每天给爸爸送药。没办法，评委想想，生癌这件事不会编的吧，必定真情，所以最后这篇散文得奖了。征文比赛，这类故事总是很多。现在看电视，《中国好声音》《美国达人秀》等等，常常有这些悲情故事。我爸爸脚坏了，要上山背我上学，或是妹妹得了白血病，所以我一定要唱歌等等，台上台下眼泪汪汪，追根溯源，都属于朱自清、冰心的传统。如果是张爱玲写，"一直等她（母亲）出了校门，我在校园里隔着高大的松杉远远望着那关闭了的红铁门，还是漠然，但渐渐地觉到这种情形下眼泪的需要，于是眼泪来了，在寒风中大声抽噎着，哭给自己看"[1]。送别母亲时的眼泪也是因为情境需要而流，太抽离了，解构"冰心"。

第四类，从梁遇春开始，到林语堂、梁实秋、钱锺书，一直到董桥，是文人的英式散文，通常是谈谈读书，讲讲典故，写点家居、雅舍小品。梁实秋的《雅舍小品》[2]是非常重要的承上启下的作品。1940年代上海的《古今》杂志基本上就是《宇宙风》《人间世》《语丝》这个传统一路发展过来的。

在以上中国现代散文的四个基本流派线索中，不知应将张爱玲归入哪一类哪一派。当然，她不像鲁迅那么战斗，她没有

---

[1] 张爱玲：《私语》，上海：《天地》第10期，1944年7月；收入《流言》，台北：皇冠出版社，1982。
[2] 梁实秋：《雅舍小品》，台北：正中书局，1949。

那么强烈的批判讽刺。唯一一次，她有一篇散文，说街上看到一个劳苦大众被欺负，她说我要是什么主席夫人，我就可以帮小市民报仇[1]。最后这篇文章被人骂，什么想法，想做主席夫人？她的散文也不写山水抒情，张爱玲小说里面的主人公一旦遭遇精神危机走投无路时就会需要山水风景（有时也不知是主人公在看山水还是叙事人在观风景），反而在散文里她基本不写山水，主要是讲知性发议论。而且她的散文也很少写花瓶、瓷器、耳环、珠珠等等小说常用材料，甚至小狗小猫也罕见。张爱玲倒也喜欢用散文写自己的家庭家族，可是家事私语一点都不温情。如果要她写老鼠吃巧克力的话，张爱玲大概会说：去去去去……把我衣服领子咬坏了怎么办？你看我这里有跳蚤、虱子，你抓抓这个吧。或者张爱玲会说，把老鼠赶走以后，我睡觉整夜梦见老鼠。

相对来说，几种散文流派之中，张爱玲最接近的还是那种洋味的知性的 essay，可是她没有幽默。她母亲早就跟她说过，"如果没有幽默天才，千万别说笑话"[2]。张爱玲的文章，幽默不是她的特色。张爱玲的散文别具一格。别具一格是一个用滥的词，可是她的确是。为什么几大流派都放不进去？她的散文是

---

[1] 张爱玲：《打人》，上海：《天地》第9期，1944年6月。
[2] 张爱玲：《天才梦》，《张看》，台北：皇冠出版社，1985，279页。

从英文写起的，所以一开始就有一个向外国人讲述中国，或者不知不觉从西方现代视角看中国民俗社会的倾向。她最初的题材就是中国的服装、京戏等等。这好像有点"自我东方主义"的味道，但是在她的散文写作当中，又不会假想西方的观念趣味必然高于中国传统文化，因此也不会只想到解剖改造国民性。所以张爱玲的散文始于用西方观念来审视中国，却同时又有意无意解构西方的观念。看上去是"东方主义"，其实有意无意解构"东方主义"。小说《第一炉香》首段对香港半山大宅的描写已有这种双重批判。但真正发现挑战"东方主义"的困难，还是在她1950年代到美国生活想用英文写作中国故事的时候。

在我看来，张爱玲的散文有两个要点：第一就是光明正大地书写"小市民"宣言，比较系统地体现了作家以普通市民百姓为本位的社会历史发展观。在小说里，张爱玲既批判揭露也解析同情都会小市民的人性悲剧。可是在散文里，因为假设的读者对象是知识分子，不是小市民，这个时候作家便有意替小市民辩护，甚至以小市民自居，美化小市民这个社会阶层。换言之，小说是写给小市民看的，因此隐形作者其实有点居高临下，洞察普通人的生活悲剧和人性弱点，很可怜，苦苦挣扎，没有一种感情不是千疮百孔，让小市民们理解你们自己的梦境和处境。可是，在散文里，因为假想读者不是小市民，是自认为有忧国启蒙救亡责任的以男性为主的读书人,这个时候,张爱玲要千方百计地替小市民说话,替他们辩护。因此不再有那么多的揭露,不再哀小市民不幸,怒女人们不争,反而歌颂走在菜场里的小市民、身上打满补丁的买菜的男男女女,是中国的日夜,是中国的现实,也是中国的明天。所以,张爱玲的小说跟散文,对象不同,功能不同,目的也不同。

以散文发表"小市民"宣言,给以为不久都要参与治国(或者自以为要参与治国)的知识分子看,第一步,作家就是把自己先放低,她把自己形容成一个小市民。比方说,张爱玲认为"自己有一个恶俗不堪的名字,明知其俗还不打算换一个……我愿意保留我的俗不可耐的名字,向我自己做一种警告,设法除去一般知书识字的人咬文嚼字的积习,从柴米油盐、肥皂、水和太阳之中去找寻实际的人生"[1]。人们可能很难想象中国现代最有名的剧作家叫万家宝,但能指所指的关系又是任意的,人们照样接受一个重要作家名字叫爱玲(大约相当于城市版的翠花)。张爱玲写自己不仅名字"俗",也很虚荣:"以前我一直这样想着:等我的书出版了,我要走到每一个报摊上去看看,我要我最喜欢的蓝绿的封面给报摊子上开一扇夜蓝的小窗户……我要问报贩,装出不相干的样子:'销路还好吗?——太

---

[1] 张爱玲:《必也正名乎》,上海:《杂志》第4期,1944年1月。

贵了，这么贵，真还有人买吗？'"[1] 张爱玲最让人记住的名言就是："呵，出名要趁早呀！来得太晚的话，快乐也不那么痛快。"[2] 这句话"流毒"甚广，和"女人该花男人钱"一样，成为 1990 年代张爱玲变成中国小资阶层消费品的关键广告词。同样毫不掩饰的自恋，还有一段："最初在校刊上登两篇文章，也是发了疯似的高兴着，自己读了一遍又一遍，每一次都像是第一次见到。现在已经没那么容易兴奋了。所以更加要催：快，快，迟了来不及了，来不及了！"[3] 当然张爱玲的来不及，既是世俗虚荣欲望，也隐含悲观主义："个人即使等得及，时代是仓促的，已经在破坏中，还有更大的破坏要来。"[4] 如果从特定时间、出版环境、政治人事等等上下文语境中抽离出来，当然今天的人们可能只看见"出名要趁早"的小资虚荣，而不明白"时代是仓促的"的深刻忧虑。

最能体现张爱玲散文"小市民气息"的，是她描述自己买东西的文章。有篇文章令我印象最深，《童言无忌》。什么是《童言无忌》呢？意思就是说，你们都是评论家、大人、文人，小孩我乱说话，没关系吧。我个人喜欢张爱玲，说实在是

---

[1] 张爱玲：《〈传奇〉再版的话》，《传奇》再版本，上海：杂志社，1944 年 9 月。收入《华丽缘》，香港：皇冠出版社。
[2] 同上。
[3] 同上。
[4] 同上。

从那篇文章中的一段话开始的。最初不是因为她的小说,也不是因为她的别的理论。哪句话呢?说来很庸俗,居然是血拼,shopping——

> 眠思梦想地计划着一件衣裳,临到买的时候还得再三考虑着,那考虑的过程,于痛苦中也有着喜悦。钱太多了,就用不着考虑了;完全没有钱,也用不着考虑了。我这种拘拘束束的苦乐是属于小资产阶级的。每一次看到"小市民"的字样我就局促地想到自己,仿佛胸前佩着这样的红绸字条。[1]

朝思暮想想买一件东西,犹豫了很久来到柜台前面,结果还在那里纠结,这么简单的一句话,为什么就喜欢了呢?读到这段话的时候,我正好在美国加州大学洛杉矶分校读研究生。之前我已是中国大学里最年轻的副教授(中文系),从来不觉得自己是小市民。可是我当时看中了一对音箱,多次从这家店经过,拿自己不同类型的CD试听,看到有8折后还问,会不会有多点折扣啊?Give me more discounts?然后再比较别的音响。

---

[1] 张爱玲:《童言无忌》,原载上海《天地》第7、8期,1944年5月,收入《流言》,台北:皇冠出版社,1982,9页。

还是觉得贵，留学生嘛。后来有一天，1990年代初，洛杉矶有暴动，历史上都有记载，有几个美国警察涉嫌打一个超速的黑人，法院还判警察无罪。那一天洛杉矶很多地方有骚乱（当时张爱玲也住在洛杉矶），就在暴动那天，我看到报上说这家店要搬迁，有半价，就在暴动的十号公路附近。去不去呢？犹豫半天，我居然去了，真是小市民！开车去的，十号公路，周围像打仗一样，在美国从来没见过这样子，像电影里的场景，东一堆火，西一堆烟，很多人在超级市场里面抢东西……就在那一天，我进了那家音响店，临买之时还在犹豫，因为想到我是"冒着生命危险"，这才买下，半价。就在这件事情发生了以后不久，我读到了张爱玲《童言无忌》中的那段话（几乎没有人会特别注意这段话），怎么说出了我的心声？钱太多了，没有这样的问题；完全没有钱，也没有这样的问题。拘拘束束的快乐就属于"我们小资产阶级"。我这时发现，有时候我们喜欢一个作家，真的不需要太多原因，一句话就行了。哪怕是一句并没有什么光环的话。一句话，你就会觉得和另一个时代、另一个空间的某人，心是相通的。而相比之下，挤在你身边周围、地铁上、公司里的那些人，他们挤在你的身边，其实离你很远。

但深思下去，张爱玲说这句话不是开玩笑，"每一次看到'小市民'的字样我就局促地想到自己，仿佛胸前佩着这样的红绸字条"。在特定历史语境里，一块红布别在胸前什么意思？这是政治符号，是社会标签，委员代表才能"胸前佩着这样的红绸字条"。可是小市民却是谁都不要的符号，知识分子看不起小市民，有钱人、当官的看不起小市民，无产阶级不喜欢小市民，小市民自己也不喜欢这个身份。尤其是当小市民被学术界弄成是小资产阶级以后，这个"小资"还有政治上的贬义。所以，在文学界，最典型反映小市民趣味的是鸳鸯蝴蝶派，可是鸳鸯蝴蝶派从来不承认他们是小市民，他们都使用很优雅的词汇，松竹梅霜清风寒月，沙滩月亮烛光晚餐，巴黎铁塔威尼斯坐船，绝不会说自己是小市民。

代表小市民理想的是张恨水，张恨水的作品在民国时期销得非常好，可是张恨水一点没有后来郭敬明他们的自豪。张恨水的《啼笑因缘》前言，当年是用白话文来写，因为他平常写的都是半文言。他很谦虚地拿去请当时的邻居老舍看，说我试着为跟进时代，用白话写前言成不成？老舍就鼓励他，说不错不错，写得挺好！张恨水就把它放在《啼笑因缘》前面。张恨水去世以后多年，苏州大学的教授范伯群，编了一些鸳鸯蝴蝶派的资料，把张恨水放进去。据说家属有意见，认为张恨水不是鸳鸯蝴蝶派，《八十一梦》，抗日题材，是现实主义作家。所以中国哪有人尤其是作家跑出来说，我是小市民？说自己贫下中农的有,说自己工人阶级的有,说自己是知识分子的有,说自己是实业家的有,说自己红二代的有,甚至说自己"流氓"的也有,就没有一个人跑出来说自己是小市民。小市民的作家作品我们看得多了,可是他一定出来说烛光晚餐,说心灵美丽。

可是偏偏张爱玲打正旗号说自己是小市民,后来在不同的散文里都将小市民趣味拉进她的整个生活趣味,比方说她讲自己的喜好,"……我都喜欢,雾的轻微的霉气,雨打湿的灰尘,葱蒜,廉价的香水"[1]。香水还要廉价的,这是他人避之不及的,喜欢葱蒜,则近于骂人的话。今天对一个女作家说你的小说像廉价的香水,她恐怕会恨你。张爱玲还有很多奇怪的爱好也要在散文中夸耀,比方说她喜欢闻汽油味道,坐车特别要坐在汽车夫旁边。那个时候汽车质量大概也差,坐在汽车夫旁边还能闻到汽油味。她说汽车发动以后,在她后面那个"布布布"放气她很开心,还喜欢用汽油擦洗衣服。一般的高尚住宅都标榜安静,张爱玲住在靠近静安寺的常德公寓,当年也是上海的豪宅,当然现在是被香格里拉大酒店等玻璃大厦包围,不过仍然不失旧上海大楼的气派。可是张爱玲却说住在大楼里周围很多声音,她不但不觉得吵,反而声称喜欢听市声,吵没关系,电车铃声,街上人声,邻居吵闹,都亲切。她还喜欢一些

---

[1] 张爱玲:《谈音乐》,上海:《苦竹》第1期,1944年11月。

很世俗的小市民生活的气味,牛奶烧煳了,火柴烧黑了,饭烧焦了香气闻见了就觉得饿。甚至油漆的气味,因为簇簇新,所以是积极奋发的……现在的人们,现在的小资,搬进新装修的房子如果有气味,一定说不能搬,对身体不好,不环保,至少过一个月才能住……可是张爱玲说,油漆的味道,是积极奋发的,不讲究。还有什么"火腿咸肉花生油搁得日子久,变了味,有一种'油哈'气,那个我也喜欢……烂熟,丰盈,如同古时候的'米烂陈仓'。香港打仗的时候我们吃的菜都是椰子油烧的,有强烈的肥皂味,起初吃不惯要呕,后来发现肥皂也有一种寒香。战争期间没有牙膏,用洗衣服的粗肥皂擦牙齿我也不介意"[1],等等等等。

张爱玲在散文中所暴露(或者说所塑造)的自己的形象,层次似乎不高,难怪她母亲不满。重要的不是一个上海 lady 这些似乎不那么高雅的品位,重要的是为什么她还要用散文来渲染这些趣味?为了证明什么?为了证明她并不以小市民为耻,跟布尔乔亚比,自己世俗得有理;和普罗列塔利亚比,也辛苦生活所以不必自卑。张爱玲在散文中写到街上看风景:"上街买菜,恰巧遇着封锁,被羁在离家几丈远的地方……一个女佣企图冲过防线,一面挣扎着,一面叫道:'不早了呀!放我回去烧

---

[1] 张爱玲:《谈音乐》,上海:《苦竹》第1期,1944年11月。

饭罢！'众人全都哈哈笑了。坐在街沿上的贩米的广东妇人向她的儿子说道：'看医生是可以的；烧饭是不可以的。'"[1]这番对话，活画出战争背景下的小市民百姓的无奈。张爱玲以自我为例，不扮雅只扮俗，欣赏赞扬或者至少理解这些普通的小市民的趣味。张爱玲为小市民写这么多的好话，背后的潜台词就是说：老百姓，只有老百姓才是推动社会历史发展的真正动力。当然，她这个想法是通过她的文学观来体现的。

---

[1] 张爱玲：《道路以目》，上海：《天地》第4期，1944年1月。

第 13 章

散文中的文学观与历史观

张爱玲散文的第二个重要特点就是阐述她的文学观,为她的小说创作提供理论辩护。有一篇重要的散文题为《自己的文章》,起因是响应当年傅雷化名迅雨的批评文章。其实迅雨的文章也不完全是批评,对《金锁记》就十分赞扬,对于《倾城之恋》《第二炉香》则有点批评。张爱玲当年并不知道迅雨就是傅雷,多年以后宋淇告诉她,她也没怎么特别后悔。这中间还有点文坛八卦,张爱玲还写过一篇小说,《殷宝滟送花楼会》,无意当中拆散了傅雷的一段婚外情[1]。当然,这跟《自己的文章》及其主要观点没关系。在《自己的文章》中,张爱玲为自己的文学观努力辩护。为什么题目叫做《自己的文章》?之前

---

[1]《殷宝滟送花楼会》,最初发表于 1944 年 11 月《杂志》。1982 年张爱玲在给宋淇的信中说:"(《殷宝滟送花楼会》)写得实在太坏,这篇写傅雷。他的女朋友当真听了我的话到内地去嫁了空军,很快就离婚,我听见了非常懊恼。"宋以朗:《宋家客厅》,广州:花城出版社,2015 年。

讲过另一篇散文题目《童言无忌》,意思是小孩说话(在文坛上人微言轻),你们不要计较。《自己的文章》什么意思?原来旧社会有句老话:"文章是自己的好,老婆是人家的好。"——又是学术跟性的结合。张爱玲的文章是写给知识分子看的,所以潜台词是你们男人大概觉得"老婆是人家的好",我就说"文章是自己的好":

> 我发现弄文学的人向来是注重人生飞扬的一面,而忽视人生安稳的一面。其实,后者正是前者的底子。又如,他们多是注重人生的斗争,而忽略和谐的一面。其实,人是为了要求和谐的一面才斗争的。[1]

张爱玲这类散文有点像论说文,甚至像论文,虽然没那么严密。以上引文很重要,她直接指出了五四文学主流的局限,从鲁迅"听将令"《呐喊》到文学研究会写"血与泪的文学",特别是后来的左翼文学强调阶级斗争,鼓励被侮辱被损害者一定要反抗战斗。所有这些文学都是注重人生的飞扬、人生的斗争,可是张爱玲说,其实,人是为了要求和谐的一面才斗争的。在斗争当中,普通老百姓、小市民的生活会不会被忽略了呢?

---

[1] 张爱玲:《自己的文章》,上海:《苦竹》第2期,1944年12月。

超人文学只看到斗争。张爱玲是这样说的:"强调人生飞扬的一面,多少有点超人的气质。超人是生在一个时代里的。而人生安稳的一面则有着永恒的意味,虽然这种安稳常是不安全的,而且每隔多少时候就要破坏一次,但仍然是永恒的。它存在于一切时代。它是人的神性,也可以说是妇人性。"[1]

最后关于"妇人性"这段文字,当年在 UCLA 讨论课上我们有很多讨论。美国的学者很惊讶,说张爱玲没有读过几十年以后西方学术界流行的各种女性主义学说,可是她却有这样的宣言。她把常人柴米油盐与超人启蒙救世相对,把日常生活和宏大叙事相对,再把常人生活价值提高到社会发展规律的层面,再把"人的神性"联系到女性主义的所谓"妇人性"[2]。不得不承认,这些散文中的议论,颇有些理论上的超前性。男人要求斗争,只是一个阶段,那个时候人们觉得巴金、茅盾、赵树理都比张爱玲重要,可是张爱玲认为她写的小市民日常生活是更长久的,因为街头田野打仗就这么些年,婚恋感情当中的战斗可是一直要持续下去的,男女的战争比国共的战争时间要长。对文学来说,斗争伟大,却不能说生活不重要。斗争是破坏性的,破坏之后,破坏之中,求和谐却是永恒的,所以这个才是

---

[1] 张爱玲:《自己的文章》,上海:《苦竹》第 2 期,1944 年 12 月。
[2] 同上。

神性，这个才是妇人性。再简单来说，你们男人就只懂一时的争权夺利，我们女人才懂得天长地久过日子。

这番话白流苏早说过了，看到范柳原在那里跟她讲地老天荒、讲诗经，她就说了，精神恋爱由你讲，找佣人还是我说了算。读者当时可能觉得这是在讽刺这个女的小市民无知，她对着知识分子很自卑吧？不是！张爱玲在这里用白流苏的肤浅在讲很深的道理，这个深的道理对我们人类社会来说，就是柴米油盐衣食住行才是我们人生的根本。中国人花了多少年，才搞清楚这么一个基本的道理。1940年代很少有理论家提到这个高度来讲。张爱玲这番话，却是伴随烧煳的牛奶味道，跟汽油味、发霉味一起说的，是和在战争封锁线下仍惦记着回家做饭的、无足轻重的、傻乎乎的小市民群像结合起来说的。在散文里，张爱玲到街上看风景，不看豪车或者霓虹灯，就看黄包车夫打瞌睡、小市民怎么买菜。

《传奇》的最后一篇是《中国的日夜》，顶了这么大的一个忧国忧民的、五四风格的题目，内文只是讲一个菜场，讲很多人身上的补丁，讲那些走在菜场里的人群，他们就是中国的日夜。张爱玲这种政治上的远见，到底是碰巧了呢？还是怎么回事？我们再读她一段文字："文学史上素朴地歌咏人生的安稳的作品很少，倒是强调人生的飞扬的作品多，但好的作品，还是在于它是以人生的安稳做底子来描写人生的飞扬的。没有这底子，飞扬只能是浮沫，许多强有力的作品只予人以兴奋，不能予人以启示，就是失败在不知道把握这底子。"[1]这些话，结合之后几十年中国当代文学史的发展，现在读来，真是耐人寻味。

张爱玲23岁写小说时，仿佛只凭感官直觉就写出这么多千疮百孔的小市民爱情故事，但从散文看，其实她也有一套理论。我们缺乏数据可以证明，这些与五四主流意识形态（鼓吹"无产阶级文学"，着重写乡村苦难，强调知识分子矛盾与困境等）很不相同的强调小市民历史作用的理论，当时在多大程度上受到胡兰成的影响。大部分早期作品是在张爱玲认识胡兰成以前已经写了。张爱玲在《自己的文章》中写道："斗争是动人的，因为它是强大的，而同时是酸楚的。斗争者失去了人生的和谐，寻求着新的和谐。倘使为斗争而斗争，便缺少回味，写了出来也不能成为好的作品。"[2]这好像是预言了20世纪五六十年代中国文学的问题。张爱玲用散文阐述自己的文学观时，表现出一种自知之明："一般所说'时代的纪念碑'那样的作品，我是写不出来的，也不打算尝试……"[3]幸福生活，也包括爱情，张

---

[1] 张爱玲：《自己的文章》，上海：《苦竹》第2期，1944年12月。
[2] 同上。
[3] 同上。

爱玲说:"我以为人在恋爱的时候,是比在战争或革命的时候更素朴,也更放恣的。……和恋爱的放恣相比,战争是被驱使的,而革命有时候多少有点强迫自己。"[1]这个说法还是有点片面。文学史上有很多写人性又写斗争的经典,《战争与和平》《悲惨世界》恰恰是写革命战争中的恋爱。当然,张爱玲把恋爱写成战争,也是以特别的方法来写人性。"真的革命与革命的战争,在情调上我想应该和恋爱是近亲,和恋爱一样是放恣地渗透人生的全面,而对自己是和谐。"[2]

张爱玲通过她的散文,第一,表达了她以"小市民"为社会动力的历史观;第二,表达了她的文学观,不是讲斗争、讲飞扬的超人精神,而是讲稳定、和谐的人生底子。此外,她还讨论了一个我们今天都要碰到的现实问题,就是怎么面对读者。"要迎合读者的心理,办法不外这两条:(一)说人家所要说的,(二)说人家所要听的。"[3]这个概括,像是废话,其实精彩。说人家所要说的,其实就是当时和后来的革命文学、主流文学,替群众说话;说人家要听的,那就是通俗文学、流行文学,投大众所好。"说人家所要说的,是代群众诉冤出气,弄得好,不难一唱百和。可是一般舆论对于左翼文学有一点常表不满,那

---

[1]《自己的文章》,上海:《苦竹》第2期,1944年12月。
[2] 同上。
[3] 张爱玲:《论写作》,上海:《杂志》第13卷第1期,1944年4月。

就是'诊脉不开方'。逼急了,开个方子,不外乎阶级斗争的大屠杀。现在的知识分子之谈意识形态,正如某一时期的士大夫谈禅一般,不一定懂,可是人人会说,说得多而且精彩。女人很少有犯这毛病的,这可以是'男人病'的一种……"[1]张爱玲不满1940年代讲阶级斗争的文人,觉得这是一种"男人病"——明明是不同的社会政见,却马上联系性别差异,暗示阶级、民族矛盾背后的性别战争。

那么要是说人家要听的呢?张爱玲说:"作者们感到曲高和寡的苦闷,有意地去迎合低级趣味。存心迎合低级趣味的人,多半是自处甚高,不把读者看在眼里,这就种下了失败的根。"[2]这意思就是,为了读者而迁就读者,写小市民的庸俗不幸,作家觉得自己很高,从上往下看……张爱玲认为这种写法一开始就错了,失败了,因为你没有站在"小市民"的立场上。这里如果把"小市民"改为"群众"或"大众",张爱玲的想法倒与同一时期延安的理论不谋而合,关键是立场。可是,张爱玲真的就是"小市民"吗?当然不是,但她能够写,而且写得既不同于张恨水,也不同于赵树理,其间差异,非常复杂。

举一个具体例子,张爱玲好的散文很多,《谈女人》《私语》

---

[1] 张爱玲:《论写作》,上海:《杂志》第13卷第1期,1944年4月。
[2] 同上。

《烬余录》,等等。有一篇《谈音乐》,是"张看"跟"私语"两种风格结合得最好的一篇作品。就是说,它既能俯视又能平视小市民。《谈音乐》第一句话:"我不大喜欢音乐。不知为什么,颜色与气味常常使我快乐,而一切的音乐都是悲哀的。"然后她说了一堆音乐的不好,主要是西洋音乐不好,这一点有意挑战知识分子情调讨好小市民趣味的味道。张爱玲把气味、颜色和音乐等感官因素搞在一起,转了一大圈,有几段文字非常有意思:"气味总是暂时的,偶尔的;长久嗅着,即使可能,也受不了。所以气味到底是小趣味。而颜色,有了个颜色就在那里了,使人安心。颜色和气味的愉快性也许和这有关系。不像音乐,音乐永远是离开了它自己到别处去的,到哪里,似乎谁都不能确定,而且才到就已经过去了,跟着又是寻寻觅觅,冷冷清清。"[1]西方美学的传统观点,如亚里士多德认为,音乐是"最富于模仿性的艺术","节奏与乐调不过是些声音,为什么它们能表现道德品质而色香味却不能呢?"亚里士多德的答案是"因为节奏与乐调是些运动,而人的动作也是些运动"[2]。可张爱玲在这里故意捣乱,偏要将色香味等视觉、嗅觉、味觉因素(小市民趣味)与音乐相提并论甚至扬此贬彼。但文章发

---

[1] 张爱玲:《谈音乐》,上海:《苦竹》第1期,1944年11月。
[2] 参见朱光潜:《西方美学史》(上册),北京:人民文学出版社,1979,79页。

在"语丝"风格的《苦竹》上,又是写给知识分子、文人看的。张爱玲又说,我最怕的是凡哑林,凡哑林就是 violin,西化知识分子的符号小提琴。"……水一般地流着,将人生紧紧把握贴恋着的一切东西都流了去了。"通常小资文青最喜欢说钢琴像王子,小提琴像公主,因为小提琴比较缠绵,比较流动,可是张爱玲的感受是,它这个流动就把人生可以抓住的东西都带走了。"胡琴就好得多,"反过来她说,"虽然也苍凉,到临了总像着北方人的'话又说回来了',远兜远转,依然回到人间。"[1]看来,张爱玲讲音乐,完全借题发挥,抑洋扬中,实际上是为本土小市民或者说国学传统在辩护(当然了,胡琴是不是国货那也另当别论)。

"凡哑林上拉出的永远是'绝调',回肠九转,太显明地赚人眼泪,是乐器中的悲旦。我认为戏里只能有正旦贴旦小旦之分而不应当有'悲旦','风骚泼旦','言论老生'。"接下去的一段文字值得欣赏:

> 大规模的交响乐自然又不同,那是浩浩荡荡五四运动一般地冲了来,把每一个人的声音都变了它的声音,前后左右呼啸喊嚓的都是自己的声音,人一开口就震惊于自己

---

[1] 张爱玲:《谈音乐》,上海:《苦竹》第 1 期,1944 年 11 月。

的声音的深宏远大;又像在初睡醒的时候听见人向你说话,不大知道是自己说的还是人家说的,感到模糊的恐怖。[1]

张爱玲早期小说喜欢"逆向营造意象",以身边室内可闻、可触的实体,来逆向形容大的、抽象的、虚的东西。在一般情况下,人们会习惯用音乐来形容革命运动,比方说学生运动波澜壮阔像交响乐。郭沫若有首很有名的诗,歌颂坐在飞机上写字的毛泽东:"在一万公尺的高空,在图-104的飞机之上,难怪阳光是加倍地明亮,机内和机外有着两个太阳!不倦的精神啊,崇高的思想,凝成了交响曲的乐章,像静穆的丛山峻岭,也像浩渺无际的重洋!"[2]这是一种非常典型的诗歌意象,就是把领袖的精神思想,比作交响曲的乐章。可是张爱玲把喻体本体倒过来,交响曲像什么?像五四运动一般地冲了过来。这是一个陌生化的意象,可是这个意象下面,却句句可以是写实。"……把每一个人的声音都变了它的声音,前后左右呼啸喊嚓的都是自己的声音……"要是到音乐厅听过交响乐一定会有这样的感受,联想到自己在广场上,或者参加什么大的群众运动,你一开口,就震惊于自己声音的伟大,因为你搞不清楚周围的声音

---

[1] 张爱玲:《谈音乐》,上海:《苦竹》第1期,1944年11月。
[2] 郭沫若:《题毛主席在飞机中工作的摄影》,最初发表于《中国青年》第4期,1958年。亦发表在1985年2月28日的香港《文汇报》上。

哪个是别人的，哪个是自己的……张爱玲这一段在写实层面用革命运动来讲交响乐，又在象征层面用交响乐讲到革命运动：不仅是气势、波浪、高潮，而且前后左右都被声音包围，没办法，这就是交响音乐跟革命运动的共通点，每个人都在里面发光燃烧，焕发无穷的能量。张爱玲又说，前后左右都在喊，就像你刚睡醒的时候，有人跟你说话，那时候搞不清楚是你自己说还是别人说，模糊的恐怖。这不仅是在延续鲁迅唤起黑屋子里的沉睡者的主题，而且还反讽了被启蒙大众在运动中似醒似睡被催眠后的不幸的后果，这是藉音乐表达她对政治的看法，典型的以"流言"反省"呐喊"。

20世纪中国文学有几个非常著名的意象，第一个是鲁迅说的：地上本没有路，走的人多了，也便成了路。第二个也是鲁迅说的：一间铁屋子，很多人在里面睡觉，没有窗，里面的人不久就要闷死了，但是没有知觉。现在你大嚷起来，惊醒了几个人，但是没有出路，这么做有什么好处？……这样的启蒙方式和意想不到的后果，今天仍值得反省。在我看来交响乐像五四运动一般地冲了来，前后左右都是声音，不知道是自己还是别人的声音……也是一个非常重要的意象。鲁迅写的是革命前，走向革命；张爱玲写的是革命中，或者革命后的反省。"乐队突然紧张起来，埋头咬牙，进入决战最后阶段，一鼓作气，再鼓三鼓,立志要把全场听众肃清铲除消灭。而观众只是默默抵抗着,都是上等人,有高级的音乐修养,在无数的音乐会里坐过的;根据以往的经验,他们知道这音乐是会完的。"[1]

不要想太多,这段文字就是讲交响音乐会。台湾女作家陈玉慧有一次开会发议论,说交响音乐的作曲家多数是男的,因为交响音乐的基本节奏就是模仿男性的性行为。很少有女作曲家写这样的交响乐。有人问那女性喜欢什么音乐?她说室内乐,一直绕着,没完没了,很多高潮,像巴萨的球风。我后来查了一下,著名的交响音乐作曲者大多数真是男的,那结尾都是哒、哒、哒、哒,当——不过这可能是巧合,我缺乏医学和音乐方面的调查研究。张爱玲说:"我是中国人,喜欢喧哗吵闹,中国的锣鼓是不问情由,劈头劈脑打下来的,再吵些我也能够忍受,但是交响乐的攻势是慢慢来的,需要不少的时间把大喇叭小喇叭钢琴凡哑林——安排布置,四下里埋伏起来,此起彼应,这样有计划的阴谋我害怕。"[2]从来没听过人这样谈交响音乐,一个主旋律,这里来一下,那里来一下,有计划的阴谋?

《谈音乐》通篇都好,但是最精彩的是最后一段:

---

[1] 张爱玲:《谈音乐》,上海:《苦竹》第1期,1944年11月。
[2] 同上。

中国的流行歌曲，从前因为大家有"小妹妹"狂，歌星都把喉咙逼得尖而扁，无线电扩音机里的《桃花江》听上去只是"价啊价，叽价价叽家啊价……"，外国人常常骇异地问中国女人的声音怎么是这样的。现在好多了。然而中国的流行歌到底还是没有底子，仿佛是决定了新时代应当有新的歌，硬给凑了出来的。所以听到一两个悦耳的调子像《蔷薇处处开》，我就忍不住要疑心是从西洋或日本抄了来的。有一天深夜，远处飘来跳舞厅的音乐，女人尖细的喉咙唱着："蔷薇蔷薇处处开！"偌大的上海，没有几家人家点着灯，更显得夜的空旷。我房间里倒还没熄灯，一长排窗户，拉上了暗蓝的旧丝绒帘子，像文艺滥调里的"沉沉夜幕"。丝绒败了色的边缘被灯光喷上了灰扑扑的淡金色，帘子在大风里蓬飘。街上急急驶过一辆奇异的车，不知是不是捉强盗，"哗！哗！"锐叫，像轮船的汽笛，凄长地，"哗！哗……哗！哗！"大海就在窗外，海船上的别离，命运性的决裂，冷到人心里去。"哗！哗！"渐渐远了。在这样凶残的，大而破的夜晚，给它到处开起蔷薇花来，是不能想象的事，然而这女人还是细声细气很乐观地说是开着的。即使不过是绸绢的蔷薇，缀在帐顶，灯罩，帽檐，袖口，鞋尖，阳伞上，那幼小的圆满也有它的可爱可亲。[1]

为什么我要花这么多篇幅抄出这一段？因为这一段浓缩了张爱玲作品的很多内容跟意义。时代，外面是日本人的军车，所以她说是奇异的车。商女不知亡国恨，一般人就只能痛惜歌女"隔窗犹唱后庭花"。军车在街上开，窗帘外面就感觉像大海，冰冷的夜。可是张爱玲说，这样的情况下，歌女说蔷薇还开着，开在帐顶，灯罩，帽檐，袖口，鞋尖，阳伞上，它还是可爱的。用葛薇龙在《第一炉香》湾仔市场说的话，世界是苍凉的，无边的，无法捉摸的，可怕的，未来想都不能想的，但是眼前这些小花小草，这些蔷薇，这些衣服，还是可爱的，我就只能抓住眼前这些东西吧？这是张爱玲跟很多同时代作家的不同。从鲁迅到巴金都会说，外面很残酷，而且告诉我们，再唱这样的蔷薇歌是非常可悲可怜的。可是张爱玲却说，正因为外面这么残酷，所以这么可怜的蔷薇蔷薇，还是开着。明知华丽后面是苍凉，却要抓住眼前小小的、卑微的、可怜的华丽，怎么办呢？华丽本身就是有虱子，或者跳蚤反光而成，华丽就是苍凉。

简而言之，张爱玲面对五四主流作家群，她要努力强调小

---

[1] 张爱玲：《谈音乐》，上海：《苦竹》第1期，1944年11月。

市民的趣味和小市民的社会历史价值。当然她的小说又不真的是小市民文学，它在满足小市民白日梦方面极其吝啬。张爱玲和张恨水写一样的东西，写法却不一样。她很早就打破了雅俗文学的固定界线，设计封面都像软性的流行文学，但另一方面张爱玲写得很少，完全拒绝跟文化工业生产规则合作。她的作品在台湾、香港迅速走红，她却依然清苦一人，自我流放洛杉矶。以前有人说酒香不怕巷子深，现在这话有点奢侈，可是在张爱玲那里，孤魂不怕包装俗。一方面成为小资消费符号，一方面又是博士论文题目。但是，她真的完全只是一个孤独的灵魂吗？完全不在乎别人的理解吗？

《夜营的喇叭》是一篇很短的散文。第一人称女主角说跟姑姑一起住，隔壁有个军营，晚上隐约听到军营里有人吹喇叭，她觉得声音很好听。可是有一天她跟姑姑说今天怎么没人吹喇叭？姑姑说什么喇叭？说自己从来没听到过。散文当中的"我"呆掉了，非常困惑，觉得这件事情很奇怪，难道是自己的幻听吗？可是某天，她家隔壁有一个人上楼来，上楼的时候吹的口哨，就是夜营里面吹的喇叭的那个旋律，第一人称"我"就说她非常欣慰。这是一个很短的小品，在她的散文当中很少见，算得上是一个抒情的篇章。但，抒的是什么情呢？抒的是孤独，是孤寂。或者说是害怕孤独。她觉得她看到了世界上很多东西，别人看不到，但要是真的只有她一个人看到了，她又很害怕，她会怀疑自己是狂人，狂人，就会发疯，所以她还是希望有那么一个人，跟她分享这种孤独。当时，一度，她自以为找到了这个人，就是胡兰成。

第 14 章

从上海到香港

张爱玲第二次到香港是 1952 年。香港是张爱玲故事的起点，也是她一生创作的转折。不在香港的时候，之前在上海，之后在美国，张爱玲一直在写香港，写她的香港生活、香港经验。可是她住在香港的时候，主要作品却是描写北方农村的革命，完全不写香港。

离开上海之前，从 1945 年到 1952 年整整 7 年，张爱玲没写多少东西。她的创作高峰是 1943 年到 1945 年那两年，代表作都是二十三四岁的时候写的。换言之，25 岁以后到 30 来岁，就没有多重要的作品，这个看起来有点奇怪。一个新晋女作家，两年里"暴得大名"，怎么突然就停了，一停就是 7 年？时代造就作家，时代也限制作家。

仔细再分，这沉寂的 7 年又至少可分成两个阶段，以 1947 年张爱玲开始涉足电影圈并结束与胡兰成有名无实（或者说有实无名)的婚姻为分界。胡张相识于 1944 年初,迅速陷入热恋。大半年后,胡与妻子离婚,和张爱玲没有举办婚礼,也未同居,但有一份秘密婚书:"胡兰成,张爱玲签订终身,结为夫妇,愿使岁月静好,现世安稳。"[1] 好像前一句是张的意思,后一句是胡的文笔。在 1944 年讲"岁月静好,现世安稳"当然充满反讽意味。不久胡兰成去武汉办报,很快又爱上 17 岁的护士周训德,而且也谈婚论嫁。日本投降后胡在逃亡途中又和范姓寡妇同居,说是表达感谢之情。张爱玲开始并不完全清楚这些情况,还用稿酬资助逃亡中的胡兰成,并去温州千里寻亲。这些故事及胡张不同版本的回忆我们在之后评论《小团圆》时还会仔细讨论。简单说战后头两年,张爱玲跟胡兰成的关系,给她的文学道路造成了极大障碍。张爱玲之前曾经拒绝出席"大东亚文学者大会",但是她也参加了一些小型的座谈会。胡兰成是汉奸,她自然也受牵连,虽然做了一些辩解,但是毕竟不开心。民国世界临水照花人,一下子成了战后的汉奸弃妇,这对于一个水仙花型的作家,心情肯定好不了。张爱玲有一些重要作品,如《桂花蒸·阿小悲秋》《留情》《红玫瑰与白玫瑰》,都是跟胡兰成热恋时候写出来的,还有她的长篇散

---

[1] 参见胡兰成:《民国女子》,《今生今世》,北京:中国社会科学出版社,2003,155 页。在小说《小团圆》中是:"邵之雍盛九莉签订终身,结为夫妇,愿使岁月静好,现世安稳。"张爱玲:《小团圆》,香港:皇冠出版社,2009,253 页。

文《谈音乐》等等。胡兰成在1945年抗战一结束就逃来逃去，且不断更换女人，张爱玲跟他的关系渐渐也就断了。感情变异，心灰意冷，对张爱玲的创作也是一个负面的影响。也有报刊约稿，但要她用笔名，名字成了禁忌。《杂志》停刊，新的文艺期刊如《文艺复兴》和她又没有联系。结果，从1945年8月到1947年4月，正处在创作高峰状态的张爱玲，将近两年没有发表任何文字。

1947年6月，张爱玲给已脱离险境的胡兰成写信："我已经不喜欢你了，你是早已经不喜欢我了的。这次的决心，我是经过一年半的长时间考虑的……你不要来寻我，即或写信来，我也是不看了的。"[1]同年，张爱玲编剧、桑弧导演的电影《不了情》《太太万岁》等在上海公映。加上稍早发表在鸳蝴派人物龚之芳、唐云旌主编的通俗文学刊物《大家》上的《华丽缘——一个行头考究的爱情故事》（整个标题就是华丽包装的样板，其实是写浙江农村的一些见闻，并不怎么华丽），还有根据《不了情》改编的中篇《多少恨》，可以说1940年代后期张爱玲的局部复出，主要还是因为她涉足电影和通俗文学。桑弧是当时中国最有名的喜剧导演。想想有点吊诡，专写爱情悲剧的小说家，一度和著名的喜剧导演合作而且拍拖疗伤。桑导后来拍过

---

[1] 转引自余斌：《张爱玲传》，北京：人民文学出版社，2013，233页。

一部立体电影叫《魔术师的奇遇》,曾经在上海的东湖电影院连演好多年,是那个时代的《阿凡达》。他晚年还执导过茅盾名著改编的《子夜》。桑弧最后的两部片子,《邮缘》和《女局长的男朋友》,都和我有点关系(具体就不说了)。桑弧晚年一直没有怎么直接讲张爱玲的事情,不少人去采访,他也不回答。他的态度跟胡兰成很不一样,胡兰成后来一直在展览炫耀他跟张爱玲的关系。一对恋人,不管是明星、大人物,或者是普通的升斗小民,好了自然不说;既已分开,再单方面地来炫耀,或者说辱骂,都不可取,甚至不道德。因为这样回头讲对方(尤其不在创作中),不仅对不起已经分手的、曾经的夫妻或者是恋人,而且也不尊重自己的记忆,不尊重自己往昔的感情。在这一点上,人们比较欣赏桑弧的态度。在张爱玲后期的《小团圆》里,燕山的形象也比较正能量。当然,燕山是一个虚构人物,究竟和现实中的桑弧导演有多少是重合的?究竟桑弧导演为什么没能或不能跟张爱玲走在一起?或者究竟桑弧跟张爱玲当初是什么性质的感情关系?我们仍然是不清楚的,这点必须在此说清楚。英文常说"agree to disagree",我们也是"说清楚这些不清楚"。

当一个作家在自己的创作道路上遇到时代阻碍,但又必须以笔为生之时,通常有意无意有两个方法,一是靠近市场,取悦读者，走比较通俗的路线；二是参考当时的主流社会观念和意识形态，增加一些政治色彩和社会兴趣。1940年代后期的张爱玲也是这样，从中篇《多少恨》到长篇《十八春》，是前一种通俗路线的尝试；而被高全之称为"张爱玲最前卫最重要的无产阶级文学实验"[1]的《小艾》则是后一种政治策略的调整。

《十八春》是张爱玲的第一部长篇，1950年3月到1951年2月在上海《亦报》上连载，之后出了单行本。这个时间点很有意思。《亦报》是一份市民报纸，1947年创刊，办报人是《大家》杂志的老班底，虽说做娱乐休闲路线，却也有周作人固定撰稿，还有丰子恺的画。《十八春》及后来的《小艾》都用笔名梁京发表，桑弧写评论还称作者为"他"，当时一般读者并不知道是张爱玲。在文学史上，在张爱玲的创作道路上，《十八春》的地位，应该说是不如她早期的创作。按余斌的说法："《十八春》，毕竟是一部言情小说……如何协调自己的冲动与大众读者大同的胃口这两者之间的矛盾。当她有意识地向通俗文学靠拢时，她多多少少是落在了两难的境地。……张爱玲深知最具流行性的小说乃是'温婉、感伤、小市民道德的爱情故事'，既然男女之情是她的一贯题材，在《十八春》中需要额

---

[1] 高全之：《张爱玲学》，台北：麦田出版社，2003，134页。

外付出努力的，便是为故事涂染上小市民意味的感伤色彩。"[1]我们记得，张爱玲曾以小市民自居，也为小市民说话，但这与迎合小市民趣味还是不同。简而言之，《十八春》善恶太分明了，情节也太离奇了，诸如曼璐为笼住丈夫竟设圈套禁闭曼桢等情节，吸人眼球，却有些"外在于故事逻辑"[2]。陈冠中有个小说叫《建丰二年》，索性批评《十八春》是抄袭了美国人约翰·菲利普斯·马宽德写的一部英文小说《普汉先生》。当然，这也是小说里一个架空虚构的指控。有趣的是，现在马宽德《普汉先生》出中译本，广告宣传说它是一部启发了张爱玲写《半生缘》的小说。

《十八春》后来还被改写成《半生缘》，又叫《惘然记》，但那也是十多年以后的事情了，属于张爱玲中后期的创作。张爱玲喜欢不断改写自己之前的作品，尤其是到海外生活以后。《金锁记》前后有四个中英版本，《桂花蒸·阿小悲秋》也从中文改写成英文。但在笔者看来，改写本比原作更好的，只有《半生缘》。电影拍得比小说原著更好的，也是《半生缘》（另外一部《色，戒》，电影、小说各有千秋，再论）。

《十八春》除了往通俗言情方向发展，也有一点配合主流意

---

[1] 余斌：《张爱玲传》，北京：人民文学出版社，2013，256页。
[2] 同上。

识形态的政治表态，比如许叔惠不满旧社会，从延安回来"更精神了"，另一人物张豫瑾和太太也受国民党迫害等等。但这种政治觉悟明显提高的样本，当然是《小艾》。《小艾》1951年11月起也在《亦报》连载，篇幅不长，共五万多字。小说连载以后，当时也没有特别引人注意。张爱玲去国以后，《小艾》也一直没有重新发表，直到1986年，陈子善在图书馆看到几十年前的《亦报》，考证出作者梁京就是刚被台湾文坛重新发掘的张爱玲，于是将小说送到香港《明报》连载，同时也由痖弦介绍到台湾《联合报》，不过因为小说有点"赤化"嫌疑，批判国民党旧社会，所以《小艾》的台湾版一直有不少删节。如果不是由于陈子善对张爱玲的崇拜和考据热情，《小艾》究竟什么时候出版或者是否会再出版，都是一个问号。对一般作家来说，最普遍的困境是没法发表，或者缺少读者，不受重视。但有时太受关注，也是麻烦。鲁迅日记中"濯足"有什么含义，身后也被人研究。张爱玲在美国加州隐居时，台湾记者采访不成，根据垃圾筒里的弃物，也能写成报道[1]。张爱玲晚年也有抱怨，说人家明明想扔掉的东西，却被发掘。虽

---

[1] 依据《中国时报》当时副刊主编季季的文章，戴文采是经《联合报》委托采访，但因采访方式有争议，《联合报》未刊载，她才转投稿《中国时报》，但《中国时报》也拒刊。现在已经找不到季季的 blog，只有网络上转载她 2007 年发表的文章（http：//www.storm.mg/lifestyle/64802）。

然讲的是别的文章,没有明说《小艾》,但不悦之意是一样的。

《小艾》艺术上一般,放在张爱玲全部创作中看,却也不可忽视。小说写小艾9岁被卖到有钱人家做丫头,十几岁被老爷强奸怀孕,又遭遇太太毒打流产,后与一工人相爱结婚摆脱困境,故事结束在新中国成立后,回首过去,"冤仇有海样深";展望将来,"不知道是怎样一个幸福的世界"。高全之说:"所有张爱玲的小说里,大概《小艾》用'恨'字的密度最高。"[1]虽然有"那是蒋匪帮在上海的最后一个春天"这样"态度暴露"的句子,但高全之还是认为"张爱玲这场无产阶级文学实验并没有产生彻头彻尾的普罗作品"[2],比如应该是反面人物的五太太形象太突出,"在可能令人憎恨的角色身上补充人性优点"。小说的问题在于:"其一,作者殷切恭维新政权的方式过于拘泥,其二,作者拒绝肯定阶级斗争"[3],而五太太这个形象恰恰是余斌所大力肯定的。《小艾》1980年代重新发表后,台北《联合报》上的评论说作品"肯定言不由衷"[4],而陈子善的评论是"随着小艾的'出土',

---

[1] 高全之:《张爱玲学》,台北:麦田出版社,2003,138页。
[2] 同上书,139—140页。
[3] 同上书,141页。
[4] 台继之:《另一种传说——关于〈小艾〉重新面世之背景与说明》,台北:《联合报·副刊》,1987年1月18日。

我们又明白无误地知道，张爱玲的确曾在自己的作品中对刚刚诞生的新社会表示过欢迎，尽管她的声音很小很微弱，但是她并没有做作，她的态度是真诚的"[1]。对《小艾》的这些不同评论，可见出张爱玲当时乃至今天，都存在于不同的意识形态之中。

作品被"出土"后，张爱玲自己的说法是："我非常不喜欢《小艾》。有人说缺少故事性，说得很对。"[2]到底是"言不由衷"还是"态度真诚"？这个问号，也可以用来拷问稍后的作品。

从1945年到1952年，张爱玲的作品大不如前，至少有三个原因：第一是张爱玲跟胡兰成的关系，对她在社会环境与个人心理上都造成了很大障碍。第二是如前所述，作家创作遇到阻碍，于是一方面靠近市场取悦读者，一方面与主流意识形态妥协，但两方面均不自然也不成功。当然还有第三个原因。说实在话，从文学史上看，从1945年到1949年，我们很难苛求中国作家能写什么小说。《围城》是1947年出版的，实际写作时间更早。稍晚在北方，丁玲写了《太阳照在桑干河上》。但总之，这个时期全中国能留下来的重要的文

---

[1] 陈子善：《张爱玲创作中篇小说〈小艾〉的背景》，香港：《明报月刊》第253期，1987年1月。
[2] 张爱玲：《余韵》代序，香港：皇冠出版社，1991。

学作品，是不多的。乱世出英雄，诗人憎命达，照理说，混乱的世界催生伟大的作品，但是太混乱，战争太迫近了，也不行。

因为柯灵向华东军事管制委员会文教委副主任夏衍推荐，有意培养张爱玲。现在各种记载都定格在一个历史场面，就是张爱玲被邀请参加上海的"文代会"。她戴了副墨镜，穿了一身黑旗袍，围了一条白围巾，周围的人都穿解放装。张爱玲这么一身衣服，与周围的革命气氛形成巨大反差。她自己也想好了，就是想要格格不入，所以过了两年，她就跑到香港去了。这是她第二次去香港，境况其实蛮惨的，她申请到香港大学继续读书，但香港大学并不欢迎她。申请奖学金时还有人怀疑她是中共间谍？香港大学黄德伟教授专门去查了学校的档案，真的有当年香港大学拒绝张爱玲重新入学的文件[1]。现在呢？每年香港大学招生，都会把张爱玲的画像挂起来，作为大学的荣誉。后来李安的《色，戒》中有一段戏也是以香港大学最有名的地标"陆佑堂"作背景。如果真的尊重历史，也应该把当年拒绝张爱玲的文件放在一旁作为一个批注。

张爱玲到香港后经济困难，只能靠写作投稿谋生。她参加一个征文比赛，没想到因为翻译《老人与海》中标，得到了

---

[1] 黄德伟编著：《阅读张爱玲》（附录），香港：香港大学比较文学系，1998。

美国新闻处的赞助,让她从事翻译。当时因为朝鲜战争,香港左右派别之间、国共之间、中美之间,斗争非常激烈,这是冷战最热的时候。美新处下面有一大批的杂志、出版社,"绿背文化"(因为美元是绿色的)另外一边当然就是"红色文化"。张爱玲之后又得到美新处的资助,写了两部长篇小说,政治题材。

无论如何,张爱玲小说创作的香港时期,在作家整个创作道路上,其重要性仅次于早期的《传奇》和晚年的《小团圆》,换句话说,比1945年到1952年这个阶段更加重要。这是一个严肃严峻的转折时期。第一,写作动机变了,有意直接揭露社会政治问题;第二,想象读者变了,主要面对海外读者,而不是上海小市民;第三,生产机制变了,获得美新处的资助,甚至是订合约;第四,题材文风技巧也变了,开始写不熟悉的农村生活。但即便是考虑当年张爱玲第二次赴港以后的生活困境与生存需求,这样突然的创作转向也是颇有难度的。你也可以说它显示了作家的创作潜能,但是难度、代价很大。传统张迷们,尤其是事后来看,有些不满。因为人们喜欢张爱玲的风格,主要是迷上了张爱玲早期的华丽苍凉。就好像看惯了那些美发上很多闪光蜘蛛装饰,手臂像牛奶一样倒出来的女人,突然要面对一个衣衫褴褛的农妇,反差有点大,多少不习惯,所以后来连作家自己都不习惯。几年以后,作家去了美国,没有这么具体的生活压力以后,也就马上放弃这种主题先行的、按合约靠资助的写作模式。

在某种意义上,香港转折的重要性也体现在这里:她试过了。如果没有这些实验,张爱玲恐怕还没有那么彻底地领悟她的一生,领悟她的文学使命。她的使命是什么?她后来才发现,其实她只能讲一个故事——只能讲她自己的故事,她家庭的故事,男人跟女人的故事,她和上海的故事。在这个意义上,与其说香港是张爱玲一生创作的转折,不如说是一次"文学客串"[1]。因为从那以后,"客串"完了,一旦没有五斗米折腰的急迫压力,张爱玲又回归自己的本行。

张爱玲 1950 年代创作的转向问题,后来在学术界一直有争论。2000 年,我们岭南大学主办"张爱玲与中国现代文学史"国际学术讨论会。我是会议的组织者之一,第一场就由王德威、郑树森、刘再复等读论文。刘再复原来是中国社会科学院文学研究所所长,在 1980 年代很有影响的理论家。他说中国现代作家他最喜欢 5 个人:鲁迅、丁玲、萧红、张爱玲、李劼人。如

---

[1] "她(张爱玲)笔下的中国就像一个荒凉魅艳的剧场,而她对被压迫者和压迫者的命运有着一视同仁的同情与好奇。从一个'颓废'作家到心不甘情不愿的亲共作家,然后再到一个客串的反共作家,张爱玲崎岖的创作道路,在说明作家在这个时代里所面临的困境。"王德威:《伤痕书写,国家文学》,《一九四九:伤痕书写与国家文学》,香港:三联书店,2008,30 页。

果 5 个人里面再挑两个，他就说鲁迅跟张爱玲。如果还要对比的话（其实没有人说一定要对比，就是刘再复自己假设），他觉得还是鲁迅伟大。为什么？因为鲁迅跟张爱玲都是天才，可是张爱玲是个夭折的天才。为什么夭折呢？因为她在上海写了那么好的小说，可到了香港以后，在美新处的资助下，写小说那是文艺为政治服务，写的是不熟悉的东西，所以他觉得她是一个夭折的天才[1]。

没想到此话语音未落，在旁边的夏志清马上发言说：我不同意。他说张爱玲的夭折只是为了钱、经济跟生活的压力，写得是不怎么好，但主要是因为经济。但鲁迅也夭折啊，鲁迅到了后期由于种种原因被"左联"捧上了左翼文艺领袖的地位，放弃了自己原来的创作，甚至也放弃了很多政治和为人的原则，鲁迅那才是夭折呢！[2] 然后两个人就开始争论起来，作为会议的策划人之一，我很高兴看到有这样的争论。不仅因为这样争论，学术会议就非常热闹，更重要的是，争论双方都是学界权威，而且分别代表了中国内地跟海外的现代文学研究的不同学术观点和不同价值系统，他们的争论恰恰是不同文学史观的焦

---

[1] 刘再复：《张爱玲的文学特点与她的悲剧》，《再读张爱玲》，香港：牛津大学出版社，2002，37—38 页。
[2] 夏志清：《张爱玲与鲁迅及其他》，《再读张爱玲》，香港：牛津大学出版社，2002，55 页。

点分歧。

夏志清讲得虽然偏激,却也不能说完全没有道理,因为他讲后期鲁迅跟"左联"的关系,鲁迅后来自己也觉得被"左联"捧得不太舒服。鲁迅晚年,包括临终之前的一些文章,说他最讨厌的就是自己阵营内部的"奴隶总管"。鲁迅一辈子都在为"奴隶"说话。但是公允地说,重读张爱玲1950年代在香港的写作,我觉得张爱玲的转向其实也付出了艺术代价。有些细节,完全可以不那么写。相比之下,鲁迅后来的散文杂文,虽然偏离了他早期《呐喊》的方向,但是鲁迅没有浪费他的天才。在历史上看鲁迅的小说成就了不得,他的散文照样贡献巨大。用今天的话说,要是今天鲁迅在,鲁迅说不定是大V,写博客。

张爱玲后来不大愿意这个阶段的作品再版,这也说明问题。在《小团圆》的前言里,她讲到了当年的经验:"……我一直认为最好的材料是你最深知的材料,但是为了国家主义的制裁,一直无法写。"[1]有了这次教训,我们看到,才有了晚年的张爱玲。也许,有一段时间,经济上很困难;或者,政治上也有很多特别形式的压力。再伟大的天才,都会有这样的时候,我们今天应该尽量实事求是,站在后人的角度,现在说话容易,

---

[1] 张爱玲:《小团圆》,香港:皇冠出版社,2009,8页。

人在一个处境当中做选择就难。我们今天何尝不要做选择？我们今天难道都在做最正确的、最对得起自己又对得起历史的选择？我们都可以扪心自问。

第 15 章

张爱玲在美国

香港在张爱玲的生活文学道路上,也是一个港口,提供一个转折。但张爱玲自己没有在香港找到安身立命的地方。其实,1949 年以后,上海很多鸳鸯蝴蝶派文人,都被迫转到香港,之后大有用武之地。如果张爱玲真像她的散文所宣告的那样,很乐意成为小市民代言人(后来很多人也真的是这样看她),按理说她在香港很有发展土壤。我后来在香港就碰到过陈蝶衣,这真是鸳鸯蝴蝶派的大师,住在香港几十年。可是张爱玲没有在香港太久,1952 年去,1955 年就离开了。她跟香港的文化工业、香港的报界,其实也都有关系,但她为什么不愿意久住香港呢?当初宋淇还为张爱玲安排了一次与明星李丽华的会面,大概就有介绍张爱玲进入香港文化圈的意思。李丽华是当时中国非常有名的影星,盛装准时到了,张爱玲却迟到、早退,又不戴眼镜,深度近视,看也看不清楚对方。可见,张爱玲那个时候已经无心在香港恋栈,她的计划是以香港为跳板,去美国发展。

1953年,美国有了一个难民法令,允许少数学有专长的人士到美国,先拿绿卡,然后申请公民。这也是冷战历史背景。远东一共有5000人的名额,3000给当地人,2000给外地人。张爱玲是在香港申请的上海人,属于后者。1955年秋,张爱玲登上了一艘叫"克利夫兰总统号"的邮轮,漂洋过海,码头上只有宋淇夫妇送行。13年前,张爱玲也是坐船离开香港,回上海开始了她的文学生涯;13年以后,她有了作品,有了名声,但是没人理睬。在这个大时代面前,她一个人漂洋过海,去未知的美洲大陆。当时张爱玲35岁,曾有过一段不正常的婚姻和一段不清楚的恋情,有那么两三本的散文小说结集。当时谁也不知道,这些作品后来会在中国现代文学史上变得越来越重要。

张爱玲以难民身份入住纽约哈德逊河附近的救世军女子宿舍,安顿不久,她就去拜访同样旅居纽约的胡适。胡适称赞张爱玲的近作《秧歌》(中文版),说平淡而自然。两个人是忘年之交,一个是开辟现代文学的大师,一个是现代文学新晋女作家,却在一个作品中找到了共同语言,那就是《海上花列传》。对《海上花列传》的推崇,胡适是一生努力,张爱玲后来也是花了半生的努力要翻译《海上花列传》,从苏州话翻到国语,还一直想要翻成英文。

1956年3月，张爱玲申请去美国的一个作家创作营，在新罕布什尔州（New Hampshire）的"麦道伟文艺营"（MacDowell Colony）。在那里可以免费居住、写作。有趣的是，介绍她去的人，就是被陈冠中说她抄袭的那个作家马宽德。马宽德的小说，说得好听是曾经被用来作为《十八春》的创作蓝本。有时候机会是很难说的，包括张爱玲获得难民资格去美国的申请，也是美新处负责人麦卡锡的担保。这个麦道伟文艺营，作家在那里一般只待几个月，可是张爱玲就在那个时候认识了赖雅，结果就有了她的第二段婚姻。

赖雅（Ferdinand Reyher）是个在美国出生的德国人。1912年21岁时就进了哈佛，已经会写诗，很有才，兴趣广泛。26岁结婚，但是不喜欢安稳的家庭生活，9年后离婚，之后一直单身，直到60多岁遇见张爱玲。在1920年代赖雅就发表小说，曾经访问庞德（Ezra Pound）、詹姆斯·乔伊斯（James Joyce）等当时的文艺大师、文学大师。潇洒的时候，赖雅是一半时间在纽约，一半时间在欧洲各国。缺钱？没关系，千金散尽还复来，一写文章就有了。1930年代他还在好莱坞写剧本，在好莱坞有长期的公寓，为不同的公司如派拉蒙、哥伦比亚、米高梅等工作过，稿费自然不少，当然没有留下太重要的作品。最为人注目的，赖雅在那个时候变成一个马克思主义者。他没有直接加入美国共产党，但他变成了一个左派，而且这个信仰一直坚持到晚年。更重要的是，赖雅和德国剧作家布莱希特（Bertolt Brecht）成了朋友。布莱希特是20世纪西方最重要的作家之一。开始是赖雅帮助布莱希特宣传作品，后来一度合作至少两个电影剧本。1940年代以后，布莱希特名声扶摇直上，两人的来往就少了。1950年代赖雅去柏林，受到相对来说的"冷遇"，但赖雅始终推崇布莱希特。

1943年，52岁的赖雅曾经摔断腿，轻度中风；十多年后，1954年，他第二次中风。到1956年住进麦道伟文艺营的时候，我们看到，这是一个曾经风光，但现在正在走下坡路的文人，就在这个时候他遇到了一个从亚洲来的女作家。

回顾张爱玲美国生活的时候，有两本书给了我最多的、也比较可靠的参考，一本就是夏志清的《张爱玲给我的信件》，另一本是司马新的《张爱玲与赖雅》，是1996年台北大地出版社出版的，也是夏志清作的序。这书是刘绍铭教授退休的时候送给我的。香港的教授一退休，书就没地方放，他知道这本书对我有用。夏志清当然是最权威的张爱玲专家，张爱玲几十年给他写了一百多封信，都是宝贵的第一手材料，直接记录了张爱玲在美国生活的几个阶段。关于张爱玲的个人生活,一般的张迷只是关心胡张恋,很少人注意赖雅这一段,好像不够浪漫,也缺乏材料,在这方面,司马新的书是很宝贵的参考。

岭南大学之前的系主任刘绍铭教授,个人和张爱玲有过很多次通信。刘教授常说,这辈子能认识张爱玲,那也是他的荣幸。他当年还真的努力帮张爱玲在美国的大学里找工作。刘教授,还有一度在岭南大学客座的郑树森教授,他们对我阅读张爱玲都有很大的影响和帮助。这些说起来都是些很巧合的客观条件。是巧合吗?包括在Westwood附近跟作家的擦肩而过?……我不知道,反正这些因素凑起来都在催促我现在阅读张爱玲。

张爱玲遇到赖雅的麦道伟文艺营,是1907年由一个作曲家的遗孀创建的,这个女人以音乐会的形式募捐,辛苦维持这个文艺营的开销。这个文艺营有28个艺术家工作室,还有图书馆、宿舍,占地四百多英亩,位于重山之中,风景美丽。按今天的说法,别的或者不值钱,这块地值钱。当然,它也与世隔绝。张爱玲对那个地方最主要的印象就是从来没有体验过的冷。我们知道张爱玲不是住在上海就是旅居香港,而这个新罕布什尔州,零下30摄氏度,还有暴风雪。都说热带气候催生浪漫,殊不知寒冷孤独也会促成爱情。一群来自世界各地的作家,整天在那里谈文说艺。3月13号，张爱玲、赖雅初次见面；5月12号，赖雅日记已经记载，说"有同房之谊"。这个具体意思我也不太懂，至少说明已经单独地出入女作家的房间了吧。

研究者司马新就提问了，说张爱玲始终是一个矜持的女人，何以这一次罗曼史如此迅速呢？当然女作家是难民身份，在纽约还有一些中国的朋友，到了这个文艺营，冰天雪地，孤身一人，更多漂泊感。而且这个文艺营只能住几个月，以后怎么办呢？所以寻找生活依靠的因素，显然是有的。但是，赖雅分明又不是理想的"长期饭票"。第一，男的65、女的36，年龄距离，就算是"饭票"，也长期不了。第二，这是一个曾经阔气的穷作家，过气了，现在是居无定所，申请不同的创作营，为的是免费食宿。照今天的说法，这个文人无车无房，属于"相亲鄙视链""标配"或"低配"。第三，赖雅还曾经两次中风，身体不好。夏志清后来说，不知道两人最初恋爱时，赖雅有没有如实告知自己的身体状况，否则如果隐瞒了自己曾经中风的情况，非常不道德。

夏志清来岭南大学开会时，一直说张爱玲一生是被两个男人所累。大家都知道胡兰成对不起张爱玲，可是不大理解为什么这么说赖雅？我个人隐隐觉得，包括夏志清在内很多同时代的男性文人，怎么说呢，对张爱玲从喜爱其作品到怜爱其人，同时无意识里边，也可能会责怪他们认为应该对张爱玲好却没有尽到责任的"无赖人"（指胡兰成），甚至也包括赖雅[1]。在我看来，张爱玲的两次婚恋其实有一贯的精神，那就是"爱，是非功利的"。虽然有世俗考虑，而且张爱玲在这方面考虑得很透，但关键时候，世俗考虑不是关键。或者这样说，张爱玲看透了男女之间各种功利、世俗因素，可是她依然选择相信非功利、非世俗的浪漫感情。所以，是一种糊涂，但是一种极度清醒之后的糊涂。一生清醒，也就为了可以一时糊涂。

张爱玲最初与赖雅谈话，讲关于她的小说，讲中国书法艺术，然后张爱玲说要把《金锁记》改写成英文，起了个题目叫Pink Tears，"粉泪"，赖雅也提一些英文方面的意见。我们记得，她跟胡兰成最早见面的时候，也是谈文说艺。大概赖雅的文坛经历，还有艺术风度，仍然有吸引力。不久赖雅就转去了另外一个文艺营。他也很苦，不断申请免费居住地方，不断搬家。他们初次见面是1956年3月13号。5月12号赖雅的日记记载他们有同房之谊。7月5号他收到了张爱玲的信，告诉他怀孕的消息，当天赖雅就回信求婚。之后，他们在一个小镇上见

---

[1] "……他有无把曾中风多次，两年前还住了医院之事在婚前告知爱玲。假如他把此事瞒了，我认为是非常不道德的。再者，张于婚前即已怀了孕了，赖雅坚决要她堕胎，我认为他不仅不够温柔体贴，且有些残忍霸道，同他的父亲一样损害了她的健康。"见夏志清为司马新《张爱玲与赖雅》一书写的序，《张爱玲与赖雅》，台北：大地出版社，1996，13页。

面，赖雅说明：我求婚，但是不要小孩。据说送行的时候，女人上了巴士，赖雅见她脸上浮着笑容，却没有丁点喜悦。张爱玲给了赖雅300美金支票，以帮助这个男人的生活，钱来自张爱玲的英文稿费。一个多月以后，1956年8月14号，两人在纽约举行婚礼，张爱玲的好友炎樱再次在场作证。我们记得上一次她跟胡兰成几乎是私下订婚约的时候，炎樱也在。

司马新分析张爱玲与赖雅的结合，说表面上令人费解，年龄、种族、政见那么不一样，而且张爱玲处世精明，赖雅从来是公子习气；张爱玲著作剖析复杂人性，赖雅只写普通人的理想主义，好像处处不同。但司马新说，他们的结合也有内在的逻辑。65岁的赖雅，遇到真有年轻女性要嫁他，出乎意料；张爱玲在陌生国度，需要有真心的爱、像父亲一样的爱，来弥补她的漂泊失落感。不过关于怀孕这件事情，司马新有三个猜测，第一是张爱玲编造了怀孕的故事以逼婚，第二是后来不幸流产，第三是在纽约做了人工流产。司马新基本否定了第一种猜测，认为赖雅身为美国人，一个电话打给医生就可以查明真相，所以编故事不大可能，而且也不符合张爱玲一贯的为人。后面两种说法，可能性都存在。我们后来再看到《小团圆》，好像人流的可能性大些，不过《小团圆》里的细节，胎儿放进马桶冲掉之类，也太恐怖了，似乎是为了艺术效果的渲染，不足作为史料的凭证。

跟赖雅结婚以后,张爱玲其实也才三十多岁,但后来也一直没有小孩。在赖雅这边,当然可以理解他缺乏经济能力,无房产无工作到处搬家,自己又已经有了成年的子女,所以不想再有儿女。张爱玲这边,我们记得胡兰成曾经说过,她不喜欢小狗小猫,也不喜小孩,也许确有其事。张爱玲的第二次婚姻,根本没有期望男人来做家庭经济支柱。可能她一生都没有这种期望,虽然她写的很多人物都有这种当"结婚员"的情结。三十多岁的张爱玲,可能觉得她的英文创作刚刚开始。当时他们相当部分的经济来源,就依靠张爱玲在香港创作成名后的英文改编,比如1957年跟哥伦比亚广播公司签订了改编剧本的合约,虽然电视剧后来播出效果很惨,但有1350美金的稿费,这在当时也很可观。

我们还记得张爱玲年轻时候的梦想,最重要一条就是:要比林语堂还出风头。而林语堂出风头就是因为他的英文写作,他把中国的古代文化写得很美好,美国的中产阶级看着很喜欢。张爱玲自己,二十三四岁在上海,曾经有过一年之内的大红大紫;后来在香港,明明走投无路,又靠翻译《老人与海》柳暗花明。所以在1950年代中期,到了一个全新的国土,又有了经验丰富的英文作家赖雅的鼓励,张爱玲为什么不能期待自己在英文出版界也获得成功呢？但是，1957年5月，*Pink Tears*（《粉泪》，实际上是英文版的《金锁记》，这也是张爱玲一生最珍爱的中国故事）被美国的出版社退稿。另外还有一部英文小说叫《上海游闲人》（*The Shanghai Loafer*），也不成功；1959年，《北地胭脂》（*The Rouge of the North*），开始是被退稿，后来出版了以后，也是差评。这个时期，她还写了英文长篇小说《易经》（*The Book of Change*）、《雷峰塔》（*The Fall of Pagoda*），这些作品的手稿，直到几十年后，在张爱玲去世以后才翻成中文得以出版。而且看的人，说实话基本上也都是研究张爱玲的中文读者。总而言之，从1956年新婚，到1961年张爱玲访问台湾重回香港，五六年间，是张爱玲努力尝试打进英文出版界的关键时段，当然，也是她无法成功进入英文出版圈的失败年月。

一个卓越的、一流的中文小说家，全心全意地愿意用英文写作，而且她的英文也不错，又有美国作家丈夫的支持，可是始终无法进入1950年代的美国出版界，为什么呢？

这个问题可以从三个不同角度去看。第一是语言因素。张爱玲最早的写作就是英文起步，在香港大学一度故意不写中文只用英文，这是下过苦功的。葛浩文教授（Howard Goldblatt），莫言作品的主要英文译者，有次来岭南大学演讲，和刘绍铭、郑树森教授吃饭，我还特意当面请教。葛浩文教授明确说，张爱玲的英文很好。刘绍铭教授有一次到香港科技大学做学术演讲，题目就是"张爱玲的中英互译"，这篇文章被认为是分析张爱玲中英文能力的一个很重要的研究。刘教授细细比对张爱玲自己的中英互译，既指出了张爱玲英文的精彩华丽、优雅别致（"优雅别致"是他的原文），也注意到张爱玲英文常常不用英文的惯用词，并引用了哥伦比亚大学出版社的一个编辑、一个土生土长的美国人的话说："People don't talk like that"。刘绍铭教授还特别为了这个题目，逐段逐句地去请教英文是母语的欧阳桢教授（Professor Eugene Eoyang），得到了相同的论证，就是张爱玲的英文文法正确，却不够活，有时不太自然[1]。

我印象比较深的一个例句是，张爱玲中文里原来有一个说法叫"蜜绿"，好像是形容蜜绿的什么裤子，结果她把蜜绿翻成"honey green"，据说英文读者不大明白什么叫"honey green"。所以，研究者的意思，张爱玲的英文好是好，但不够接地气。王晓莺，香港浸会大学的博士，近年出版一本书，从

---

[1] 刘绍铭：《张爱玲的中英互译》，《爱玲说》，香港：香港中文大学出版社，2015，92—116页。

后殖民女性主义角度解读张爱玲的中英文翻译[1],抛开理论帽子不谈,书里对张爱玲的中英写作做了很细致的分析。按照王博士的说法,张爱玲早期的英文中译,因为都是自己的散文,先写英后写中,大段的裁剪、转换、传神,十分自由,最后的两种文字都是精品。可她到了香港以后,是为了推广宣传美国文化的一种合约翻译,《老人与海》等等,所以就翻得比较严谨古板一些。甚至在她的一些小说的英文改写当中,比方说我们之前讲过《桂花蒸·阿小悲秋》("Shame, Amah")[2],中英不同版本比较,按王博士的说法,张爱玲的英文有迎合西方读者口味的情况,台湾叫"Formosa"、东北是"Manchuria",甚至在小说里就渲染中国人的小眼睛、小脚、抽鸦片等等细节,所以王博士批评说这是张爱玲的"自我东方主义"。

但是更基本的原因还是语言,跟刘绍铭教授所说的一样,这英文太讲究,而且是从中文概念出发。比方说形容衣服,怎么翻雪青?银红?葱白?闪蓝?怎么变成英文呢?比方随便说一个雪青,雪青到底是……雪青是紫色,它到底是浅紫?还是深紫?张爱玲十分坚持,比方说她小说里用得最多的一个词"笑道",就是一边笑一边说话,她一定要翻成"said smiling",

---

[1] 王晓莺:《离散译者张爱玲的中英翻译:一个后殖民女性主义的解读》,广州:中山大学出版社,2015。
[2] "Shame, Amah", In *Eight Stories by Chinese Women*. Taipei:Heritage Press,1962.

而且美国人读不明白，还需要译者加批注，说这是中国古代从《金瓶梅》开始的经典用法。她在有的地方很坚持，比方说《海上花列传》，我们讲，张爱玲最后的 20 年一直在打磨它的英文翻译，书名最简单可翻译成 The Flowers of Shanghai，《上海之花》，读者都会明白"花"有不同的含义，但张爱玲一定要把它翻成 The Sing-song Girls of Shanghai。什么叫"先生姑娘"？原来我们看《海上花列传》就知道，当年上海有名的妓女，被称为"先生"，所以一定要用 The Sing-song Girls of Shanghai 来翻译《海上花列传》。还有些人名，张爱玲翻得也真是够妙，有一个人物叫黄翠凤，也是《海上花列传》里的，张爱玲翻她的名字叫 Green Phoenix Huang；还有一个叫赵朴斋，很朴素的房子对吧？好，翻成叫 Simplicity Zhao。《海上花列传》的英文版到现在还没正式出版，这样讲究，就是应了美国人说的"People don't talk like that"，所以张爱玲的英文书难出难卖，这也是为艺术牺牲，情有可原。

张爱玲无法进入 1950 年代美国图书市场的第二个原因，是小说的人物情节主题不符合当时美国文化出版界的需求。1964 年 10 月 16 号张爱玲给夏志清的一封信中，她把几封退稿信转给夏志清看，大概是表达不满："……我记得是这些退稿信里最愤激的一封，大意是：'所有的人物都令人起反感。……我倒觉得好奇，如果这小说有人出版，不知道批评家怎说。'我忘了是谁具名，总之不是个副编辑。那是 1957 年，这小说那时候叫 *Pink Tears*。……《金锁记》原文不在手边，但是九年前开始改写前曾经考虑翻译它，觉得无从着手，因为是多年前写的，看法不同，勉强不来。"[1]

这封信说明好几个问题。首先，美国出版界至少在那个时候，也是政治标准第一，写中国传统社会黑暗，就会反证共产党好，所以为了证明共产党不好，就不该写中国过去有黑暗。这是美国出版界的要求。其次，张爱玲听了这样的退稿理由很不高兴，不愿意为了出版而修改自己的创作，这证明她已经放弃了在香港的"客串"政治写作，她也意识到自己当年写的《金锁记》不应该乱改。这里四个字叫"勉强不来"，表达对自己作品的一种坚持跟尊重。所有这些都在解释，为什么 1956 年到 1960 年，虽然她很努力，但是不能"入乡随俗"，所以张爱玲的作品无法像林语堂那样顺利进入美国图书市场。

第三个层面的原因是我的联想，其实好的中文恐怕都没法翻成好的英文。不仅仅张爱玲是这样，白先勇，多年在加州大学的圣塔芭芭拉分校教书，他跟专家合作，自己亲手翻译《台北人》。《台北人》是一流的中文，可是变成英文出版以后反响

---

[1] 夏志清：《张爱玲给我的信件》，台北：联合文学出版社，2013，22 页。

不大。阿城也好，贾平凹也好，极精彩的中文都难翻译。我问过余华《兄弟》的英译者 Carlos Rojas（他也是王德威的学生），就《兄弟》中一句反复出现的"我们刘镇的群众……"，就翻不出原文中的多种复杂意思，只能翻成"We the people…We are the people…"。也许好的文学语言就是没法"无损耗转移"，哪怕是同一个人写。这方面我只是提问，不敢做结论。顺便联想：好的中文翻译，如果翻译家是外国人，他们也大都有个太太或者丈夫是华人。所以中外文学联姻，有时候真和异国爱情有点关系。

英文写作不顺利，50年代后期张爱玲又为了谋生为香港写一些电影剧本，每部有 800—1000 美金，贴补家用。她和赖雅先住在东岸，1958年迁居洛杉矶，后来又搬到旧金山，一路都是租房。她一度想写关于张学良的长篇，为了访问张学良，她曾经回了一次香港，经过台湾。张爱玲在台湾总共好像待了二十几天，所以多年后她被列入台湾经典作家，不少本土派人士还反对。但就文学影响来说，张爱玲在台湾文学界真是"祖师奶奶"。我后来不止一次听白先勇回忆他在台湾跟张爱玲同桌吃饭时崇拜的心情。因为那个时候夏志清的《中国现代小说史》里张爱玲一章，已经被夏济安翻成了中文，在台湾很有影响，所以那个时候张爱玲的文学史地位，尤其在知识分子、文学圈中的威望已经上升。

也就在访台期间,张爱玲听到赖雅又中风的消息,可是她竟没有钱购买机票马上回去,结果又去了香港住了几个月,为一个电影公司改写《红楼梦》剧本,得到一两千美金的稿费。后来因为公司老板空难去世,宋淇也离职,所以这个剧本从来没演过。今天谁要是能考证发现,一定是个文坛盛事。张爱玲这一时期为香港写的"都市浪漫喜剧"(urban romantic comedy),郑树森后来都有收集研究[1]。1962年3月,张爱玲又回美国,从此再也没有到过亚洲。瘫痪了两年以后,1967年赖雅去世。所以第二次婚姻基本上是张爱玲在照顾她的老公,这个婚姻当中张爱玲基本上就是贤妻良母(还要和赖雅的女儿和睦相处)。根据赖雅的日记,他们在一起的日常生活,去吃各种各样的餐馆、看很多电影、商量创作细节、到处搬家、买家具……然后男人病了,女作家的创作也不成功,这很叫人感慨。张爱玲跟赖雅在一起的生活,好像证明在温州张爱玲和胡兰成说的话是灵验的(当然也是胡的回忆),"我倘使不得不离开你,一不致寻短见,二不能再爱别人,我将只是萎谢了"[2]。但我们也可以说她后来找到了自己平静的幸福,张爱玲本质上还是一

---

[1] 郑树森:《张爱玲与两个片种》,黄德伟编著:《阅读张爱玲》,香港大学比较文学系,1998,257页。
[2] 胡兰成:《今生今世》,北京:中国社会科学出版社,2003,246页。

个传统女人。

和赖雅的婚姻和不成功的英文写作,并不是张爱玲在美国生活的全部。张爱玲几十年间给夏志清写了一百多封信,从1950年代到1990年代,从那些信里看到,张爱玲在美国的生活大概可以分成三个阶段。第一个阶段,前面已经讨论了,婚姻跟英文写作,除了《粉泪》《北地胭脂》,还有《易经》《雷峰塔》等英文书稿,跟《小团圆》讲的是同一个故事,都是作家的童年、青少年以及香港求学经历。《易经》《雷峰塔》的中文译文很有意思,有的地方跟《小团圆》文字上几乎一模一样。我很好奇,一个是1956年的英文稿,一个是1975年的中文稿,是张爱玲在1975年背诵自己20年前的句子?还是现在的译者看了《小团圆》以后,再翻译她早期的英文小说?这是非常奇异的、吊诡的中英文本互涉。

张爱玲这种反复讲同一故事的现象,王德威教授有专文研究,称之为《张爱玲再生缘——重复、回旋与衍生的叙事学》[1]。实际上张爱玲之所以有勇气把自己的故事不厌其烦讲了又讲,而且细节一再重复改编,这和她在美国开始的《红楼梦》研究有关。这就是张爱玲在美国的生活的第二个阶段,大概整

---

[1] 王德威:《张爱玲再生缘——重复、回旋与衍生的叙事学》,刘绍铭、梁秉钧、许子东编:《再读张爱玲》,香港:牛津大学出版社,2002,7—18页。

个1960年代,张爱玲给夏志清写信最多也是这个时期。既然做不了职业作家,老公这个"饭票"也不靠谱,那时候张爱玲就要自己找工作,在美国的大学里申请各种各样的研究项目。夏志清还动员其他朋友帮张爱玲申请大学的职位和项目,刘绍铭教授就是这个时候跟张爱玲频繁通信。美国学院系统的游戏规则就是当教授必须苦熬博士学位出来,作家驻校只是短期。所以张爱玲后来一直没有在美国的大学里边找到长期稳定的工作,不像今天的中国,阎连科、刘震云、毕飞宇等都是名牌大学教授。

为了在大学申请资助,张爱玲就要写研究计划。其中一个计划就是要把《海上花列传》[1]翻成英文,这个事情她后来做了几十年一直没放弃,译稿现在还在南加大(University of Southern California)图书馆仓库里面。为了翻译这个项目就需要一个序,要比较一下《红楼梦》跟《海上花列传》。可是张爱玲一写《红楼梦》的序,写写走神了,写了整整一本,后来出版叫《红楼梦魇》。"魇"的意思就是噩梦,就是说张爱玲碰

---

[1] 韩邦庆的《海上花列传》成书于1894年,张爱玲1967年着手翻译英文版本,1975年完成,但直到张爱玲1995年过世都未完成定稿。2005年,哥伦比亚大学出版社出版经由孔慧(Eva Huang)修编的英译本《海上花列传》(*The Sing-song Girls of Shanghai*, New York: Columbia University Press, 2005);1982年4月至1983年10月,张爱玲译注国语版本在《皇冠》杂志连载,1983年11月出版专书(韩邦庆著,张爱玲注释:《海上花开:国语海上花列传一》《海上花落:国语海上花列传二》,台北:皇冠出版社,1983)。参见单德兴:《含英吐华:析论张爱玲的美国文学中译》,《翻译与脉络》,台北:书林出版有限公司,2009。

到《红楼梦》以后就解脱不出来，就迷惑、迷糊、着魔了。张爱玲研究《红楼梦》的思路侧重资料，她认为《红楼梦》的精华是写实的细节，而不是浪漫的传奇（这就可以理解她改编《红楼梦》的剧本一直没被人用）。她自己早期的小说叫《传奇》，其实是一个反讽，写的都是平凡的事情，除了《倾城之恋》。所以《红楼梦魇》代表了张爱玲的一段美国生活，颇有反讽的意味，但给张爱玲反复写自己的故事提供了很多勇气和理由。

张爱玲美国生活的第二阶段到1972年结束。1969年她终于获得伯克利一个比较正式的位置，以前都是零零星星，研究计划都很短期，"吃了上顿没下顿"。曾经一度，张爱玲还申请研究丁玲，这有意思，我真很想看看这20世纪最重要的两个中国女作家之间哪怕是单向的对话。张爱玲很少谈论其他五四作家，为什么偏偏对丁玲感兴趣？瞿秋白说："飞蛾扑火，非死不止。"[1]这是形容早期的丁玲。张爱玲是不是也有"飞蛾扑火"的一面呢？丁玲扑的是革命神话，张爱玲扑的是爱情神话。都是应了老舍的话："恋什么就死在什么上。"[2]最后因为没有获得经费，也不了了之。

---

[1] "秋白曾在什么地方写过，或是他对我说过：'冰之是飞蛾扑火，非死不止'。"丁玲：《我所认识的瞿秋白同志》，《丁玲散文集》第4卷，北京：人民文学出版社，1980，262—263页。
[2] 老舍：《恋》，《贫血集》，重庆：文津出版社，1944。舒济、舒乙编：《老舍小说全集》第11卷，武汉：长江文艺出版社，1993，185页。

张爱玲最成功的一次大学工作，是去加州伯克利分校，中国研究中心给了很多钱，有办公室，主任叫陈世骧，是个散文家，交给张爱玲的任务是研究"文化大革命"当中的新词汇。我一看这个选题就笑了（因为这是我的研究专题），跟张爱玲的距离变得非常近了。"文革"词汇我马上想到"五一六""文攻武卫"上海人民公社、"串联""三结合"、清理阶级队伍……可是张爱玲研究了半年也交不出成果，交不出成果也还好，但她白天不去上班，晚上去又没人看见，她又害怕跟人打交道，打招呼也尽量避免。她专心地研究《红楼梦》，翻译她的《海上花列传》（*The Sing-song Girls of Shanghai*）。结果她的研究成果交不出来，主任说这个报告不合格，她又争辩，为了这个吵架，给夏志清写了一封很长的信解释，但是不管怎么样，美国大学的规矩，最后她还是被辞退了。

从今天的角度看，陈世骧主任你何苦呢？中国这么一个天才作家，你就让她在那里，随她爱做什么就做什么嘛，对不对？夏志清已经把她放在中国最伟大作家行列，《金锁记》是最伟大的中篇小说，而且《中国现代小说史》就是英文著作，为什么要为难张爱玲呢？可是美国的制度就是这样，张爱玲被炒掉了。这件事情决定了张爱玲晚年的命运。自从失去伯克利的职位以后，给夏志清的信件就少了，从此张爱玲再没缓过气来，再不求职了,她也不想到大学去了。这时她五十多岁,之后就写了《小团圆》,再以后给夏志清的信都是找房子、付房租、还债,你几个月以前的信我刚收到,我最近只拆账单……

在她的晚年,80年代到90年代,张爱玲在台湾、香港名声渐起、越来越红,可恰恰是这个时候,她本人生活走向与世隔绝。最后将近二十年,是张爱玲在美国生活的第三个阶段。以前一般认为张爱玲的晚年创作乏善可陈,陈子善他们好不容易找出一本叫《同学少年都不贱》,比较含蓄地写女同性恋,也有点写到时代与革命。个别的作品,很早写很晚才发表,比方说《色,戒》,值得一看,尤其有了电影改编。李安把冷色调的《色,戒》改成暖色调的电影。张爱玲作品改编电影当中,《色,戒》是最成功的,关锦鹏的《红玫瑰与白玫瑰》一般水平,《倾城之恋》我们说过比较失败,因为选角的关系,倒是小说《半生缘》被许鞍华拍成了一个不错的电影。所以拍名家名著,对电影导演也是挑战。

但无论如何,如果没有长篇小说《小团圆》,我们很难说张爱玲有一个特别的晚期风格,我们会感慨一个作家只有闪亮的早年,后来去了海外,风格就转向了,天才就夭折了,一辈子再也追赶不上她早年的繁华。这种情况我们不是没有见过,比方曹禺,比方郁达夫。但是偏偏宋淇的儿子宋以朗不顾很多人的反对，把一个张爱玲明言要烧掉的小说在 21 世纪出版。我觉得《小团圆》的出版，在某种意义上，改变了人们对张爱玲整体创作历程的一个总体印象。

第 16 章

《小团圆》与晚期风格

《小团圆》是 1975 年张爱玲在美国写的,"赶写《小团圆》的动机之一是朱西宁来信说他根据胡兰成的话动手写我的传记"[1]。而且张爱玲事先也答应过夏志清要重新写她自己的故事,"志清看了《张看》自序,来了封长信建议我写我祖父母与母亲的事,好在现在小说与传记不明分。我回信说,你定做的小说就是《小团圆》"[2]。完稿以后,首先寄给宋淇夫妇,他们是张爱玲毕生好友。宋淇夫妇看了初稿以后,应该是 1976 年,不赞成出版,且提了一些修改建议,例如要把男主角描写成双重间谍等等,显然他们没有怎么把握到这个小说的核心意旨,甚至建议要把小说给烧掉。宋淇夫妇去世以后,张爱玲的著作版权

---

[1] 张爱玲致宋淇的信,1975 年 10 月 16 日,转引自宋以朗:《小团圆》前言,张爱玲:《小团圆》,香港:皇冠出版社,2009,5 页。
[2] 张爱玲致宋淇的信,1976 年 4 月 4 日,转引自宋以朗:《小团圆》前言,张爱玲:《小团圆》,香港:皇冠出版社,2009,8 页。

转交给了皇冠出版社的平鑫涛，琼瑶的先生。宋以朗"身为张爱玲文学遗产的执行人"，保存了很多张爱玲的旧信文稿，其中就包括《小团圆》的珍贵手稿。这个手稿怎么办呢？按照张爱玲在1992年3月12日给宋淇夫妇的信，要销毁，那么到底是把它销毁？还是永远藏起来？还是把张爱玲费了巨大心力写成的这个长篇刊行于世呢？宋以朗一度是拿不定主意的，据说他在出版之前询问了一些认识张爱玲的作家或者教授，反应并不都是那么积极。因为人们太热爱张爱玲的早期风格，晚年的文字令资深张迷们多少有点失望。刘绍铭教授跟我说，他最欣赏的就是，葛薇龙的手臂给乔琪乔一看像牛奶一样倒出来，还有整个世界像蛀了的牙齿，平时不觉得什么，风一来就隐隐的痛，那种"兀自燃烧的句子"。

从这样的"期待视野"（借用德国美学家汉斯·罗伯特·姚斯［Hans Robert Jauss］的观念）出发，很多张迷不习惯《小团圆》的写法，感觉有些跳跃、艰涩，甚至难以终卷。我个人觉得宋以朗出版这个书是对的，否则张爱玲的艺术生命缺了一块，甚至现代文学史也缺了一角。宋以朗现在还保留了一些张爱玲给宋淇夫妇的信，有些出版过，其中有一本叫《张爱玲私语录》[1]，是一些信的摘录跟批注，非常有参考价值。

---

[1] 张爱玲、宋淇、宋邝文美著，宋以朗主编：《张爱玲私语录》，香港：皇冠出版社，2010。

从技术上分析，早期张爱玲喜欢叙述者和主人公的视角混淆，在《秧歌》里则将叙事角度分散为五六个不同人物的视角。但在《小团圆》里，只有一个叙事角度，叙事者、九莉和隐形作者及张爱玲四个身份高度混淆。为什么《小团圆》重要？至少有四个原因。第一，很简单，这是张爱玲研究的新材料，原来关于胡张恋就《今生今世》一个版本，现在多了"张版"了，这个重要性不必多言。第二，《小团圆》也确立了张爱玲的晚期风格。张爱玲从香港去美国以后，第一个阶段是想用英文写作，第二个阶段改写中文旧作，第三个阶段研究《红楼梦》，翻译《海上花列传》。虽然她的作品后来走红，但她本人一直在隐居，没想到隐居期间其实写了一部非常重要的作品。一个假设性的问题，假如这个作品真的在1975年出版，会怎么样？想想1975年的华文文坛，西西开始在香港报纸上连载《我城》[1]，50岁的张爱玲一个人躲在美国暗暗回忆初恋情欲。创作跟出版的时间差，有时候真的阴差阳错，王蒙的《青春万岁》是1950年代写的，隔了二十多年以后才发表，再也没有《青春之歌》

---

[1] 西西的《我城》写于1974—1975年，1975年在《快报》连载近半年。1979年首次于素叶出版社出版，全书约6万字，配有少量插图；无序文，无附录。1989年由台北允晨出版较为完整版，全书约12万字，由西西自序，并重绘108幅配图，附何福仁的《〈我城〉的一种读法》。1996年素叶出增订本，以允晨版为基础，将内文、配图、序文稍加修订，附录除何文外，另加黄继持的《西西连载小说：忆读再读》。1999年又由洪范出版，全书约13万字，西西重新作序，略增绘图，附录仍附何文，另加附《谈谈〈我城〉的几个版本》。

般几百万销量[1]。北岛的《回答》,什么时候写的?有不同说法。1978年? 1976年4月5号? 1974年"文革"中期写的? 陈思和教授对"抽屉文本"有研究[2],很多1950年代的作家写的东西没有发表,到了七八十年代以后才被人们看到,到底是七八十年代的文学?还是50年代的"潜在文本"?这是文学史写作中一个非常有意思的课题。简单来说,我们没法判断《小团圆》如果在1970年代出版会是什么样的情况。某种意义上,这也是一个"抽屉文本"(还不是藏在作家自己的抽屉里)。

《小团圆》的第三个意义就是影响了中国现代文学中"自叙传文学"的发展。郁达夫当年引用过法朗士(Anatole France)的一句话,"文学都是作家的自叙传",他自己身体力行,创造了现代文学当中自叙传文体的第一个类型:"先私后公"——最初写的是私人事情,后来却可以读出"公共"意义。比方说《沉沦》,"私"就是他所谓的灵肉冲突、情欲苦闷、忧郁症[3]。"公"就是读者看到的民族屈辱、山河沉沦。1921年初版时,受日本私小说影响,作家说是写青年人的性苦闷和现代人的忧

---

[1] 王蒙:《青春万岁》,写于1953年,于1979年由人民文学出版社出版。《王蒙文集》第1卷,"第1卷说明",北京:华艺出版社,1993。
[2] 有关"抽屉文本"的讨论,参见陈思和在芝加哥大学的演讲:《试论当代文学史(1949—1976)的"潜在写作"》,2000年5月3日,翻译:张洪兵。
[3] "沉沦是描写着一个病的青年的心理,也可以说是青年忧郁病hypochondria的解剖,里边也带叙着现代人的苦闷——便是性的需求与灵肉的冲突——但是我的描写是失败了。"引自郁达夫:《沉沦》自序,上海:泰东图书局,1932,1页。

郁症。可是到了 1932 年,"九一八"事变以后,郁达夫再解释"沉沦",就强调在他国异乡看到故土的沉沦,个人的性苦闷上升为民族问题[1],这就是"先私后公"。

第二类自叙传文学,就是"以私写公",比方说巴金的《家》,写他自己在四川的大家庭。谁都知道,觉慧原型是他自己,觉新是他大哥。但是巴金动笔之时,不仅仅是为了写他一个家,他有意要揭露当时中国的腐败,呼唤时代需要变革。大哥在小说里爱上了梅,结果这段感情凄惨失败,可是现实原型的梅表姐生了两个孩子,长得胖胖的。巴金把家庭戏改成时代戏的时候,做了很多加工改造。丫鬟鸣凤,恋上了少爷,最后保持贞节跳湖。在真的素材里边,鸣凤不是嫁给孔教会长,而是嫁了个普通穷人,也没有反抗要自杀。巴金写成投湖,目的就是要控诉。后来觉民还很钦佩地说,没想到鸣凤是这么烈性的女子,好像在称赞女人为保清白自杀,其实这个就是鲁迅以前批判过的节烈观。说明巴金有意批判封建家庭的礼教暴力,同时又无意间继承了某些道德传统。巴金的好处是真诚,不仅写出了觉慧、觉民的反抗觉悟,也写出了他们的怯懦与局限,但这也正是巴金自己的局限。所以巴金是明确的"以私写公",

---

[1] 郁达夫:"眼看到的故国的陆沉,身受到的异乡的屈辱……同初丧了夫主的少妇一般,毫无气力,毫无勇毅,哀哀切切,悲鸣出来的……"《忏余独白——〈忏余集〉代序》,《郁达夫文集》第 7 卷,广州:花城出版社,1984,250 页。

以一个家庭写社会问题。

自叙传文学还有第三种写法,"私"就是"私",我只管"私",我不管"公"。但是只要你写深了,读者在这个"私"里面还是会看到"公"。要点就是抓住个别,一般就在其中。最典型的例子就是《围城》,很多人都研究《围城》的时代意义、社会主题,抗日时期知识分子的软弱、旧社会老百姓战争期间的困苦无奈等等。可是这个故事要是背景不是抗日、不是军阀混战,或者是内战什么的,照样存在,《围城》里方鸿渐的问题放到今天,依然存在。

《小团圆》跟《围城》一样属于第三类自叙传文体。《围城》里边我们只能想象、假定方鸿渐有钱锺书的影子,钱锺书没承认过,杨绛是否认的;但《小团圆》清清楚楚,张爱玲写信的时候说,至少一部分是她自己的事情[1]。当然作家的自叙传并不等于都在写作家私事。迟些我们要专门谈论,多少情节属于九莉,哪些故事归张爱玲,这在《小团圆》里是有意混淆的,而这种混淆是有文学意义的。

黄锦树教授有句评论概括《小团圆》,说这个故事就是写

---

[1] "我在《小团圆》里讲到自己也很不客气,这种地方总是自己来揭发的好。当然也并不是否定自己。"(张爱玲致宋淇的信,1975年7月18号。转引自宋以朗:《小团圆》前言,张爱玲:《小团圆》,香港:皇冠出版社,2009,4页)"志清看了《张看》自序,来了封长信建议我写我祖父母与母亲的事,好在现在小说与传记不明分。我回信说,你定做的小说就是《小团圆》。"(张爱玲致宋淇的信,1976年4月4日,转引自宋以朗:《小团圆》前言,8页)

"……一个女人何以不惜一切爱上显然不该爱的人"[1]。在我看来,这句话带出三个问题:第一,为什么这个男人是一个"显然不该爱的人","显然"在哪里?第二,女主角为什么要"不惜一切"去爱这么一个男人?第三,到底什么是张爱玲所谓的"爱"?

其实,"爱上显然不该爱的人"(乔琪乔、姜季泽、佟振保等)好像也是张爱玲小说的一贯主题。所以《小团圆》是个案,又是一堆混合问题。

说一个男人"显然不该爱",背后的潜台词,就是我们(或者说女人们)知道什么样的男人显然应该被爱。我们做文学研究,这个"显然"还是要回到文学里去讨论。不妨看看五四以来最著名的爱情小说,那些男主角们因为什么原因被女主人公所爱?梁文道说我的研究思路受了两种方法的影响。一是我学过工科,喜欢列表。第二我受过结构主义的训练,我研究"文革"的著作,就是用俄罗斯学者普洛普(Vladimir Propp)的方法。凭借这两种比较机械、客观的方法,我坚持用别人提供的材料来寻找论据。我找了五四以来 9 位最重要作家写的爱情小说,来看看里边的男主人公为什么"显然应该被爱"。找谁呢?鲁茅巴老曹,加上郁达夫沈从文丁玲张爱玲。鲁迅的爱情小说

---

[1] 黄锦树:《家的崩解》,《读书人》,台湾:《联合报》,2009 年 3 月 8 日。

最少,唯一的一篇是《伤逝》,茅盾第一个短篇是《创造》。郁达夫太多了,找一篇对学生身心比较合宜的《春风沉醉的晚上》,巴金就是《家》,老舍是《骆驼祥子》,沈从文是《边城》,丁玲是《莎菲女士的日记》,张爱玲就是《倾城之恋》,加上曹禺的《日出》,这些都是中国现代文学里的经典作品,文学史有定评。

在这些有名的小说里,男主人公有哪些共同的特点?第一,男主人公多是有才华的知识分子。当然,小说文人写,难免自恋。那个时期的男主人公,确实很少炒股票,或者扫地、卖菜……有才华的读书人,是他们最大的共通点,例如郁达夫笔下的男主角,或者涓生、觉慧、君实、方达生等。丁玲写的凌吉士是南洋侨生,张爱玲笔下的范柳原虽然是个商人,可是还喜欢读《诗经》。9个男主角里只有两人不是知识分子,一是《边城》里的二佬傩送,另一个就是骆驼祥子。即便这样,傩送也比翠翠多点文化。祥子跟虎妞谁比谁有文化倒很难说,祥子文化不够,道德追求却很强烈,跟虎妞喝醉酒"失身"后,最大的不满是虎妞居然不是处女。总体来说,9部爱情小说,男主角大都比女主角"有文化"(至少表面如此)。

第二,有文化就有政治倾向,这些男人大部分政治立场进步,追求五四新文化,比如觉慧、涓生、方达生、郁达夫笔下的"我"。或者至少是有正义感的,如范柳原、佟振保。这里边只有两个男人"觉悟不大高",一个凌吉士,亲西方价值观,第二个是茅盾小说《创造》里的君实:男人有点钱,到了中年找不到理想的妻子,想创造一个理想妻子,大男子主义。偏偏这两个"思想有问题"的男主角,恋爱都不成功,后来都被女人给"废"了。这个模式一直发展到1950年代杨沫的《青春之歌》,女主角在几个男人中的抉择,不是以才华论,更不是拼颜值,或者讲财产,而是看谁的思想好,所以虽然余永泽(原型是张中行)书读得不错,但是政治上不够进步,最后林道静跟了一个地下党人卢嘉川。值得被爱的男人的标准第一是有文化,第二是政治进步。

第三,一个永恒不变的因素出现了,就是经济。本来五四的小说不像今天,今天的人在现实或小说当中都一样,能熬住拍拖三个月不讲房子,那是非常困难的。甚至,三次拍拖不讲到这个问题,那已经非常了不起、非常浪漫超脱了。但以前鲁迅《伤逝》里谈恋爱谈什么?雪莱、拜伦、济慈。有钱不一定成:君实"创造"了妻子,虽然有钱,最后被妻子抛弃。凌吉士很有钱,南洋回来,也被莎菲女士抛弃了。但没钱一定不成:《伤逝》里边因为没钱,子君涓生,最后分手。钱有时候是鸿沟:比方《家》里边觉慧跟鸣凤,少爷与丫头不成功。鸣凤跳湖以后，觉慧做梦，还梦到丫头变成了小姐，想想贫富鸿沟有多深，一直深到了一个年轻人的潜意识。《莎菲女士的日记》里的阶级界限，转化为思想趣味的鸿沟，女人嫌弃那个男人整天打网球、参加辩论会等等，女主角跟丁玲一样，比较"左倾"。女人比男人更有钱也是障碍：祥子虽然一生拉车奋斗为了钱，可是在感情方面，虎妞比他钱多反而是鸿沟。钱也可以是重要基础，明显如《倾城之恋》改造"长期饭票"，隐晦如《春风沉醉的晚上》，知识分子收到五块钱的稿费，女工就说那你赶快多弄几个。最微妙的是《边城》，一个重义轻利的地方，过河的路人要是给那老人摆渡钱，老人一定要退回的。但是男主人公二佬傩送考虑婚姻时，还要在值钱碾坊和穷渡船之间做选择。二佬跟翠翠之间的经济差距看上去是误会的浅溪，实际上还是经济的鸿沟。1930年代文学当中，沈从文是最淡化阶级差异的，设想要是《边城》的故事被"左联"的作家来写，那就是当地地主的两个儿子看上了一个贫家美女。沈从文写得山清水淡、风景明媚，但是阶级阴影仍然存在。简而言之，经济在所有爱情小说里都起了或正或反的作用。

什么样的男人值得爱呢？有文化，政治进步，要有一些钱，但也不能太多钱，第四是形象与身体。有趣的是，这么多五四男作家写的爱情小说中男主人公的面貌身材都是不清楚的。熟悉鲁迅作品的读者，回想一下《伤逝》，涓生长什么样，完全不知道。郁达夫主人公的自画像，明显特征只有招风耳朵。茅盾也没写他的男主人公帅不帅，对女主角的身体，尤其是胸部、大腿，倒是写得非常详细。傩送的外貌，沈从文也不细写。为什么男主角长什么样，很少描写呢？男的谦虚吗？不是，这说明小说是以男人的目光去写的，也是用男人的目光去看的。这个男性视角限制背后隐含着一种社会大众眼光的误区或局限，就是爱情故事中男人的身体不重要。但是女作家就会写，《倾城之恋》说范柳原粗枝大叶。《莎菲女士的日记》写凌吉士嘴唇长得像苹果一样，莎菲就想亲吻他。写得最多的当然就是《小团圆》，里边有包着绒布的警棍、小鹿喝水等描述，儿童不宜。

除了有文化、思想进步、有一定的钱、颜值身体以外，第五个条件就是感情专一。在张爱玲之前，这个主题大家都不重视，似乎不言而喻。现实中五四作家可能都有一男二三女的家庭困境，但在小说里，男主人公当然应该对女性专一认真。即便像《围城》里的方鸿渐一度有点三心二意，正式结婚对象也是一对一。祥子也喜欢另一个妓女小福子，可那也不是"花心"。靓仔凌吉士已婚还嫖妓，所以很快就被女主人公跨越了。一男数女的问题，到张爱玲那里才变得比较重要。

"显然值得被爱"的男主人公的基本条件可以归纳为：第

一有文化,第二政治正确,第三有经济实力,第四有颜值,第五专一。把《小团圆》男主人公邵之雍放进这个结构主义表格,发现他有三个强项、两个弱项。三个强项:第一有才;第二曾经提来一箱钱;第三眉目很英秀,更不提他后来什么绒布警棍、小鹿饮水等等。两个弱项:一、汉奸嫌疑,政治倾向有问题;二、感情不专一,之前有两个女人,之后又有两个女人。《小团圆》的女主人公跟他进行了一场旷日持久的爱情战争,中间的转折点就是一纸婚书,之前打败两个女人,之后被另外两个女人打败,前后连女主角共5个女人跟这个男主人公作战。男女在一起的交往过程,也可分3个阶段,依据香港皇冠2009年版的《小团圆》,第一阶段是"冲动幸福",大概163页到176页,这个转折点里女主角已经感到男主角所谓结婚是另外一回事,所以跳入了一个纽约堕胎的意识流。第二阶段是"纠缠忍让",从180页到261页,261页就是邵之雍逃亡,结婚以后从武汉到温州,再到上海,最后分手。第三个阶段就是"愤怒摊牌",温州千里寻夫,一直到小说的结尾。

九莉的爱情标准有三条:首先,"她不喜欢像她的人,尤其是男人"[1];其次,"她一向怀疑漂亮的男人……漂亮的男人更经

---

[1] 张爱玲:《小团圆》,香港:皇冠出版社,2009,162页。

不起惯,往往有许多弯弯扭扭拐拐角角心理不正常的地方"[1];然后最重要的,"她一直觉得无目的的爱才是真的"[2]。这是虚构人物九莉的爱情标准,虽然可能非常接近张爱玲的爱情原则,但是技术上还是文学人物的标准。《小团圆》对自传体文学的突破,其中有一点就是第三人称主角和叙事者和隐形作者及作家本人四者关系非常混淆。研究者高全之试图用一个科学方法来加以区别,"如果九莉的情绪有其他可靠档案,如'自传体散文',如私信,作为佐证,那个情绪仍属张爱玲,否则就归九莉;九莉或其他角色的平直评析一律还诸作者。也就是说可靠的文献之外,《小团圆》首度出现的激情来自小说角色,角色的冷静按语则源于作者"[3]。当然这个参考其他文本读小说的方法,也会有问题(怎么知道其他文本没有文学虚构?),关键是九莉一个叙事视角贯穿到底,小说中任何其他人物都只能说话、行动而不能直接表述心情,而且小说素材又已被作家用散文、英文反复书写,细节、对话、表情可以说都是烂熟于心,所以写的时候是非常跳跃,也不考虑读者,一气呵成,不肯修改。这些都增加了作品阅读的难度以及魅力。

---

[1] 张爱玲:《小团圆》,香港:皇冠出版社,2009,313页。
[2] 同上书,165页。
[3] 高全之:《忏悔与虚实》,《张爱玲学续编》,台北:麦田出版社,2014,182页。

第16章 《小团圆》与晚期风格

皇冠版的《小团圆》一共325页，男主角在163页登场。也就是说一部长篇小说写到一半，我们才看到男主角。前面一半在写什么？写女主角跟她妈妈的关系。所以《小团圆》其实是两条线索两个主题，一个是男女关系，一个是母女关系。

所以作为爱情小说，真是一点都不考虑读者需求，男主角迟迟不登场。可是一旦登场，这一段非常有意思，当时是九莉在和闺蜜比比说话：

"有人在杂志上写了篇批评，说我好。是个汪政府的官。昨天编辑又来了封信，说他关进监牢了。"她笑着告诉比比，作为这时代的笑话。[1]

短短几十个字，已经包含了几个意思，第一，这个男人是有才的，聪明的，否则怎么会说我九莉好呢？第二，他的政治倾向已明确，汪政府的官。第三，也是163页，描写这个男人来找九莉，"……眉眼很英秀……像个职业志士。楚娣第一次见面便笑道：'太太一块来了没有？'"楚娣是九莉的姑妈，因为一个有名的文化官员跑来找她侄女，第一句话就提醒女主人公。"九莉立刻笑了。中国人过了一个年纪全

---

[1] 张爱玲:《小团圆》，香港：皇冠出版社，2009，163页。

都有太太，还用得着三姑提醒她？也提得太明显了点。之雍一面答应着也笑了。"[1]

之前本文讨论的五四小说男主角被爱的五个基本条件，这第163页短短几行文字里已经讨论了其中四个：一、这个男人是个文化人，有才；二、汪政府的官，政治身份有问题；三、眉目清秀，后来楚娣也说"他的眼睛倒是非常亮"，说明男主角有一定的"颜值"；四、有太太，会有一夫多妻的麻烦，有专一忠诚的问题。五个条件谈了四个，再过几页，马上就谈到钱的问题。邵之雍一跟九莉接吻，就说想要结婚。女主角第一次接吻的感觉非常差，说像软木塞一样的味道，男主角还叫她把眼镜拿下来。这个时候男主角马上说："我们永远在一起好不好？"女主角很清醒："你太太呢？"接下来小说从九莉视角描述邵之雍，"他有没有略顿一顿？'我可以离婚。'"这里一个问号，好像描写男主角的停顿，却又像女主人公口吻的问号：吃不准这个男的有没有虚情假意的成分，怀疑男主角说话时是不是迟疑了一下？接下来就是女主角反应极快的内心独白："那该要多少钱？"[2]已经急速联想到了离婚结婚等经济代价。

---

[1] 张爱玲：《小团圆》，香港：皇冠出版社，2009，163页。
[2] 同上书，168页。

就这么几句话真是厉害，五项基本条件全部谈到了。

我曾经把这种五项条件的结构主义分析，跟香港中文大学的一位女同事说过。她听了就拼命笑，说这是典型的男人思维，什么一二三四五，我们女性看人，根本不会这么想，什么身体、经济、文化……我们不会这样考虑问题。我不是女性，顿时失却发言权。可是，另外有个朋友告诉我，说女性不是不想，主要是想得快，哪像男人这么笨，要拿张纸来列出一二三四……据说女生见人，45秒就已经决定有没有可能跟他继续来往。不要说5项，10项条件都考虑进去了，这就是男女智力的差别。

九莉一上来就看清了男主角两个明显的缺点，问题是她怎么克服？"不同政见"与"感情不忠"是这个男主角与其他五四小说男主人公的最大不同，小说写女主角如何应对、超克（或不能超克）这样的男人，而不再只是女人寻求拯救、呵护、饭票或人生道路，所以《小团圆》成为现代文学中十分独特的一部作品。首先是政治倾向的问题，邵之雍当然和原型胡兰成非常接近。九莉之所以能够接受邵之雍，就好像张爱玲接受胡兰成一样，第一她觉得政治上可以"求同存异"，男的所讲的汪派理论、和平运动不切实际，但我也不跟你争。"左倾"在当时也是非常复杂的概念，尤其是对文艺女青年来说。胡兰成据说教书的时候还是"托派"[1]。历史上"托派"都算是广义的左派。小说中九莉只是觉得这个男人的政治观念有点怪,她不赞成,但《小团圆》里渗透了一个价值观,即在男女关系当中,个人的情感视角比社会政治背景更重要。"比比也说身边的事比世界大事要紧,因为画图远近大小的比例。窗台上的瓶花比窗外的群众场面大。"[2]我曾经有一次就用了这句话来概括一场关于张爱玲的演讲。窗台上的一盆花,比窗外的群众场面大。既是写实又是象征,既是讲物理原理、视觉距离,又是讲人生哲理,讲个人主义与社会政治的关系。我们通常感慨风声雨声容不下我的一张书桌,凭着这样的豪情走上街头参政。可是张爱玲说,花儿把外面的风景挡住了,重要的是我爱上这个男人,其他什么情况不重要。这也是张爱玲一贯的人生态度,窗台上的花显得比街头群众运动场面更大。

还有第二个原因,张爱玲刚认识胡兰成的时候,他在坐监狱,这一点小说情节也有史实根据。胡兰成一度和汪精卫闹翻,被抓起来,后来日本人把他弄出来。张爱玲还跟苏青一起去找周佛海,希望把胡兰成放出来,胡兰成出来后很感动,觉得你们两

---

[1] 胡兰成说自己在广西教书时期曾"专门研究马克思主义"且"敬服托派"(参见胡兰成:《今生今世》,台北:远景出版事业有限公司,2009,163—164页)。秦贤次则推测,胡兰成当时由广西南宁一中同事古咏今介绍加入托派。(参见秦贤次:《胡兰成生平史事考释》,提交香港浸会大学2010年9月"张爱玲诞辰九十周年国际学术研讨会"的论文)。
[2] 张爱玲:《小团圆》,香港:皇冠出版社,2009,51页。

个小女子真是不懂,政治上的事情怎么这样糊涂。张爱玲怎么会为他去求情?大概一个男人受迫害,总令女人同情。蔡翔说过:"狼受了伤,羊还同情它呢。"很多爱情小说的男主人公都是以被迫害的形象出现,容易引起女主人公的同情,尤其是中国女人。后来关于1960年代"文革"的小说里面有很多类似的情节。

《小团圆》的男女关系当中政治立场不是爱情的主要障碍,感情不专一才是更严重的问题。在《今生今世》里胡兰成有一段重要自白,我们必须把他自传中的"史实"(假定它是史实)跟张爱玲虚构的小说情节做个对比。胡兰成说:"我已有妻室,她并不在意。再或我有许多女友,乃至狎妓游玩,她亦不会吃醋。她倒是愿意世上的女子都欢喜我。"[1]这段自述,在我看来有两个可能:第一,纯属"胡说",自欺欺人。第二,张爱玲在一定程度上,以理解宽容作为爱情策略,但是胡兰成以为她真的不介意。《小团圆》里有这样的描写,或者是以理解宽容作为爱情的策略——

"我是喜欢女人,"他自己承认,有点忸怩地笑着。"老的女人不喜欢,"不必要地补上一句,她笑了。她以为止于欣赏。[2]

---

[1] 胡兰成:《民国女子》,《今生今世》,北京:中国社会科学出版社,2003,154页。
[2] 张爱玲:《小团圆》,香港:皇冠出版社,2009,224页。

> ……他对女人太博爱，又较富幻想，一来就把人理想化了，所以到处留情。当然在内地客邸凄凉，更需要这种生活上的情趣。[1]
>
> 她本来知道日本女人风流……这种露水姻缘，她不介意，甚至有点觉得他替她扩展了地平线。[2]

这种叙述，既像第三人称的理解，又像女主人公对他的同情。先不区分这是九莉还是张爱玲，这样一种"无所谓"，是策略，还是姿态？

是否还有第三种可能，作家张爱玲在理性上不介意，但人物九莉在感情上，或者说张爱玲的无意识中仍然反感。温州摊牌"三美团圆"点题后，小说写道："并不是笃信一夫一妻制，只晓得她受不了。"[3] "笃信不笃信"是理智，"受不了"是心理，甚至是生理本能。但是胡兰成也好，邵之雍也好，知道她受不了但假装不知道，甚至女作家自己也不知道九莉她实际受不了。这三种可能性哪一个比较大？第一个"胡说"，第二个是策略，第三是张爱玲与九莉的区别，或者说张爱玲的理性跟她的潜意

---

[1] 张爱玲：《小团圆》，香港：皇冠出版社，2009，225 页。
[2] 同上书，271 页。《今生今世》中的确记载胡兰成与日本女房东的一段情，不过是在逃亡日本以后。《小团圆》所描写邵之雍与日本主妇露水姻缘发生在国内，或是移花接木借用胡自己的炫耀虚构小说情节。
[3] 张爱玲：《小团圆》，香港：皇冠出版社，2009，277 页。

识的冲突。感情不专一引起的男女战争，是这个小说的主题，也是作家私人生活中的一个关键。

邵之雍也像胡兰成一样，抱着"她是愿意世上女子都喜欢我"的自信（或自欺欺人），去武汉马上跟一个17岁的护士在一起。小说里的九莉非常敏感地发现男主人公的结婚跟她的结婚概念不一样，顿时通过意识流穿越到多年以后在纽约打胎，最惊心动魄的一幕，小孩在马桶里被冲掉。事情都是有的，但怎么铺排连接，怎么组成某种情感的逻辑关系，却是小说创作的用意和效果。据张爱玲给夏志清的信，以及夏志清的一些批注，打胎确有其事，谁的孩子呢？应该是赖雅的，虽然夏志清的批注有点含糊其词[1]。但不管怎么样，我们在小说里读到这一段，惊骇的还不只是它的内容，还有出现的地方，上下文就是男女主角刚刚热恋要结婚的时候。

胡兰成的确在武汉爱上一个护士，《今生今世》记载："我与爱玲说起小周，却说的来不得要领。"此处也是闪烁其词，什么叫不得要领？是他没说清楚，还是有所隐瞒？"一夫一妇原是人伦之正，但亦每有好花开出墙外，我不曾想到要避嫌，爱玲这样小气，亦糊涂得不知道妒忌。爱玲亦不避嫌，与我说有

---

[1] 见夏志清为司马新《张爱玲与赖雅》一书写的序，《张爱玲与赖雅》，台北：大地出版社，1996，13页。

个外国人向她的姑姑致意,想望爱玲与他发生关系,每月可贴一点小钱,那外国人不看看爱玲是什么人。但爱玲说时竟没有一点反感,我初听不快,随亦洒然。"[1]

这段引文有点复杂了,胡兰成跟张爱玲交代,我在外面有个女的,张爱玲不嫉妒,反而说也有个外国人找她,还要给她钱。胡兰成听了很不开心,后来想想算了,无所谓。张爱玲说的是真是假,无法考证。你这男的这么快就在外头有人,虽然以前说过"I don't care",现在一下子转不回来,所以回说她也有啊,试试看胡兰成的态度,看看他是不是真的介意,或者说是不是真的爱她。这个男人到底是相信中国传统文人的茶壶杯子婚恋观?还是西洋开锁的逻辑?还是真的潇洒开放到如后来萨特波伏娃那样的互不干涉对方恋爱,现代"性解放"的境界?

胡兰成的"一株牡丹花开几朵"还有一套理论,大意是西方人男女关系联系上帝,中国人男女关系变成家人[2]。对照张爱

---

[1] 胡兰成:《汉皋解佩》,《今生今世》,北京:中国社会科学出版社,2003,193—194页。
[2] "……男女之际,中国人不说是肉体关系,或接触圣体,或生命的大飞跃的狂喜,而说是肌肤之亲,亲所以生感激。'一夜夫妻百世恩,'这句常言西洋人听了是简直不能想象。西洋人感谢上帝,而无人世之亲,故有复仇而无报恩,无《白蛇传》那样伟大的报恩故事,且连怨亦是亲,更惟中国人才有。"(《今生今世》,北京:中国社会科学出版社,2003,228页)"西洋人的恋爱上达于神,或是生命的大飞跃的狂喜,但中国人的男欢女悦,夫妻恩爱,则可以是尽心正命。孟子说,'莫非命也,顺受其正。'姻缘前生定,此时亦惟心思干净,这就是正命。……秀美……竟是不可能想象有爱玲与小周会是干碍。她听我说爱玲与小周的好处,只觉如春风亭园,一株牡丹花开数朵,而不重复或相犯。她的是这样一种光明空阔的胡涂。"(同上书,237页)除了强调男女关系的缘分、亲情因素以及赞扬女性明理宽容(没说男人是否也要有"光明空阔的胡涂")以外,胡兰成更主张中国人的男女之"爱",其实就是"知"。

玲小说与胡兰成自传,在感情忠诚问题上,《今生今世》里记载的张爱玲好像很潇洒,《小团圆》里虚构的女主角却是非常痛苦。"九莉对自己说:'知己知彼。你如果还要保留他,就必须听他讲,无论听了多么痛苦。'"[1]就像当年七巧的忍让,什么是真、什么是假,你知道他是怎么样的人,你要得到他,就得宽容。你明知道是假,你迟一点说穿不好吗?"但是一面微笑听着,心里乱刀砍出来,砍得人影子都没有了。"[2]同一段关键对话,男人记得是告诉她我有别人了,女的笑笑说也有人追我。两个版本,男人视角跟女人心理不一样,名人自传跟小说角色又不一样,还有两个文本写作的时间也不一样,哪些是心理记忆?哪些是文学虚构?非常有意思。

还有一个非常关键的罗生门情节,就是"一箱钱"。《今生今世》里,胡兰成说他只给过张爱玲很少一点钱,她拿去买衣服,觉得用丈夫的钱很实在、很舒服。但大部分的时候,胡兰成总是记录女人怎么贴钱给他,事实上后来他跑到温州,张爱玲也是给了他电影剧本稿费。在岭南大学开张爱玲研讨会时,午饭时有个细节令我印象非常深。王安忆说,如果当年胡兰成真的给张爱玲那一箱钱,《今生今世》自传里他为什么不写?

---

[1] 张爱玲:《小团圆》,香港:皇冠出版社,2009,235页。
[2] 同上。

同桌的陈子善说,如果没有那件事,那张爱玲的《小团圆》为什么要写啊?钱当然是贪腐来的,里边还有税票,是那些日本人给他办报的钱。我当时是这样说的,假如此事属实,可能是胡认为吃软饭才是光荣,给女人钱反而羞愧。所以我们后来看《色,戒》都知道,易先生送钻之前的独白,他说给女人送礼是迟早的事,但不能送得太早,否则"丢份儿"。如果这事情是虚构的(按高全之的分类法,这事之前别的文章里没提过,所以是一个虚构的情节),那就说明张爱玲以"文学加工"来增加男主人公的责任感和魅力。胡兰成在自传里夸耀,用女人钱才是本领;张爱玲在小说里写一个男人会给女人钱才是一个负责任的男人,同一情节两种写法,可能各有动机。

《今生今世》内地简体版有个副标题,"我的情感历程"。总结胡兰成每段"情感历程",大致有4个步骤(简称"胡四招")。第一是"说好话"。他非常称赞张爱玲,说她的"顶天立地,世界都要起六种震动……我常时以为很懂得了什么叫惊艳,遇到真事,却艳亦不是那艳法,惊亦不是那惊法"[1]。还有"张爱玲是民国世界的临水照花人"[2]等等,经典名句。胡兰成当然不是只赞美张爱玲,数月后他在武汉看到小周,"她声音的

---

[1] 胡兰成:《民国女子》,《今生今世》,北京:中国社会科学出版社,2003,144页。
[2] 同上书,159页。

华丽只觉一片艳阳,她的人就像江边新湿的沙滩,脚一踏都印得出水来"。"小周长身苗条,肩圆圆的,在一字肩与削肩之中,生得瘦不见骨,丰不余肉……"[1]后来有一次遇到飞机轰炸,小周就哭了,胡兰成就说:"她的流泪使我只觉得艳,她是苦亦苦得如火如荼,艳得激烈。"[2]胡兰成逃难的时候,有个寡妇范秀美,从浙江丽水一直送他到温州,后来他们还同居,怎么描写范秀美呢?"……她的言语即是国色天香。她的人蕴藉,是明亮无亏蚀,却自然有光阴徘徊。她的含蓄,宁是一种无保留的恣意,却自然不竭不尽,她的身世呵,一似那开不尽春花春柳媚前川,听不尽杜鹃啼红水潺湲,历不尽人语秋千深深院,呀,望不尽的门外天涯道路,倚不尽的楼前十二阑干。"[3]

"胡四招"之二是"马上结婚"。光说好话,女人很快起疑心,"花心大少"靠不住,所以马上要说我们永远在一起,我们结婚吧,女人就有胜利感。现在美国电影也是这样,当男的跪下来拿出戒指的时候,一般都表现得女人好像取得了胜利。男人是"没有当下就没有将来",女人是"没有将来就没有当下"。当然胡兰成结婚的定义跟大家不一样,后来才都明白。

"说好话""马上结婚"之后,第三招,要"花女人钱"。

---

[1] 胡兰成:《汉皋解佩》,《今生今世》,北京:中国社会科学出版社,2003,181—182页。
[2] 胡兰成:《汉皋解佩》,同上书,186页。
[3] 胡兰成:《天涯道路》,同上书,227页。

给女人花钱是"狗咬人",花女人钱才是"人咬狗"。对女人来说,说得这么美好,又要马上结婚,他还肯用我的钱,说明我们已经在一起,不分你我了。胡兰成1950年代初碰到佘爱珍,她曾是黑手党大佬吴四宝之妻,年龄比较大,胡兰成还跪在她面前,头伏在她的膝盖上。据说佘爱珍深明大义,说小周、范寡妇都不要再见了,张爱玲你还可以来往。

第四招是"一切公开",这个很难。一般男人喜欢一个女的,最差的男生就老说自己之前女人的不好,老婆怎么闷、前女友怎么不讲道理等等。第二类就是避而不谈,女人千方百计要问,就是不谈,这是第二种水平。胡兰成是第三种境界,他原原本本把以前和不同女人的故事讲给新女友听,而且他不说原来的女生不好,还尽量溢美。他对小周说张爱玲有才,他对张爱玲也说发妻贤惠,后来他碰到佘爱珍,又再写遍"我的情感历程",这不容易。据说小周都不相信他和张爱玲结婚是真。他说我跟张爱玲都没有办过仪式,你不能抢在前面。小周便说,我不应嫉妒她。等到后来逃难时,他还告诉小周中国古代的男人出去逃亡,老婆在家里守着是常有的事情。总之胡兰成的爱情故事一个比一个美好,而且全部透明。我觉得至少政治家应该向他学习,增加透明度。

九莉的爱情原则是对方不要像自己、不要太漂亮,然后要非功利。面对有"胡四招"原型的邵之雍,对比双方的战前准备,这场爱情战争胜负早定,女方本应不堪一击。但整个《小团圆》的分析过程,不能一男一女做比较,而必须是两男两女。两个女人,九莉跟张爱玲是不同的,小说里边九莉的情节,但凡张爱玲从来没有在文章或散文里写过的,那都是文学虚构(例如八百块钱、一箱钱、乱刀砍去等等)。同时,除了要厘清九莉跟张爱玲的关系以外,这篇小说更有价值的一点是邵之雍跟胡兰成有差异,这一点非常重要。

换言之,从胡兰成到邵之雍,张爱玲做了非常重要的文学改编。这个改编有几个关键点:第一,胡兰成在《今生今世》里边,以一夫多妻或一男多女为荣,问心无愧很坦然,可是到了小说里,"比比与之雍到阳台上去了。九莉坐在窗口书桌前,窗外就是阳台,听见之雍问比比:'一个人能同时爱两个人吗?'窗外天色突然黑了下来……"[1]大家发现这段描写很特别,把男主角描写成在两个女人之间有很严肃的心理挣扎。《小团圆》阳台这一幕,跟《今生今世》里茶壶杯子的姿态显然很不一样。这不仅是胡、张的回忆不同,更是生活现实与文学创作的区别。

第二,胡兰成在自传里宣传"吃软饭",但到了张爱玲的

---

[1] 张爱玲:《小团圆》,香港:皇冠出版社,2009,236页。

小说里，变成了提来一箱钱，这又是一个很大的不同。一个是洋洋得意、依靠女人；另外一个是很常见、很世俗，换句话说也"负责任"的男人。这个改编至少在社会世俗看法上，把男主角的形象变得比较实在一点。

还有第三个改编，在《今生今世》里，胡兰成一直说他是坦白公开的，碰到每个女的就公开前面的情史，他不会把前后的女人"互相否定"，而是力求共存共荣，"小团圆"这三个字也是从这里来的。可是到了张爱玲的小说里，邵之雍不再一切透明，而是有些躲躲闪闪，至少是有些顾忌有点羞耻心。而且女主人公绝不只是潇洒宽容，脸上在笑，心里一直在怀疑，直到小说快结束的时候看到小康的照片，还问男主角，你和小康有没有关系？九莉连武汉护士的事情都弄不清楚，更不知道他逃亡时又对另一个女人"以身相许"[1]。就是说《今生今世》里张爱玲貌似很早就坦然接受一男多女的复杂关系，可在小说里女主人公九莉就像很多爱情小说里的女主人公一样，不完全知情，不愿意相信，一直在抗争挣扎。

第四个改编是他们的无情分手。分手那几段文字妙得很，胡的"史料"跟张的小说最为接近，连对话都一样，例如描写

---

[1] 胡兰成记载"十二月八日到丽水，我们……遂结为夫妇之好。这在我是因感激，男女感激，至终是惟有以身相许的"。胡兰成：《天涯道路》，《今生今世》，北京：中国社会科学出版社，2003，233页。

张爱玲替范秀美画像,却一直画不成。最后摊牌,男的说,你要我选择就不好。为什么这段分手的细节胡兰成和张爱玲记得那么清楚呢?还是说张爱玲在写小说的时候甚至参考了《今生今世》的某些段落?所以看上去他们描写得非常相似。可是依据"胡说",他们是无奈、坦然分手;但张爱玲的小说里,女主人公又幻想用刀砍人。虽然幻想那样砍了男人,但小说的结尾,女主人公却又梦见和男主人公两人牵着手,还有孩子、绿草地跟青山上的小木屋。换句话说,直到小说的最后,女主人公还在幻想一个浪漫的结局。

为什么会有这几个改编?张爱玲给宋淇的信上说:"《小团圆》是写过去的事情,虽然是我一直要写的,胡兰成现在在台湾,让他更得了意,实在犯不着,所以矛盾得厉害……"[1]我个人理解,这里的矛盾有两层:第一层,我到底是怨恨,还是留情呢?一个五十多岁的女人回想改变影响她一生的二十多岁时的一段恋情,当然其中五味杂陈。要把它写成一个控诉书,要揭穿这个男人的面貌,要宣泄失望与仇恨;还是说在怨恨中也有一些留恋的成分,在受骗、被欺负之中也有欢娱和快乐,在玩弄、游戏之中也有梦幻和痴情,这毕竟是生活当中最好的一

---

[1] 张爱玲致宋淇的信,1975年11月6日。转引自宋以朗:《小团圆》前言,张爱玲:《小团圆》,香港:皇冠出版社,2009,5—6页。

个阶段,这是她的第一个矛盾,是她个人心理的矛盾,是"多少恨"还是"留情"?[1]

但是对我们做文学评论的人来说,更重要的是看到第二层矛盾:到底是用文学做工具来宣泄个人的感情纠结,还是把私事隐情作为自己心底最熟悉的材料来贡献一部文学作品呢?究竟是为了感情宣泄,还是为了文学创作?我觉得张爱玲尽管是揭露自己的隐私,但她归根结底的目的,还是要写一部独立的、非典型的爱情故事,一部长篇小说。理智上张爱玲不愿意原谅那个曾经让她受罪的男人,写信的时候都说他是"无赖人",也觉得这个男人炫耀自己的"情感历程"等于是一块块撕开她的记忆疮口,所以检点这段感情如何铭心刻骨,就有点跟《今生今世》对话对质的潜意识欲望(很多文字细节的对应便是例证)。但是一旦进入创作,她实际上不是贬低了《今生今世》的胡兰成,而是把胡兰成拔高了,成为一个很矛盾的、很复杂的、挣扎的邵之雍的形象。在我看来,这是某种形式的为了文

---

[1] 张爱玲自己的解释:"《小团圆》……是个爱情故事,不是打笔墨官司的白皮书。"见张爱玲致宋淇的信,1976年1月3日,转引自宋以朗:张爱玲:《小团圆》前言,张爱玲:《小团圆》,香港:皇冠出版社,2009,6页。张爱玲后来在美国曾写信向胡兰成索取《今生今世》,不知女作家看到胡兰成的这段话如何感想——"我于女人,与其说是爱,毋宁说是知。中国人原来是这样理知的一个民族,《红楼梦》里林黛玉亦说的是,'黄金万两容易得,知心一个也难求'。却不说是真心爱我的人一个也难求。情有迁异,缘有尽时,而相知则可如新,虽仳离绝了的两人亦彼此相敬重,爱惜之心不改。人世的事,其实是百年亦何短,寸阴亦何长。"(胡兰成:《今生今世》,北京:中国社会科学出版社,2003,316页)

学"献身",生命诚可贵,爱情价更高,若为文学故,两者不重要。仅就她个人而言,这个男人给她的创伤这么深,张爱玲要写自传,完全可以不必这么写,但是她时时记着这是个爱情小说。在香港"客串"政治小说之后,在美国尝试英文写作之后,这是她大半生兜兜转转一直想写的爱情小说,这也是记录她大半个被改写人生的最后的长篇小说。她在小说里边一方面特别注意身体物质层面的细节、生理心理的动作,整个爱情过程是极其理智、具体、现实;可是另一方面又特别描述"非理性",强调"无目的"。明知要受伤、受苦、受罪,依然眼睁睁地走进去,崇拜、迷恋、纠结、义无反顾。瞿秋白当年说丁玲是"飞蛾扑火,非死不止",张爱玲在私人信件中说,不想"白便宜了'无赖人'"[1],看到胡兰成的文字忍不住"出恶声"[2],可是在小说里最后却还是"美声"甚至梦幻结局。所以严格说来,张爱玲写男女战争比五四爱情小说看来更现实更世故更残酷,实际上又比现代爱情小说更理想更痴迷更浪漫。这是我的一个解读。

---

[1] 张爱玲致宋淇的信,1975年4月4日。转引自宋以朗:《小团圆》前言,张爱玲:《小团圆》,香港:皇冠出版社,2009,8页。
[2] 胡兰成《今生今世》出版后,张爱玲给夏志清写信提到:"胡兰成书中讲我的部分缠夹得奇怪,他也不至于老到这样。不知从哪里来的 quote 我姑姑的话,幸而她看不到,不然要气死了。后来来过许多信,我要是回信势必'出恶声'。"见1966年11月4日张爱玲致夏志清的信,夏志清编注:《张爱玲给我的信件》,台北:联合文学出版社,2013,71页。

除了写"男女战争",《小团圆》另一个重大的文学突破是写"母女关系"。从篇幅来看,作家写母女关系甚至比爱情故事更多。

小说中的母女关系可以从3条线索来梳理,第一是母爱的缺乏。张爱玲的母亲在家中很早就缺席。《小团圆》一开篇也是,写她的母亲到港大校舍来看她,叙述者/女主角说了一句话:"暑假中食堂空落落的,显得小了许多。九莉非常惋惜一个人都没有,没看见她母亲"[1]。惋惜同学们都不在,因为她很遗憾大家没看到她母亲的来访。要让大家看到她母亲,说明她母亲平常不来,母亲的缺席使她感到自卑。一句话说出了她对母爱的缺乏跟依恋。修女老师问她母亲在香港住哪里?她母亲说住浅水湾酒店。女儿是拿了奖学金,住在学校里的慈善宿舍,妈妈却住了最贵的酒店。她的母亲不仅平常不来,来了还叫她难堪。

第二是女主人公在母亲面前的自卑。女主角的行为举止谈吐衣着,甚至身体长相,感觉上都不太符合母亲要求的淑女标准。小说里这样的细节很多,一会儿打坏东西,女儿要买来赔,小心翼翼又怕买错了;在家里拖个沙发椅也拖不好,妈妈在指责她怎么这么笨。女主角很怕被责备,从反面来看,也证明她其实非常在乎母亲对她的称赞,却每每得不到。人家夸她女儿

---

[1] 张爱玲:《小团圆》,香港:皇冠出版社,2009,28页。

漂亮，这母亲就说女儿头是圆的等等。种种得不到母亲称赞的生活细节，就变成了遗憾，甚至怨恨。

这些都是九莉（小说人物）的细节，其中一部分，也属于张爱玲。母爱的缺乏，在母亲面前的自卑，很多细节都曾出现在《私语》等散文篇章里，我们假定这是作家自己的经历。但《小团圆》里有两个只属于九莉的关键情节，一个是八百块钱，另外一个是九莉要还母亲钱。这两个关键情节在其他文章里没有出现，应该是"文学虚构"。

缺乏母爱、满足不了母亲的期待，还是比较常见的感情需要，或者说是感情疾病。但还有第三种情况，一种"言传身教的全盘逆反"，特别值得注意。"女人都是同行"，母女之间出现了一种通常女性之间才会出现的竞争关系。《小团圆》里，九莉记得的母亲讲的话不是很多，但很多都是关于"SEX"的，而且九莉把很多话都清晰记下来——"'只要不发生关系，等到有一天再见面的时候，那滋味才叫好呢！一有过关系，那就完全不对了，'说到末了声音一低。"[1]这是妈妈在讲她的性经验。"……我们中国人不懂恋爱。哪有才进大门就让人升堂入室的。"[2]讲到送女儿出国，她说："'人家都劝我，女孩子念书还

---

[1] 张爱玲：《小团圆》，香港：皇冠出版社，2009，83页。
[2] 同上。

不就是么回事……'但是结了婚也还是要有自立的本领，宁可备而不用……"[1]小说里面，母亲讲的跟"性"有关的话，九莉记得特别清楚："'现在都说"高大"，'蕊秋笑她侄女们择偶的标准，'动不动要拣人家"高大"。这要是从前的女孩子家，像什么话？'听她的口气'高大'也猥亵，九莉当时不懂为什么——因为联想到性器官的大小。"[2]"'一个女人年纪大了些，人家对你反正就光是性'，末一个字用英文。"[3]还有"反正我们中国人就知道'少女'。只要是个处女……"[4]，等等等等。所有蕊秋讲的这些话，让九莉诧异到极点，使她感到很脏，觉得母亲不应该讲这些。

《小团圆》有关"八百块钱"写得有点没头没脑，比较跳跃，大意是有个外国教授送了八百块钱给女主角九莉，她就把这个钱交给她母亲，可母亲过两天就把钱赌输了，女儿非常非常怨恨，从此就跟妈妈绝情[5]。这个情节如果结合了《易经》会比较清楚。同样的情节，《易经》英文版里有一段详细描述琵琶洗澡。同样的女主角，名字换成了琵琶。张爱玲是写来写去就那么几个人，换不同的名字。香港作家黄碧云，正好相反，写很多不

---

[1] 张爱玲：《小团圆》，香港：皇冠出版社，2009，137 页。
[2] 同上书，145 页。
[3] 同上书，283 页。
[4] 同上书，137—138 页。
[5] 同上书，32 页。

同的人物，却用同样的名字。

> 琵琶正要拿毛巾，"……浴室门砰的一声打开来。露（女主角的妈妈）像是闯入了加锁的房间，悻悻然进来，从玻璃架上取了什么，口红或是镊子，却细细打量她。她当下有股冲动，想拿毛巾遮掩身体，这么做倒显得她做贼心虚。可是即便是陌生人这么闯进来，她也不会更气愤了。僵然立在水中，暴露感使她打冷战，她在心里瞥见了自己的全貌，宽扁的肩膀，男孩似的胸部，丰满的长腿，腰还没有大腿粗。露甩上门又出去了。原来她母亲认为她为了八百块把自己给了历史老师，而她能从外表上看出来。老一辈的人说分辨女孩子还是不是处女有很多种方法。有的说看女孩子的眉毛，根根紧密的就是处女，若蔓生分散，就不是贞洁的女人。她母亲反正自己的事永远是美丽高尚的，别人无论什么事马上想到最坏的方面去。琵琶就不服气。[1]

日常生活中女孩子在家里洗澡，妈妈进来，女儿会那么愤怒羞耻吗？可是在小说特定场景中，母女间有一种无意识的

---

[1] 张爱玲：《易经》，赵丕慧译，香港：皇冠出版社，2010，162页。

"性"的竞争关系，所以这一段在我看来女主人公至少有三层屈辱：第一，母亲怀疑女儿为了钱跟外国教授发生关系，而女儿是坚信"无目的的爱才是真爱"，所以这是一种不可原谅、不可承受的误解。第二，母亲在香港跟英国人毕大使、劳以德来往，汽车接送，浅水湾酒店别人买单，在《小团圆》里还交了新男友。母亲自己生活这么浪漫，却居然用传统的处女标准来猜疑女儿，这是第二重屈辱。第三，假如这钱真是女儿身体换来的，当妈妈的就那么轻轻松松赌掉了，也不说一声，你当女儿是什么？因此女主角在这个地方表现出一种极大的屈辱。屈辱感在《小团圆》里也写了，但没有英文版本这么详细。

"女人都是同行"，意思是同样的工作、同样的敌人、同样面对男人，同行不是朋友，要交换经验，有竞争但也有行规。张爱玲在《倾城之恋》里就写过这种"同行即冤家"的情况，在姊妹、姑嫂之间。没有男人爱，旁边的女人还看不起你。为什么要男人爱？有时就是为了在女人同行面前争一口气。男女战争中，同行有竞争或是常态，可是发生在母女之间，却十分罕见（很少有人承认、正视、书写）。事实上，母女之间在婚恋感情问题上有商量、有指示、有请教，十分普遍。但是否有合作、教导、学习，也有争夺、嫉妒、竞争？黄碧云的《无爱记》里，40来岁的女主角，最后抢了自己20岁女儿的男朋友。《小团圆》里没有这么戏剧性，但是女主角的确跟很多女人争夺一个男人，又跟很多男人争夺一个女人。

《小团圆》里这种"同行"争夺的女性主义书写又有特殊的形态，争夺、嫉妒和爱、启蒙、关心互相结合，互相扩展，互相颠覆，所以在某种程度上也颠覆了五四爱情小说中"爱"与"启蒙"的主题。爱的教育，应该"言传身教"。《小团圆》里，母亲也有"言传"加"身教"，可是两者的效果截然不同。在她母亲的"言传"中，对"性"要谨慎，有禁忌，作为女人，要矜持、严谨、保守。小说中蕊秋和九莉有很多与"性"有关的议论，大都偏于污秽或负面。与此同时，作为无言的"身教"，母亲身边这么多男友，这么开放，不同种族，风流潇洒，而且她母亲还这么漂亮，依据晚年张爱玲提供的照片，人们能够看得清清楚楚。王安忆曾点醒我，说张爱玲一辈子都嫉妒她妈妈，因为她觉得妈妈比她漂亮。王安忆是作家，没有我们这么烦琐的理论，但她就一句话，可能点中要害。

一般女性朋友之间，拿出妈妈美丽的照片，炫耀说像姊妹，或者回说你像妈妈一样漂亮，感觉很光荣。但是反过来想深一层，嫉妒自己的妈妈或女儿的心理是不是也有可能？尤其在无意识的层面？如果张爱玲真的嫉妒她母亲，这个嫉妒已形成她的一个创作动力。如果她母亲真的嫉妒张爱玲，这个嫉妒已成作家的一个创作材料。耐人寻味的是，这种"言传身教"是互相矛盾的——无论是蕊秋与九莉，还是作家母亲与作家。她母亲的"言传"是矜持，"身教"是开放。在九莉及张爱玲身上，正好相反！小说人物九莉在观念上比蕊秋开放，身体行为却远比母亲拘谨严肃。作家张爱玲自己在小说里有不少突破性的性描写，很多具体的生理的细节（据宋以朗说，《小团圆》完稿之后，只改过两页，其中一页就是描写小鹿饮水一段[1]）直写女性的性需求与快乐，但是在现实生活中，张爱玲正如夏志清所言，"可说是旧式中国女子，跟定了一个男人，也就不想变更主意"[2]。所谓"新思想，旧道德"。也不知母女两人，谁更浪漫？

现代文学怎么写"性"，也是很多作家探索的一个难题。之前说过男作家比较幼稚的写法，郁达夫描写看到女人洗澡，"那一双雪样的乳峰！那一双肥白的大腿！这全身的曲线！"相对来说在艺术上是比较粗糙的，其实郁达夫也有写得非常好的段落，比如《过去》。另外一种男作家的写法如张贤亮《男人的一半是女人》，一对男女的床戏，"这是一片滚烫的沼泽，我在这一片沼泽地里滚爬；这是一座岩浆沸腾的火山，既壮观又

---

[1]"兽在幽暗的岩洞里的一线黄泉就饮，泊泊的用舌头卷起来。她是洞口倒挂着的蝙蝠，深山中藏匿的遗民，被侵犯了，被发现了，无助，无告的……"张爱玲：《小团圆》，香港：皇冠出版社，2009，240页。
[2] 见夏志清为司马新《张爱玲与赖雅》一书写的序，《张爱玲与赖雅》，台北：大地出版社，1996，14页。

使我恐惧;这是一只美丽的鹦鹉螺,它突然从空壁中伸出肉乎乎黏嗒嗒的触手,有力地缠住我拖向海底;这是一块附在白珊瑚上的色彩绚丽的海绵,它拼命要吸干我身上所有的水分,以致我几乎虚脱;这是沙漠上的海市蜃楼;这是海市蜃楼中的绿洲;这是童话中巨大的花园;这是一个最古老的童话,而最古老的童话又是最新鲜的,最为可望而不可即……人类最早的搏斗不是人与人之间、人与兽之间的搏斗,而是男性与女性之间的搏斗。这种搏斗永无休止;这种搏斗不但要凭气力、凭勇气,并且要凭情感、凭灵魂中的力量、凭天生的艺术直觉……在对立的搏斗中才能达到均衡,达到和平,达到统一,达到完美无缺,还有保持各自的特性,各自的独立……"[1]

一整段文字都是沼泽、火山、珊瑚、海市蜃楼、绿洲等等,如果不知上下文,还以为是《国家地理》杂志讲地球暖化。这不仅是写性爱,无意中也和张爱玲笔下的男女战争状况(如《倾城之恋》)殊途同归。后来用中文写作的法国作家高行健,写"性"就直接用很多动词,摸、抓、插等等。余光中批评戴望舒《雨巷》,认为用形容词不如用动词[2]。没想到不光写景,写

---

[1] 张贤亮:《男人的一半是女人》,《评〈男人的一半是女人〉》,银川:宁夏人民出版社,1987,475—476页。
[2] 余光中:《评戴望舒的诗》,《余光中选集》第3卷,合肥:安徽教育出版社,1999,201—203页。

"性"亦然？还有贾平凹《废都》，索性宽衣上床后删去几十字，此处无声胜有声，令人联想到《金瓶梅》传统。女作家中，丁玲直写凌吉士颜值，女主角渴望吃苹果。张爱玲在《红玫瑰与白玫瑰》里描述肥皂泡沫在手指上吸吮等，既含蓄又刺激。我自己印象很深的是王安忆《小城之恋》，写一个男人偷听隔壁女人洗澡，等到女人走了以后，他跑到那个房间看，女人刚才站的地方脚印是干的，旁边则有湿的水迹，他就通过旁边湿的水迹与脚印，想象出这个女人的身体。女作家写性的文字，最有突破性的段落就出现在《小团圆》里。

所以张爱玲跟她母亲不同，母亲是"言传"很保守，"身教"很开放。张爱玲小说写得非常浪漫刺激，自己的感情生活竟是单一、纯粹。张爱玲和胡兰成这一段感情以后，再和桑弧、赖雅，都曾经沧海难为水。虽然和赖雅的第二次婚姻也给了张爱玲很平静的美国生活，可是一旦有机会写小说，她还是全身心纠缠着写她最早的那一段，金色的沙漠……她把爱情写得这么世俗、这么通透、这么绝望、这么悲观，可是作家自己的一生却仿佛信奉一个童话。换言之，也许正因为她心存或信奉非功利的爱情，她才会把很多世俗的日常的男女关系写得这么悲观。也许正是因为她心存爱情的乌托邦理想，才会感慨"生在这个世上，没有一种感情不是千疮百孔"。

另外一个非常重要的情节，也是九莉特有，即文学虚构，就是九莉要把钱还给母亲，以此来割断母女之情。九莉后来听说母亲曾为替她治病而与外国医生上床，但依然"没有感觉"。还钱泄愤眼见母亲流泪，她自己照镜充满胜利感又觉"胜之不武"[1]。高全之说："整个故事此起彼落的九莉敌视母亲的情绪，包括令某些读者误以为母女感情完全决裂的还钱描绘在内……没有其他可靠的佐证，所以都是虚拟想象。作者编织那些情节以便忏悔自责。九莉在故事收尾处坦然自疚，终于分久必合，与作者一起说好：谢谢，母亲；对不起，母亲。"[2]这当然也是另外一种解读方式，十分温暖的解读方式。

回到本书开端，我们一再强调，张爱玲是一个在文学史上无法安放的作家。她在文学史上到底是在什么位置？中国现代文学史本来可以理出很清晰的三条线索：第一条就是从鲁迅到1930年代的"左联"、巴金，到后来延安文艺座谈会，一直到50—70年代"干预生活"（或被"生活"干预），再到80年代"伤痕反思文学"，90年代张承志等人提倡的"以笔为旗"等等。总之，文学忧国忧民、干预生活、批判社会，对国家前途很重

---

[1] 小说里后来蕊秋仍没收钱。二两金子最后还了逃亡中的邵之雍，外加一部电影剧本的稿费。象征意义上，亏欠母亲的"债"是还不了的，欠男人的统统还清。
[2] 高全之：《忏悔与虚实》，《张爱玲学续编》，台北：麦田出版社，2014，195页。

要，文学必须往这个方向走，所以这是中国现代文学到当代文学的第一条主线："呐喊"。

当然，这个"呐喊"当中也有"彷徨"，周作人所谓文人"自己的园地"，就是第二条主线。代表人物有周作人与写《野草》的鲁迅，还有郁达夫、梁实秋、林语堂、废名、丰子恺、沈从文、钱锺书等等，一直到后来1949年以后的"十七年"，虽然"自己的园地"也要集体化、国有化，这类作品一度较难延续；但是港台海外还有董桥、白先勇、余光中等等。在80年代"寻根文学"以后，中国作家又强调文学的独立性。赵园写过一本书叫《艰难的选择》[1]，讲的就是中国作家又要坚持文学的独立性，又要忧国忧民，也就是李泽厚概括的"救亡"与"启蒙"两条线索之间的矛盾。

但是，在这两条现代文学主要发展脉络后面，更有一条长期被我们忽略的第三条线索。简单地说，就是从鸳鸯蝴蝶派到张恨水，从金庸、古龙、琼瑶、李碧华，延续到今天的网络文学。民国人口说是"四万万五千万"，其中识字人口约占25%，约一亿人[2]。阅读《新青年》和鲁迅的文学人口大概又只占识字

---

[1] 赵园：《艰难的选择》，上海：上海文艺出版社，1986。
[2] "民国时期全国各重要社会教育机构调查后估计有文盲共3.3亿人，占总人口的75.33%，并有5000万失学儿童正在逐步成为文盲。"谢培：《清末和民国时期上海的识字扫盲教育》，上海：《上海成人教育》第4期，1996年。

人口中的百分之十几，换句话说，百分之八九十识字的人读鸳鸯蝴蝶派，读张恨水，1949年以后他们读上海文艺出版社的《故事会》(发行量常年几百万)，到今天他们读网上的盗墓穿越玄幻小说。这很正常，因为在五四的时候，新文学的读者人口只是全中国人口的百分之几。虽然，阅读《新青年》、胡适、鲁迅的百分之几的少数国人，后来决定了中国文化，甚至中国社会的发展方向。但是不能忽略这第三条线索，就是民国识字人口里面大多数读的是鸳鸯蝴蝶派。这一点在香港看得比较清楚，因为鸳鸯蝴蝶派路线在香港从来就是主流。即使今天，全中国人口中三分之二以上，还是初中和小学程度。如果不理解国情，请想想这个百分比。

三条线索，张爱玲在哪里呢？张爱玲她似乎不在"呐喊"战斗的主流，她还特别有意表明，为什么不参加斗争，她要和谐。但是她这种有意对主流挑战，像《中国的日夜》这样的文章，是不是也是一种政治责任感？反主流是否说明她很在乎主流？张爱玲也许可以属于第二条线索，就是忠于"自己的园地"（尤其是早期和晚年），但是她的特点是从来不排斥鸳鸯蝴蝶派、张恨水这类的作品，或者她是用第三条线索，用通俗的鸳鸯蝴蝶派方式在坚持第二种传统中的文学与文人的自主性。

但这是否构成另外一条线索,就是都市、感官、女性、现代主义的线索。写都市的很多,茅盾、周而复、曹禺等等,但大部分是用乡土文学价值观批判都市,歌颂、分析、享受都市的是施蛰存、穆时英、刘呐鸥这条线索,当然还有早期丁玲,但是张爱玲显然又在这条线索中往前发展了。这派注重都市感官和电影手法的作家在政治上,常常跟东西洋殖民文化有点关系,但这不完全能够归结为政治原因。如果我们把这条线索延伸到1949年以后,而不是让现代文学停止在1940年代,那么在台湾的中文文学发展,白先勇、苏伟贞、朱天心、朱天文,显然都是往张爱玲的这个方向发展。香港的纯文学也是现代主义为主流,如刘以鬯、西西、也斯、黄碧云等等。张爱玲传统也许还没有重要到可以和上述三条线索相提并论,但是显然张爱玲不能完全归结到前面所说的忧国忧民、"自己的园地"和鸳鸯蝴蝶派这三条主要线索之中。张爱玲始终在文学的主流旁边,主流之外。但是,从"呐喊"到"流言",今天回顾整个中国现代文学史,谈论得最多的是鲁迅,其次就是张爱玲。

近20年来的"张爱玲热",是不是也跟中国的城市化发展有关系?中国近几十年来最大的成就和问题就是几亿人进城,城市化程度越高,张爱玲这样的可以被当作"都市/小资/女性"代言的作品,读者也就越多。对学术界来说,细读张爱玲的过程，自然也是重写文学史的过程。但是在更大背景上，这又和中国社会的发展潮流有关系。当人们的意识形态从"宏大叙事"转向"日常生活"，从"斗争"转向"和谐"的时候，张爱玲的作品是不是显示出她的超前性和独特价值呢？

"时代的车轰轰地往前开。我们坐在车上，经过的也许不过是几条熟悉的街道，可是在漫天的火光中也自惊心动魄。就可惜我们只顾忙着在一瞥即逝的店铺的橱窗里找寻我们自己的影子——我们只看见自己的脸，苍白，渺小；我们的自私与空虚，我们恬不知耻的愚蠢——谁都像我们一样，然而我们每人都是孤独的。"[1]

---

[1] 张爱玲：《烬余录》，《张看》，北京：经济日报出版社，2002。